In het begin was er... Bob

IN HET BEGIN WAS ER... BOB

Meg Rosoff

Vertaald door Jenny de Jonge

moon

Lees ook van Meg Rosoff:
Hoe ik nu leef
Het toevallige leven van Justin Case
Wat ik was
Niemandsbruid
Eland (alleen als e-book)

De vertaler ontving voor deze vertaling een werkbeurs
van het Nederlands Letterenfonds

Tekst © 2011 Meg Rosoff
Oorspronkelijke titel *There Is No Dog*
Nederlandse vertaling © 2011 Jenny de Jonge en Moon, Amsterdam
Omslagontwerp en -illustratie Puffin Books
Opmaak binnenwerk ZetSpiegel, Best

ISBN 978 90 488 1158 8
NUR 285/302

www.moonuitgevers.nl

Moon is een imprint van Dutch Media Uitgevers bv

MIX
Papier van
verantwoorde herkomst
FSC
www.fsc.org
FSC® C019440

moon
Dit boek is ook leverbaar als e-book:
ISBN 978 90 488 1159 5
BOOK

Voor Paul

Toen zijn leven geruïneerd was, zijn gezin vermoord, zijn boerderij verwoest, knielde Job neer en schreeuwde naar de hemel: 'Waarom, God? Waarom ik?' en de donderende stem van God antwoordde: 'Je hebt iets over je wat me razend maakt.'

De storm van de eeuw, Stephen King

1

O, wat prachtig, prachtiger dan prachtig! En nog eens prachtig!

De zon schijnt warmgoud op Lucy's gezicht en armen. Lichtgekleurde jonge blaadjes ontvouwen zich zo snel dat ze bijna het zuchtje kan horen waarmee ze opengaan. Vogels tjilpen en twitteren hun netwerk, als zakenmensen op zoek naar mogelijke partners. Enkele licht dronken wolkjes accentueren de zachtblauwe lucht. De wereld duizelt, dronken van geluk.

Lucy moet bijna hardop lachen. Wat een wonderbaarlijke dag. De wonderbaarlijkste dag ooit, sinds het vroegste begin van de tijd.

Ze beseft niet hoeveel ze zelf bijdraagt aan de volmaaktheid ervan. Is het de met rozen bedrukte zomerjurk waar het windje vat op krijgt en tegen haar benen omhoog blaast? Of gewoon het feit dat Lucy zelf even volmaakt is als een roos, net uit de knop... zo volmaakt dat je je kunt voorstellen dat de zon zich niets van onpartijdigheid aantrekt en alleen op haar neerschijnt?

Wat heerlijk, denkt ze. Wat een genot! Wie er vandaag ook over het weer gaat, die heeft het (deze ene keer) voortreffelijk gedaan.

Haar pas is licht. De afstand van de bushalte naar het werk is kort. Ze glimlacht, een halfvolwassen, meisjesachtige, vrouwelijke glimlach die haar mooie gezicht oplicht.

7

De zon kleurt zacht haar jukbeenderen en goedgevormde mond, zet haar lichtblonde haar in een gloed. Ze droomt van de zomer die eraan komt, de levendige gesprekken, de lange, roze avonden, de mogelijkheid van liefde. Haar jeugd, haar glimlach, haar geluksgevoel werken allemaal mee om haar de meest onweerstaanbare vrouw ter wereld te maken.

Een eindje achter haar loopt een jonge man. Als hij zich niet al had voorgenomen om nooit meer verliefd te worden – op haar of op wie ook – was hij misschien gaan rennen om haar in te halen. In plaats daarvan vertraagt hij zijn pas. Hij kijkt de andere kant op, omdat hij haar niet mag, om zijn eigen niet erg steekhoudende redenen.

Lucy huppelt gewoon opgewekt door. Ze komt langs een fontein en buigt zich naar de waterdruppels, verrukt door de fonkelende regenbogen. Dan staat ze weer rechtop en wandelt verder, terwijl ze een gebedje neuriet, dat eigenlijk meer een hoop is dan een gebed, een heimelijke bezwering: 'Lieve God,' bidt ze, 'ik zou graag verliefd willen worden.'

Maar wacht... wat is dit? Wat een bof! God (die bijna nooit naar zijn mensen luistert) hoort toevallig haar gebed. Lucy's gebed!

In de wolken over haar schoonheid, besluit hij het zelf te beantwoorden.

Wat een wonder! Een woord als 'prachtig' schiet tekort! God zelf staat op het punt verliefd te worden.

2

'Wakker worden!'

God droomt van water. In zijn droom komt een fontein voor en een bloot meisje en (natuurlijk) hijzelf. Het water is warm, het meisje gewillig, haar lichaam zacht. Hij steekt een hand uit om haar borst te strelen, maar in plaats daarvan krullen zijn vingers zich om een dunne arm...

'Wakker. Worden.' Er klinkt ongeduld door in het verzoek. O, jezus. Het is die vervelende meneer B, zijn assistent, zijn privésecretaris, Gods eigen persoonlijke zuurpruim. En als hij het niet dacht. B's bril is omlaag gezakt tot op het puntje van zijn neus en hij trekt zijn zure gezicht.

God is wakker. Hij doet zijn ene oog op een spleetje open. 'Wat?'

'Loop naar het raam.'

Hij heeft hoofdpijn. 'Vertel het maar.'

'Sta op. Voeten op de grond. Loop naar het raam. Kijk naar buiten.'

Met een enorme zucht en een hoofd zo zwaar en traag als pudding komt de jongen overeind. Hij zwaait zijn benen naar de vloer, gaat staan, wankelt even en haalt een hand door zijn haar (waarvan hij, geërgerd, gewoon weet dat het helemaal naar één kant van zijn hoofd is verhuisd, alsof hij in een harde wind heeft gestaan). Kreunend draait hij zich om en hij sloft lusteloos op blote koude voeten naar het raam. Het geruis klinkt harder dan eerst. Tot zijn verbazing is er water waar normaal straten waren en even is hij behoorlijk opgelucht dat zijn slaapkamer niet gelijkvloers is. 'Water,' zegt hij belangstellend.

'Ja, water.' Meneer B klinkt welwillend, maar hij beeft van onuitgesproken gevoelens.

God doet zijn best om uit het scenario wijs te worden. Waarom staan de straten onder water? Heeft hij daarvoor gezorgd? Vast niet. Hij sliep.

'Kijk daar eens.'

Hij kijkt.

'Wat zie je?'

Naast de slaapkamer is een grote badkamer, compleet met toilet, wastafel, witte marmeren tegels en een cilindervormige badkuip.

Bad.

Het bad! God weet het nu weer; hij liet het bad vollopen en is toen, terwijl hij wachtte tot het vol was, even gaan liggen. Eventjes maar. Hij moet in slaap zijn gevallen. En terwijl hij sliep en van dat mooie meisje droomde, het meisje in de fontein, liep het bad over.

'O.'

'O? Alleen maar "o"?'

'Ik zal de kraan dichtdraaien.'

'Dat heb ik al gedaan.'

'Goed zo.' De jongen loopt terug naar bed, ploft erin.

Meneer B richt zich tot God met zijn gebruikelijke mengeling van berusting en woede: 'Ik neem aan dat je niets wilt doen aan de puinhoop die je hebt veroorzaakt?'

Buiten golft het water door de straten.

'Jawel,' mompelt hij, al half in slaap. 'Straks.'

'Niet straks, nú.'

Maar God heeft een kussen over zijn hoofd getrokken,

waarmee hij (heel definitief) te kennen geeft dat het geen zin heeft om tegen hem tekeer te gaan.

Meneer B kookt van woede. God droomt van zeperige seks met zijn droomvriendin terwijl de rest van de wereld in het bad verdrinkt. Zijn bad. Zo gaat het altijd. Dag na dag, jaar na jaar, decennium na decennium. En altijd maar door. Meneer B (meer dan een persoonlijk assistent, maar geen vaderfiguur, misschien een regelaar, leidsman, amanuensis) zucht en gaat terug naar zijn bureau om de post door te nemen die (ondanks het feit dat er dagelijks aan gewerkt wordt) een neiging vertoont zich tot enorme wankele torens op te stapelen. Hij zal een of twee gebeden uitkiezen en een poging doen tot onmiddellijke actie. Hij laat ze niet aan God zien, want het concentratievermogen van de jongen is op zijn hoogst minimaal.

Van tijd tot tijd klinkt er uit de stroom gebeden een stem op die hem ontroert door zijn oprechtheid: 'Lieve God, ik zou graag verliefd willen worden.'

Een klein, bescheiden verzoek. Precies van het soort lieve kind dat hij graag zou helpen, om te beginnen door ervoor te zorgen dat God haar nooit onder ogen (of waar ook) krijgt.

Maar God heeft de neus van een bloedhond als het om een verrukkelijk meisje gaat en voordat meneer B het gebed kan verstoppen, is de jongen zijn bed uit. Hij loert over zijn schouder, snuffelt aan het gebed alsof het een truffel is, inhaleert het praktisch in zijn begeerte om de hand te leggen op...

'Wie is zij?'

'Niemand. Een dwerg. Klein, behaard, bejaard. Een trol. Ze gromt, ze snurkt en ze stinkt.'

11

Maar het is te laat. Hij heeft haar gezien. Hij kijkt naar Lucy in haar dunne zomerjurk, hoe ze door het dartele zonlicht stapt – zíjn licht – met haar ronde heupen zwaait, haar stralende blonde haar. Ze is voortreffelijk. Smetteloos. Op datzelfde moment is er een verblindende lichtflits, zo fel dat de wereld even verdwijnt.

'Ik neem haar wel,' zegt God.

Als meneer B in staat is zijn ogen weer open te doen, ontzinkt hem alle moed. Hij ziet de uitdrukking op Gods gezicht. Het is twaalf procent kalverliefde, drieëntachtig procent lust en tienenhalf miljoen procent nietsontziende vastbeslotenheid. O, alsjeblieft, denkt meneer B, geen mens. Niet weer een mens.

Hij is wanhopig. Gods hartstocht voor mensen leidt altijd tot een catastrofe, een verstoring van de weersomstandigheden op grootse schaal. Wat is er mis met die jongen dat hij hem niet omhoog krijgt voor een of andere leuke godin. Waarom, waarom, is hij niet op een verstandige relatie uit, een die niet in een ramp eindigt?

Meneer B kan wel huilen. Proberen God om te praten is net zo zinloos als tegen een pijlinktvis aan kletsen. Hij zal Lucy achtervolgen tot zijn lust over is, of tot een of andere enorme, geologische storing haar van de aarde wegvaagt. Meneer B heeft het allemaal eerder meegemaakt. Aardbevingen, tsunami's, wervelstormen. Gods unieke onvermogen om van zijn fouten te leren: nog zo'n eigenschap die hij aan zijn schepping heeft meegegeven.

Opgevrolijkt zwalkt de jongen terug naar bed, waar hij ligt te soezen en smerige scenario's bedenkt rond het vriendinnetje dat hij nog niet heeft ontmoet.

3

In den beginne schiep God hemel en aarde.

Alleen ging het niet zo eenvoudig. De uitverkoren kandidaat voor God trok zich op het laatste moment terug omdat hij meer tijd met zijn gezin wilde doorbrengen. Dat was wat hij zei, maar iedereen vermoedde dat hij zich bedacht had. Je kon het hem moeilijk kwalijk nemen. De aarde lag op een ongunstige plek: ver van hun bed, in een eenzaam, beetje vervallen stuk van het universum. In een tijd met genoeg werk voorhanden, waren niet veel kandidaten van topniveau bereid het beheer van een piepkleine onervaren planeet op zich te nemen, om nog maar niet te spreken van de hele scheppingsrompslomp.

De advertentie had nauwelijks een handvol kandidaten opgeleverd. De meeste waren te jong, of zo onder de maat dat ze het niet eens tot een gesprek brachten. De enige serieuze sollicitant, een man van middelbare leeftijd, bekend als kandidaat B, had een degelijke, maar geen opwindende, staat van dienst bij het middenmanagement. Toen hij voor de raad van bestuur verscheen om zijn geloofsbrieven toe te lichten, wekte zijn rustige, beetje professorachtige optreden geen enthousiasme. Men kwam niet tot overeenstemming.

De uren tikten voorbij. De commissie zat met een deadline en verlangde een besluit. Maar de secretaris zat in een onsmakelijke scheiding, en het team dat het management

13

van de aarde had moeten regelen was met andere projecten bezig.

De laatste dag van de sollicitatieprocedure brak aan en nog steeds was er niemand voor de functie gevonden. Emoties laaiden op, gedachten dwaalden af, en uiteindelijk bood een van de bestuursleden de baan aan als deel van de inzet bij een niet al te best pokerspelletje. De winnende speler deed hem meteen over aan haar lamlendige puberzoon: Bob.

Bobs kwalificaties (geen) maakten niet veel indruk. Maar het algemene gevoel van uitputting en onverschilligheid was zo sterk dat niemand het opbracht om er iets tegen in te brengen. En trouwens, misschien bleek hij heel wat te kunnen. Er waren wel gekkere dingen gebeurd.

Wat uiteindelijk de doorslag gaf was de suggestie voor een soort samenwerking, tussen de onervaren zoon en die saaie ouwe vent, meneer B. Omdat de tijd drong, toonde iedereen zich enthousiast.

'Iedereen voor?'

De motie werd aangenomen. Bobs moeder informeerde haar zoon over zijn buitenkans en B werd gezegd zijn huidige baan op te zeggen en zich voor te bereiden op een overstap. Twee bestuursleden namen hem apart en lichtten hem in over zijn rol. Gegeven de onervarenheid van de andere benoemde kandidaat zou hij een grote verantwoordelijkheid krijgen, zeiden ze. En daar werd nog aan toegevoegd: 'We denken dat jullie goed kunnen samenwerken.'

Het feit dat de baan niet in zijn geheel naar meneer B was gegaan, was een vreselijke slag, de ultieme bevestiging dat de carrièreambities die hij gedurende de afgelopen jaren stilletjes had gekoesterd tot niets hadden geleid. Was hij te veel naar binnen gericht geweest, niet meedogenloos genoeg? Had hij ongelijk gehad door ervan uit te gaan dat jaren van vakkundige, verantwoordelijke dienstverlening belangstelling zouden wekken?

Het akelige gevoel dat meneer B kreeg bij de eerste ontmoeting met zijn nieuwe baas voorspelde niet veel goeds. De jongen was arrogant, slecht opgevoed, had een beperkte woordenschat; zijn belangstelling voor een gedeelde baan liet te wensen over; hij werd niet gehinderd door zijn algemene gebrek aan kennis. Meneer B liep lang genoeg mee om te weten dat een onderneming opstarten precisiewerk was, niet iets om achteloos bij pokerspelletjes in te zetten of in het wilde weg aan iemands humeurige, van niemendal wetende zoon toe te vertrouwen.

Nou ja, dacht hij. Als de jongen verstek laat gaan, is het zijn probleem, niet het mijne. Maar in zijn hart wist meneer B dat dit niet waar was. Als de zaken goed gingen zou de jongen met de eer gaan strijken. Zo niet, dan zou hijzelf de schuld krijgen. Hij hoopte dat de commissie gelijk zou krijgen over Bob, dat zijn energie en creativiteit zouden opwegen tegen wat er, op papier, uitzag als een betreurenswaardig gebrek aan ervaring. Meneer B sloot zijn ogen en hoopte tegen beter weten in dat het hoe dan ook allemaal goed zou aflopen.

Hij had lang genoeg geleefd om het gevaar van hoop te onderkennen.

4

Lucy gaat de dierentuin binnen via het draaihek voor het personeel.

Ze werkt hier nu drie maanden en al is dit niet een bepaald grote of bijzondere dierentuin, ze is er dol op en beschouwt zichzelf als een gelukskind dat ze zo'n baan in de wacht heeft gesleept.

'Ik mag het je eigenlijk niet vertellen,' had de personeelschef gefluisterd, 'maar er hebben meer dan negentig mensen gesolliciteerd.'

Het team dat de dierentuin leidt, bestaat uit twee oudere oppassers en zes jongere. Ze leggen zich toe op gezinnen en scholen en hebben de afgelopen maand nog een prijs gekregen voor bewezen diensten aan het onderwijs. Een dergelijk intieme werkomgeving lijkt op een gezin en zoals bij alle gezinnen is de dierentuin niet vrij van kleingeestig gekonkel. Maar Lucy is niet uit op problemen, en elke ochtend is ze weer dolblij dat ze het zo getroffen heeft.

Dit overdenkt ze allemaal als ze zich in haar blauwe overall hijst, de metalen rits over haar borst omhoogtrekt en een losse haarlok achter een oor stopt.

'Hallo, Luke,' zegt ze een beetje zenuwachtig tegen de oudere oppasser. 'Zal ik vanochtend met de reptielen beginnen?'

'Moet je zelf weten,' antwoordt hij kortaf zonder zich om te draaien en haar aan te kijken.

16

Luke is de zwakke plek in Lucy's geluksgevoel. Eerst dacht ze dat hij misschien verlegen was, of sociaal onhandig. Maar gaandeweg is het haar opgevallen dat hij heel goed in staat is om met bijna iedereen leuk om te gaan, behalve met haar. Ze is niet het soort meisje dat gewend is om vijanden te maken, en het is voor haar persoonlijk een raadsel waarom hij zo'n ijzig gezicht trekt als hij naar haar kijkt.

Ze kan niet weten dat haar aanstelling hem buitengewoon heeft geërgerd. Als hij bij haar sollicitatieprocedure betrokken was geweest, zou er een ander zijn gekozen voor de baan; haar knappe smoeltje heeft vast kandidaten met meer capaciteiten overtroefd.

Op grond daarvan heeft hij er zijn beleid van gemaakt om haar te ontwijken, vastbesloten niet meegezogen te worden in haar kring van bewonderaars. Positieve beoordelingen over haar prestaties doet hij af als ingegeven door dweperij, een soort massahypnose onder het personeel. Eén misstap, denkt hij (voorbijgaand aan een toenemende berg bewijs dat ze weleens heel goed in haar werk zou kunnen zijn), één misstap en hij zal erop staan dat ze door een geschiktere persoon wordt vervangen.

'Goedemorgen, schoonheden!' Lucy richt haar begroeting tot een muur van glazen terrariums, terwijl ze de deur naar de reptielenkeuken van slot haalt. Ze wrikt het zware deksel van de diepvrieskist omhoog, haalt er een diepgevroren blok embryonale kuikens uit en legt het op een metalen dienblad om te ontdooien.

'Ontbijt,' mompelt ze met een beetje vies gezicht. 'Jammie!'

In de eerste glazen bak tilt ze een zestig centimeter lange rattenslang voorzichtig opzij en krabt met een troffel zijn vieze onderlaag weg. In de maag van zijn buurman is de bult van de muis van gisteren nog zichtbaar. De boa kan onhandelbaar zijn als hij zijn eten verteert, dus laat ze hem met rust en gaat de rij langs om de voedingskaarten bij te werken. Ze prikt met een vork in de ontdooiende kuikens; drie of vier minuten in de magnetron moet de klus klaren. Lucy is dol op slangen, ze vindt het heerlijk als ze sensueel langs haar huid strijken, net zijdezacht leer. Hun maaltijden ontdooien vindt ze minder leuk, maar alles bij elkaar genomen is dat nauwelijks een punt. De apen eten godzijdank fruit. Tegen de tijd dat ze klaar is met de slangen is het halverwege de ochtend. Ze snakt naar een kop koffie. Als ze de stralende lentedag in stapt, knippert ze snel met haar ogen; haar pupillen vernauwen zich en even wordt alles zwart. Wanneer ze weer kan zien kijkt ze een beetje zenuwachtig naar links en naar rechts. Dat ze probeert Luke te ontwijken is een gewoonte geworden, beseft ze, een waar ze ongelooflijk de pest aan heeft.

De kust is veilig. Ze loopt naar de personeelsruimte, die op dit uur bijna verlaten is. O, laat er alsjeblieft koffie in de kan zitten, denkt ze, maar dat is niet zo. Dus spoelt ze hem om, haalt de oude filter eruit, zet nieuwe en werpt terwijl ze de machine vult een blik op haar horloge,. Ze heeft nog net tijd om voor de lunchpauze de apen te voeren.

Ze hoort stemmen en draait zich om, om Luke en zijn assistent Mica langs het raam te zien lopen. Ze lachen samen en Lucy staat verstard als een konijn tegen de muur in de hoop onzichtbaar te blijven. Niet binnenkomen, bidt ze... en als ze dat niet doen, zakt ze opgelucht een beetje in.

Waarom bezorgt hij me een schuldgevoel over een kop koffie, denkt ze nijdig. Alsof ik me druk. Alsof ik er een gewoonte van maak om te spijbelen.

Ze pakt melk uit de koelkast en probeert Luke objectief te bekijken, zich voor te stellen wat anderen in hem zien, zonder enig succes. Mica vindt hem knap, maar dat ziet Lucy niet. Met zo'n karakter? De koffiemachine pingt. Ze schenkt in, doet er melk bij en slokt de koffie zo snel mogelijk naar binnen. Nou ja, denkt ze, een beetje schamper, het zal wel bij het leven horen. En, trouwens, dingen veranderen. Hij kan morgen een nieuwe baan krijgen, promotie maken, een andere onnozele hardwerkende werknemer vinden om zonder enige reden de pest aan te hebben. Ze drinkt haar kopje leeg, spoelt het om en gaat snel met een spons over het aanrecht. Terug naar het karwei, denkt ze, en ze moet ondanks zichzelf lachen. Wat ben ik toch een idioot. De beste baan ter wereld en het enige waaraan ik kan denken is het foutje.

Als ze naar buiten in het licht stapt, slaat Bob haar bevend van liefde gade.

5

Bobs talent, voor zover aanwezig, bestaat geheel uit de paar onbewuste charmes van de jeugd: energie, waaghalzerij, en totaal niet in staat zijn om eigen tekortkomingen toe te geven. Meneer B heeft middelen om ze het hoofd te bieden. Routine bijvoorbeeld. Elke dag begint met twee sneetjes geroosterd roggebrood, ongezouten Normandische boter, frambozenjam, twee gepocheerde eieren en sterke koffie. En voor de baas, op welk uur hij ook wakker wordt, warme thee en een halve doos Coco Pops. Bobs huisdier staat bij de hoek van de tafel te wensen dat er eten af valt, liefst recht in zijn bek. Het is een vreemd pinguïnachtig dier met de lange elegante neus van een miereneter, kraalogen en een zachte grijze vacht. De Eck heeft altijd honger: hoeveel er ook van tafel overblijft, het kan de eeuwige leegte van zijn maag niet vullen.

Uit Bobs kamer hoort meneer B verward gemompel en gezucht. Sinds hij Lucy heeft ontdekt, slaapt God rusteloos, niet in staat om aan de ijzeren greep van seksuele begeerte te ontkomen. De overgang van behoeftige tiener naar wapen tot massavernietiging is bijna compleet.

Uiteindelijk wordt hij wakker. Met een zucht staat meneer B op van achter zijn bureau en brengt Bob thee op bed, omdat het bij zijn werk hoort.

'Het is middag, meneer.'

'O, is het nu "meneer"?' Hij is chagrijnig. 'Gisteren was het anders geen "meneer", hè?'

'De overstroming?'

Bob vertrekt zijn gezicht en laat een wind. 'Jouw werk is om vooraf te weten dat ik zou vergeten de badkraan dicht te draaien.'

'Eck?'

Eck kijkt van Bob naar meneer B en hoopt op ruzie. Maar er komt geen ruzie. De oudere man mag dan geen verantwoordelijkheid voor de ellende accepteren, maar Bob kan het niet echt schelen.

God trekt een pruillip. Zijn dikke jongenshaar is over een oog gevallen en zijn huid heeft de grauwe tint van iemand die niet genoeg buiten komt. Het bad van gisteren zou hem goed hebben gedaan.

'Uw kleren, O Heilige Heer van het Al.' Meneer B buigt en overhandigt hem een trui met een groot sportmerklogo erop, die Bob braaf over zijn hoofd trekt. Hij heeft nu al bijna een week hetzelfde T-shirt aan.

'Nog vorderingen wat het meisje betreft?' Hij probeert, tevergeefs, nonchalant te klinken.

'Geen enkele, niets, nada,' zegt meneer B. 'Weet voor zover ik weet niet eens dat je bestaat.'

'Waarom niet?'

Meneer B voelt de strop aantrekken. Hij vindt het zijn plicht om Bob bij elke inspanning bij te staan, maar niet tot het uiterste, niet zo dat het zijn eigen armzalige bestaan overhoophaalt. Hij zucht. 'Waarom vertel je het haar niet gewoon? Laat weten dat je in bent voor een beetje sentimenteel gedoe en kijk wat ze zegt.'

Een blik van opperste minachting trekt over het gezicht

van de jongen. 'Ze is niet het soort meisje dat je zo makkelijk in bed krijgt.'

'O nee?'

'Kun jij het haar niet vertellen?' Bobs minachting smelt tot een onderdanige smeekbede. 'Jij kunt zorgen dat ze op me valt. Ik weet dat je dat kunt. Je hebt het eerder gedaan.'

'Niet meer,' zegt meneer B. 'Ik speel niet meer voor pooier. Het staat niet in mijn taakomschrijving.' In feite heeft hij geen taakomschrijving; en zo hij die ooit had, is dat zo lang geleden dat de details zijn opgelost in de nevelen van de tijd.

'Ik kan je dwingen om me te helpen.'

Meneer B huivert bij het dreigende gezicht dat de jongen opzet. Hij kan zich moeilijk voorstellen dat een vrouw Bob aantrekkelijk vindt.

'Ga eropaf en vertel haar hoe je je voelt. Anders blijf je je op je kamer tot het einde der tijden in je eentje aftrekken. Het ergste wat er kan gebeuren is dat ze je afwijst.' Hij weet dat met name dit wreed overkomt, want afwijzing is waar de jongen het meest bang voor is.

Bob kijkt nors. 'Waar kan ik haar vinden?'

'In de dierentuin. Van dinsdag tot zondag, van 09:00 tot...'

Het geluid dat uit Gods mond komt, lijkt op gehuil. 'Ik weet nooit wat ik moet doen op zo'n beestenplek. Hoe kom ik erin? Wat moet ik zeggen? Wat als ze me niet mag?'

'Koop een kaartje. Ga bij de nijlpaarden kijken.'

Bob stormt naar buiten en slaat met de deur. Hij voelt zich zwaar op de proef gesteld. In de goeie ouwe tijd was dit geen onderwerp van discussie. In de goeie ouwe tijd hoefde hij maar met zijn vingers te knippen en het gebeurde.

Hij heeft de pest aan de manier waarop het nu gaat. Het is zo oneerlijk.

Eck tilt zijn kop op en likt met zijn lange kleverige tong zachtjes Bobs oor. Het is zijn speciale manier om meeleven te tonen, maar het wordt niet opgemerkt.

6

In den beginne was de aarde woest en ledig en duisternis lag op de vloed. En de geest van God zweefde over de wateren. En God zei: 'Er zij licht,' en er was licht. Het was alleen niet zo'n goed licht. Bob schiep vuurwerk, sterretjes en neonbuizen die als eigenaardig in de knoop geraakte regenbogen rond de aarde cirkelden. Hij knoeide met lichtgevende insecten en abstracte wezens waarvan de kop oplichtte en die lange elkaar overlappende schaduwen wierpen. Er kwamen kilometershoge kaarsen en bergen toverlichtjes. Ongeveer een uur lang was de aarde verlicht door enorme kristallen kroonluchters. Bob vond zijn creaties heel cool. Dat waren ze ook, alleen werkten ze niet. Dus probeerde Bob een omringende gloed te bewerkstelligen (die giftig bleek) en een verblindend licht in het centrum van de planeet, dat te veel warmte gaf en de korst zwart blakerde. En op het laatst, toen hij zich, als een kind zo moe van zijn onbesuisde pogingen, in een hoekje van het grote niets had opgerold, nam meneer B de gelegenheid waar om de zaak te regelen: met een eeuwige ster, zwaartekracht, ruwweg de ene helft van de omlooptijd in het donker en de andere helft in het licht zodat er een Dag en een Nacht was. En dat was dat. De avond en de morgen waren de eerste dag. Niet fantastisch, maar het werkte. Dit gebeurde allemaal terwijl Bob een dutje deed. Toen hij wakker werd, was het licht niet langer een probleem, en was hij het sowieso al vergeten. Hij was overgegaan op wateren en hemelen, op droog land en grote oceanen. Meneer B had nog nooit zoiets gezien, maar haalde zijn schouders erover op. Waarom niet? Misschien had het joch een soort plan.

En Bob zei: 'Laat de aarde gras en fruitbomen voortbrengen,' en zo geschiedde en meneer B moest toegeven dat veel van het fruit origineel en heerlijk was, op een of twee uitzonderingen na: granaatappels, die alleen maar een vorm zonder functie leken, en citroenen, waarvan zijn mond samentrok als de anus van een eend. Bob huilde van het lachen tot hij omviel in de oceaan en zich proestend, snel in veiligheid moest brengen.

Bob keek naar alles wat hij tot nu toe gedaan had en zag dat het goed was. En hij zei: 'Dat de wateren visachtige wezens voortbrengen, en ook gevogelte.'

En allemachtig, ging die Bob zich even aan de dieren te buiten. Sommige gaf hij een ruggengraat, andere vreemde kleuren, hij voegde veren of schubben toe, en soms veren én schubben; sommige gaf hij wrede, scherpe tanden en kraalogen en andere schattige snuiten en vlijmscherpe klauwen. Sommige vogels waren mooi om te zien, met lange elegante halzen en weelderige veren, maar andere hadden de meest idioot grote poten, of vleugels die niet werkten.

Doordat hij had verzuimd voedsel voor de vleeseters te scheppen, begonnen de dieren bijna onmiddellijk elkaar te verslinden, wat meneer B verontrustte en wat geen tijdelijke afwijking leek te zijn maar een situatie die bestemd was om volledig uit de hand te lopen.

Hij begon te vermoeden dat de jongen stekeblind was.

Maar voor de wanhoop een kans kreeg de kop op te

steken, stelde Bob voor (met een irritant air van noblesse oblige) dat meneer B zelf ook iets schiep. Hoewel eerst terughoudend, begon meneer B zich een soort majestueus gestroomlijnde dieren voor te stellen met zachtaardig glimlachende snuiten en machtige staarten waarmee ze zich wonderlijk snel door de zee voortbewogen, maar die lucht inademden en levende jongen ter wereld brachten. Ze leefden onder water, maar waren niet buitenaards, of koudbloedig zoals vissen, en hun stemmen waren welsprekend en bleven je bij.

En zo schiep hij de grote walvissen, waarvan zelfs Bob moest toegeven dat ze best mooi waren. En meneer B keek met ontzag hoe de blauwzwarte wateren magisch voor zijn schepselen uiteenweken en zich boven hen sloten zodra ze voorbij waren. Nog lang nadat Bob over was gegaan op het scheppen van een hele hoop eigenaardige gedrochten (zoals het vogelbekdier en grote plompe lori's) zat meneer B in gelukzalige verwondering naar zijn walvissen te kijken.

'Wat zijn jullie mooi,' fluisterde hij, en zij toonden hun mysterieuze glimlach, blij dat ze werden bewonderd.

En toen ging Bob verder met het scheppen van alles wat kroop, en van een aantal dieren dat sprong en klom en gleed en zelfs tunnels groef, en hij zei hun talrijk te worden en zich te vermenigvuldigen, wat ze met het meest verpletterend eigenaardige mechaniek deden dat meneer B ooit had aanschouwd, een die hem ook licht in verlegenheid bracht. Hij wilde de jongen op zijn schouder tikken en zeggen: 'Neem me vooral niet kwalijk, maar ben je hier wel zeker van?'

Ondertussen sprong Bob op en neer en verkondigde dat alles 'goed, heel goed' was, zo goed dat hij als een zelfvoldane, gestoorde dreumes niet kon ophouden met giechelen van blijdschap. En vervolgens, als een kind dat het niet laten kan steeds meer strooisel op zijn al overladen ijsje te doen, schonk hij zijn schepselen een kakofonie aan verschillende talen zodat ze niet met elkaar konden communiceren en verbond hij, gewoon voor de lol, de weersomstandigheden aan zijn stemmingen, zodat wanneer hij vrolijk was de zon zou schijnen, en als hij zich ellendig voelde het zou regenen en stormen, wat ieder ander ook een ellendig gevoel bezorgde. Toen meneer B uiteindelijk (met heel veel respect dat hij niet voelde) vroeg hoe het allemaal samen in zijn werk zou gaan, leek Bob de vraag niet te begrijpen, en zakte meneer B nog dieper dan daarvoor weg in somberheid.

En toen zegende Bob het hele misvormde eigenaardige zootje, maar niet voordat hij een zo gedurfde scheppingsdaad verrichtte, zo'n volstrekte ramp, zo suïcidaal en fout, dat meneer B vond dat er onmiddellijk iets gedaan moest worden om hem tegen te houden. Hij schiep de mens naar zijn gelijkenis en gaf hem heerschappij over de vissen in de zee en de vogels in de lucht en over het vee en al het gedierte dat op de aarde kruipt.

Waarvan iedereen kon zien dat het zonder meer vragen om onheil was.

En toen Bob ten slotte, op de zesde dag, achteroverleunde (als de zelfvoldane domoor die hij volgens meneer B's volstrekte overtuiging ook was) en zei dat het heel, heel erg goed was, echt ongelooflijk goed, en eraan toevoegde dat hij nu even wilde uitrusten omdat al dat scheppen hem had uitgeput, staarde meneer B hem verbijsterd aan en dacht: je kunt maar beter zoveel uitrusten als je kunt, jongetje, want je hebt net een enorme knoeiboel geschapen op dat lieve planeetje van je, en het moment waarop al die hongerige vissen en vogels en idiote vleeseters met een ruggengraat en scherpe tanden en piepkleine hersentjes elkaar treffen, komt er een bloedbad. En terwijl hij dat dacht, verslond de eerste leeuw de eerste antiloop. En stelde vast dat het inderdaad heel erg goed was.

Hoe meer meneer B erover nadacht, hoe ongeruster hij werd. Niet alleen zat hijzelf aan Bob vast, maar ook aan een heel ras dat naar het beeld van die magere, arrogante minkukel geschapen was. Dit was niet meneer B's idee van een heel goed, of zelfs maar redelijk of armzalig idee, of van alles wat minder dan een stap verwijderd was van de eeuwige verdoemenis.

Waar het praktisch op uitdraaide.

7

Wat lief dat je belt, Lucy, schat. Toch niks mis?'

'Jij belde mij, moeder. En natuurlijk is er niks mis.'

'Nou, dan hou ik je niet op, maar ik wilde even zeggen dat er een fantastische uitverkoop is bij...'

Lucy zuchtte. 'Nee, dank je wel, moeder. Ik zit goed in de kleren.'

'Ja, dat is ook zo.' Ze aarzelde. 'En hoe is het op het werk?'

'Goed wel. Ik verwacht deze week te horen of ik mijn drie maanden proeftijd goed heb doorstaan. Ik zou willen dat ze er iets over zeiden.'

Morgen was het vrijdag. Hoe lang zou ze nog moeten wachten?

'Ik word er gek van.'

'Zit er niet over in, schat. Ik weet zeker dat je het goed hebt gedaan. Je werkt zo hard.'

Lucy trok een lelijk gezicht. Haar moeder wist niks van personeelsbeleid, en hoe moeilijk het tegenwoordig was om een vaste baan te krijgen. 'Als ik me nu niet aankleed, kom ik te laat.'

Mevrouw Davenport schraapte haar keel. 'Je weet dat Althea met kerst gaat trouwen.'

Lucy zweeg.

'Tante Evelyn belde gisteravond om te vragen met hoeveel we kwamen.'

'Eens kijken,' zei Lucy vinnig. 'Pap, jij en ik. Wat vind je van drie? Zal ik nog een keer tellen?'

'Nee, natuurlijk niet, schat, alleen... Ze zei dat je iemand mee mocht nemen als je...'

'Dag, moeder.' Door het geweld waarmee ze de telefoon op de haak smeet begon een lamp naast haar bed gevaarlijk te zwaaien. Toen Lucy er een hand naar uitstak, gooide ze haar thee om. Een warme bruine vlek verspreidde zich over de witte schapenvacht bij haar bed.

'O, shit!' Lucy kon wel huilen. Allemaal de schuld van haar moeder.

Zelfs als je Lucy's moeder nooit had ontmoet, kon je het gevoel hebben dat je iemand kende die precies op haar leek. Laura Davenport had het voorkomen van een dure pony: stevig, alert, en goed geroskamd. Ergens in het verleden had ze haar losbandige jeugd ingeruild voor een verstandig huwelijk en een aantrekkelijk huis in régencestijl en nu leidde ze het leven van een keurige, burgerlijke huisvrouw. Ze droeg voornamelijk dure tweed en kasjmieren vestjes in verstandige kleuren, zette een uitstekende rosbief op tafel en vroeg zich maar eens in de zoveel tijd af hoe anders haar leven had kunnen verlopen.

Geen van deze praktische eigenschappen had haar goed voorbereid op de komst van haar jongere dochter, die op niemand in de familie leek, niet in uiterlijk en niet in karakter. Lucy was het soort rondborstige, roomblanke jonge vrouw met het figuur van een zandloper dat door kunstenaars en liefhebbers van een eerder tijdperk werd aanbeden, toen woorden als 'rubensiaans' pure bewondering uitdrukten voor rozige gezichtjes die sereen boven kolossale boezems zweefden, voor golvende dijen en billen met kuiltjes; lichamen die er het aantrekkelijkst uitzagen als ze in

30

niets anders gekleed gingen dan een grote vergulde lijst. Met haar slanke enkels en goudblonde haar was Lucy een wezen dat vroeger veel waardering oogstte. Haar figuur was misschien niet trendy, maar wel adembenemend. Zoals veel meisjes van haar leeftijd hunkerde Lucy naar liefde. Dat had geen probleem hoeven zijn. Maar dezelfde uitstraling die volstrekte vreemdelingen aantrok, was haar een blok aan het been. Sommige mannen vatten haar indrukwekkende contouren op als bewijs dat ze dom was. Sommigen gingen ervan uit dat ze arrogant was. Anderen dachten dat ze hen toch nooit een blik waardig zou keuren, dus waarom proberen? Een verbazingwekkend aantal potentiële partners viel daardoor al af voor ze zelfs maar de kans kreeg hun namen te leren kennen.

En dan was er nog haar moeder, die haar altijd in de richting van 'geschikte' mannen duwde en liet doorschemeren dat je in háár tijd niet alleen maar op de ware jakob zat te wachten – je ging eropuit, was proactief. Over het resultaat van al die proactiviteit had Lucy zo haar twijfels. Haar moeder had in haar tijd duidelijk veel geëxperimenteerd, maar was uiteindelijk met haar vader getrouwd, zonder meer een lieve man met wie ze (zelfs in Lucy's liefhebbende ogen) zo te zien weinig gemeen had.

Lucy's gedachten dwaalden af naar haar peetvader, Bernard, zoals ze de afgelopen jaren zo vaak hadden gedaan. Was haar moeder met hem proactief geweest?

Ach, iedereen kan barsten, dacht ze. Ze was nog maar eenentwintig, er was tijd genoeg om haar liefdesleven te regelen. Het was niet wat je noemt een drama om op haar leeftijd nog maagd te zijn. Ook al voelde het wel zo.

Ze grabbelde naar haar sleutels, telefoon en tas, sloot de deur af en rende te laat en in een slecht humeur dankzij haar moeder en de gemorste thee, naar de bushalte. Tenzij de bus meteen kwam, zou ze geen tijd hebben om ergens te ontbijten. Tot elf uur zonder eten. De gedachte bracht haar nog verder uit haar humeur.

Maar de bus kwam meteen, er was weinig verkeer en de chauffeur haalde achter elkaar zes groene lichten. Tegen de tijd dat Lucy bij haar halte kwam, voelde ze zich oneindig veel opgewekter.

De eigenaar van de snackbar stak zijn hand op om haar te begroeten. 'Toast?'

'Twee,' zei ze. 'En koffie alsjeblieft.'

Wat maakte het veel uit als je 's morgens gewoon een vriendelijk gezicht zag. Een beetje plezierig menselijk contact was alles wat ze nodig had om in een betere stemming te komen en tegen de tijd dat ze op haar werk kwam, voelde ze zich weer opgewekt.

Na de koffie en toast verwonderde ze zich erover dat ze ooit in zo'n slechte bui had kunnen raken. De leuke dingen van het leven waren zo eenvoudig. Het was allemaal een kwestie van waarderen wat je had. En de wetenschap dat het altijd erger kon.

8

Bobs moeder drinkt jenever bij het pokeren. Omdat ze een groot aantal partijen gewonnen heeft, concludeert ze dat de jenever geluk brengt en begint ze dubbele porties te bestellen. Spel na spel vormen de kaarten voor haar flushes, straten en paren, tot haar stapel chips een grote golvende muur vormt waarachter ze haar blijdschap kan verbergen.

Bob komt zoals gewoonlijk laat opdagen, vergezeld van Eck. Hij neemt de lege stoel naast zijn moeder en knikt naar de dealer. Eck loopt meteen naar de hoek van de tafel, waar hij met onverholen wellust naar een schaal broodjes lonkt.

'En wie mag dat zijn?' Mona kirt verrukt in de richting van het diertje. 'Wat een schattig klein ding. Is het jouw...?' Ze trekt één veelbetekenende wenkbrauw op.

'Mijn wát?'

'Jouw kind?' Ze wiebelt met haar vingers, maar het beestje blijft op afstand, strekt zijn neus over de volle lengte en snuffelt behoedzaam in de richting van haar hand.

'Mijn kínd? Natuurlijk is dat niet mijn kind. Kijk dan! Hij is godbetert een Eck. Is dat mijn neus? Beheers je een beetje, moeder. Hij is niks. Gewoon een ding.'

Een ding? De Eck fronst zijn snuit en zet zijn haren overeind van kwaadheid. Hij had zichzelf altijd een paar treetjes hoger ingeschaald dan een ding.

33

'Kom eens hier, Eckdingetje,' flikflooit Mona en als de Eck een stap dichterbij doet, geeft ze hem klopjes op zijn kop, aait over zijn vacht en kirt. 'Geinig dingetje. Lekker dingetje. Weet je zeker dat hij niet van jou is, schat? Hij heeft iets in zijn snuit wat me sprekend aan jou doet denken toen je nog een heel klein...'

Bob knijpt zijn ogen tot spleetjes en kijkt dreigend.

Tegenover Mona schraapt meneer Emoto Hed zijn keel: 'Komen we hier om te kletsen of om te pokeren?' Er klinkt een donderend dreigement door in zijn stem. Hij heeft dan wel een zwak voor Mona, maar haar zoon mag hij helemaal niet. Die maakt er een gewoonte van om rond te hangen bij kaartspelletjes en zich van zijn moeders winsten te bedienen.

Zelfs als hij mensen mag, is meneer Hed er de man niet naar om zich vriendelijk op te stellen.

Naast Hed zit zijn dochter Estelle, een zichzelf wegcijferend meisje met een rustige manier van doen en een helder verstand. Ze pokert nooit. Nu kijkt ze naar Eck. 'Hallo,' zegt ze. 'Wat een snoezig beest.'

'Snoezig?' Bob port Eck in zijn zij, waardoor hij omvalt. Hij jankt van pijn. 'Hoor je dat? Ze vindt je snoezig.'

Estelle, die in de smiezen krijgt waar Eck naar smacht, pakt de grote schaal broodjes en houdt die hem voor. Ecks ogen worden groot van verlangen. Hij verslindt de hele voorraad in een ommezien en zakt dan, verzadigd, tegen het been van zijn weldoener. Ze steekt een hand uit om hem te aaien en hij knort slaperig.

Er wordt weer gedeeld en Mona pakt langzaam haar kaarten op. Niets. Ze past.

Bob fronst zijn voorhoofd en volgt, terwijl hij chagrijnig zijn kaarten op tafel smakt. Eck schrikt op van het lawaai.

Mona's volgende hand is zo uitzonderlijk slecht dat ze vals spel begint te vermoeden en haar ogen flikkeren (een beetje onvast) van de ene pokerface naar de andere. Ze trekt drie kaarten en roept om nog een jenever.

Bij de vierentwintigste ergste hand ooit in de pokergeschiedenis is Mona's fortuin geslonken tot een stapel chips formaat theekopje. Ze kijkt koortsachtig om zich heen en neemt haar tegenspelers kritisch op. Natuurlijk is iedereen in staat – dat wil zeggen: heeft het vermogen – om vals te spelen, maar bij galactisch pokeren gaat het er niet hard aan toe en niemand in de lange, ingewikkelde geschiedenis van het spel heeft ooit vals gespeeld. Tenminste, dat nooit toegegeven.

Voor de volgende ronde splitst de dealer haar een schoppentwee, een klavervier, een joker, een plaatje van een donzig poesje en een ansichtkaart van Marbella in de maag.

Mona springt razend overeind en wankelt, waardoor ze bijna de tafel omgooit. Ineens is ze tien meter lang. Vlammen schieten uit haar vingertoppen en likken rond haar reusachtige romp. Haar bronskoperen haar kronkelt in wilde, hete tentakels rond haar hoofd.

'Iemand probeert dit sjpel te binvloeden,' zegt ze op haar beste staal-in-jenever-gedoopte, poeslieve toon. 'En als ik erachter kom wie, zullen de g-gevolgen... ramspoedelijk sijn Catastrofischj.' Ze helt naar één kant, terwijl de jenever catastrofischj achter haar ogen klotst.

'Moeder, ga zitten!' sist Bob.

Meneer Hed glimlacht en Estelle kijkt naar haar handen. Iedere andere speler doet zijn best om de beledigde onschuld uit te hangen.

'Ik voel me zeer gekwetst door je beschuldiging,' zegt

Emoto Hed minzaam, terwijl hij langzaam in een geweldig knetterend onweer overeind komt. Langzaam, als zijn ze elkaars spiegelbeeld, gaan Mona en hij weer zitten.

Het spel gaat verder.

9

Meneer B kijkt naar de enorme stapel papierwerk. Zijn handen, neergevlijd op het mooie donkergekleurde opper-vlak van zijn biedermeiersecretaire, liggen klaar, als van een pianist die op het punt staat in Liszt los te barsten. Afwezig volgt hij met zijn vingers een lichte esdoornvleug in het hout voordat hij een map uit de stapel kiest. Met een heel somber voorgevoel slaat hij hem open. Hij weet nog dat hij dit bureau in Wenen kocht, enige tijd nadat de napoleonti-sche legers in Waterloo de genadeslag hadden gekregen. Alsof het nog vorige week was, zo kortgeleden lijkt het.

Hij probeert niet bij het verleden stil te staan. Heeft geen zin, zegt hij tegen zichzelf. Zo heeft hij het tot nu toe gered, de ene voet voor de andere, voorzichtig aan. En als zijn toewijding al een teken van zwakte heeft vertoond, komt het alleen door die hopeloze, niet-aflatende, schan-delijke stommiteit van die kolossaal idiote...

Stop, stop.

Hij laat zijn hoofd in zijn handen zakken.

Uiteindelijk trekt hij een map tevoorschijn, dé map, de allerbelangrijkste map, zijn ontslagbrief. Hij heeft elk woord, elke regel twee keer overgelezen en alle puntjes op de i gezet. Nu is hij eindelijk zover. Hij is er vast van over-tuigd dat het een perfecte brief is en ook dat hij hem on-middellijk wil versturen. Het is er de goede tijd voor. Met ingehouden adem (want dit is een groots, plechtig moment, het lichte duwtje tegen de eerste dominosteen, dat, naar hij hoopt, een hele serie opeenvolgende acties in werking zal zetten) stopt hij met uiterste zorg de brief in een envelop, plakt hem dicht, en... hopla. Hij is weg.

Een diepe zucht. De teerling is geworpen. De commissie zal vast medelijden met hem hebben, of, zo niet, toch minstens begrip opbrengen voor zijn wanhoop, het argument voor een lange rustperiode, of voor een ander soort baan (desnoods een ondergeschikte, maar liever – als waardering voor jaren van uitstekende dienstverlening – ergens een hogere kantoorbaan. Zolang het maar geen stress oplevert. Rust. Geen Bob.

Hij geniet van het moment met een gevoel dat het het midden houdt tussen vervoering en vrees. Verandering blijkt toch te kunnen. Hij is opgetogen over de stap die hij eindelijk heeft durven zetten. Zes weken opzegtermijn, en dan wenkt de toekomst met zijn grote postzak aan mogelijkheden. Hij gaat zich concentreren op zijn vertrekstrategie. Nu duurt het niet lang meer. Er is genoeg aan voorbereiding te doen. Met een zucht laat hij zijn adem ontsnappen.

Als hij een ander soort man was zou hij gillen, zingen, springen van blijdschap.

Hij duwt zijn bril terug omhoog op zijn neus. Nu het een feit is, ligt het dagelijkse werk op hem te wachten. Meneer B kijkt naar de slordige stapels gebeden, zijn hart vol van het besef dat dit een eindig proces is, tenminste wat hem betreft. Vandaag de W. Waanzin (van oorlog, genocide, massamoorden, etnische zuiveringen), Water (vervuild/tekort/vergiftigd), Weduwen en Wilsbeschikkingen (oneerlijk/illegaal gewijzigd). Hij vist de map met Walvissen ertussenuit.

Elke dag denkt hij aan zijn walvissen. Als er van zijn geduld met Bob bijna niets meer over is, denkt hij aan hen, groot en statig, met hun diep echoënde zang. Ze zijn van hem. Natuurlijk verdient Bobs werk hier en daar ook bewondering. Het verbaast meneer B dat dezelfde God die zijn vuile kleren op een stinkende hoop naast zijn bed laat liggen in staat was om steenarenden, olifanten en vlinders te scheppen. Dat waren zonder meer momenten van goddelijke ingeving! Er zijn meer dieren die zijn bewondering wekken: zware, soepel voortbewegende, gestreepte tijgers en elegante langgenekte zwanen, die kraken in hun vlucht. Potsierlijke stekelvarkens als speldenkussens. De jongen is niet totaal zonder talent, maar hij bezit geen discipline, mededogen of emotionele diepte. Geen vooruitziende blik.

Hoe komt het, vraagt hij zich af, dat Bob het gepresteerd heeft om zo onverschillig te blijven voor zijn mooie schepping? Het is zowel zijn concentratievermogen als al het andere, zijn onvermogen om ergens in geïnteresseerd te blijven, zijn neiging om niet meer naar zijn nieuwe speelgoed om te kijken dat in een of andere kale hoek van de aarde ligt te verstoffen, terwijl hij achter (weer een ander) verhit sletje aan zit.

Meneer B kijkt uit het raam. Was deze baan van het begin af aan zo'n slecht idee geweest? 'We hebben je nodig,' hadden ze gezegd, 'je ervaring, je betrouwbaarheid, je vaardigheid om met mensen om te gaan.' Gemakshalve geen omschrijving van de loser die ze samen met hem hadden benoemd.

Laten we wel zijn, hij had zich gevleid gevoeld. Ze hadden precies geweten welke fraaie woorden ze in zijn oor hadden moeten fluisteren terwijl ze de strop lieten zakken.

'Geen werk voor iemand alleen,' hadden ze gezegd. En ze hadden het geweten. O ja, hij wist nu heel zeker dat ze het van het begin af aan hadden geweten. De jongen was duidelijk zo dom als het achtereind van een varken, en als hij geen duwtje had gekregen van iemand met een beetje invloed, lag hij waarschijnlijk nog steeds midden in het grote galactische niets te slapen, of uit zijn neus te vreten.

'Hij zal er wel in groeien,' hadden ze hem verzekerd, 'en gaandeweg aan formaat winnen.' Natuurlijk had hij dat niet gedaan en uiteindelijk had niemand daarmee gezeten. Er waren nog zoveel meer ontwikkelde hoeken van het universum die om aandacht vroegen.

Meneer B zucht.

Bob is in elk geval het huis uit. Laat hem vanavond maar iemand anders zijn probleem zijn.

10

De dealer geeft.

Mona's kaarten, een full house met azen en heren, bezorgt haar het gevoel dat ze misschien een beetje haastig is geweest met Hed van vals spel beschuldigen. Misschien had ze gewoon pech. Ha, denkt ze, en ze schuift wat er van haar chips over is naar het midden van de tafel.

Hed legt een royal flush op tafel.

De spelers springen als één man overeind. Mona barst in vlammen uit en wanneer Hed de volgende ronde *double or nothing* biedt gaat ze meteen mee, overhaast, zou je kunnen zeggen. Al nooit een speler om te stoppen als het de goede kant op gaat, speurt Mona naar iets wat als inzet kan dienen.

Bob kijkt verveeld.

'Nou?' vraagt Hed. Dreiging warrelt om hem heen als stof.

Mona's ogen blijven op Eck rusten. Met een snelle beweging grijpt ze hem bij zijn middel en zet hem op tafel, waar hij met knipperende ogen blijft staan.

'Hier,' zegt Mona.

'Wat is dat voor inzet?' Heds gezicht drukt minachting uit.

Bob gaapt, duwt het haar weg voor zijn ogen. 'Hij is de laatste van zijn soort. Na hem zijn ze uitgestorven.'

'Heel waardevol,' zegt Mona gretig.

Bevend speurt de Eck op het ene onbewogen gezicht na het andere naar medelijden.

'Er is er nog maar één van. Zeldzamer bestaat niet.' Mona's ogen schitteren onnatuurlijk.

Estelle staat op. 'Stop,' zegt ze kalm. En dan luider: 'Stóp!' Iedereen draait zich om om haar aan te kijken. 'Zet hem terug op de vloer. Het is een dier, geen ding.'

'Hij is van mij,' houdt Mona vol, 'en ik kan met hem doen wat ik wil.' Om haar gelijk te bewijzen, geeft ze hem een por. Hij geeft een kreetje en Mona kijkt naar Hed. 'Dit is mijn inzet. De laatste van de Ecks. Zijn leven. Om mee te doen wat je wilt.'

Estelle wendt zich naar een van de andere spelers: 'Zet eens wat zwarte koffie, alsjeblieft.' Ze kijkt weer naar Mona, die met haar glas boven haar hoofd zwaait voor een *refill* en steekt een hand uit om de ober tegen te houden die een stap naar voren wil doen. 'Zo kan hij wel, Mona.' Haar stem is kalm. 'Eck, ga maar.'

'Helemaal niet,' zegt Mona beslist. 'Het is míjn Eck.' Haar schitterende ogen vangen die van Hed.

'Feitelijk is het míjn Eck,' mompelt Bob. 'Tot vandaag is hij je niet eens opgevallen.'

'Wat zou ik trouwens met hem moeten?' merkt Hed schamper op. 'Wat dan nog als hij de laatste van de Ecks is. Hij blijft waardeloos.'

Het diertje laat zijn kop hangen.

Mona leunt, een beetje tipsy van de jenever, naar voren en laat haar stem dalen. 'Van Ecks wordt gezegd dat ze het lekkerste vlees hebben van alle dieren in negenduizend melkwegstelsels.' Ze houdt Heds blik vast en laat haar stem nog verder dalen tot ze fluistert. 'Even tussen ons, dat is de reden dat er nog maar één van is.'

Bob rolt met zijn ogen.

Dit is te veel voor de Eck, die piept van verontwaardiging en ineenschrompelt.

Estelle steekt haar armen uit. 'Niemand,' zegt ze kalm, 'gaat jou opeten.' Ze keert zich naar haar vader. 'Nee toch?' Noch Mona, noch Hed wil zich de mindere tonen door als eerste zijn blik af te wenden.

'Het lekkerste vlees van negenduizend melkwegstelsels?' Hed kijkt nadenkend. 'Hoe komt het dat ik nooit Eck heb geproefd?' Hij denkt even na en steekt dan zijn hand uit. 'Akkoord, ik accepteer je inzet.'

'Wacht even. Hij is mijn Eck, niet de jouwe.' Bobs dreigende blik omvat zijn moeder en Hed. 'Als iemand hem opeet, ben ik het.'

Estelle tilt de Eck van tafel. 'Niet luisteren,' fluistert ze. Tegen de gezamenlijke spelers zegt ze streng: 'Ophouden hiermee. Het deugt niet. Jullie weten dat het niet deugt. Bob? Hij is jouw huisdier. Laat ze dit niet doen.'

Bob zit diep weggedoken in zijn stoel. 'Laten we verder spelen. Ik heb nog meer te doen.'

Mona lacht luguber, haalt een splinternieuw pak kaarten tevoorschijn en overhandigt ze aan de dealer, die de wikkel eraf haalt en deelt. Het spel duurt nog geen minuut.

Als hij beseft wat er gebeurd is, begint de Eck te jammeren.

Mona trekt zich onvast met scheel kijkende ogen terug. Bob volgt haar mopperend. De spelers gaan uiteen.

Estelle legt een besliste hand op haar vaders arm. 'Pap, je kunt hem niet opeten.'

'Een weddenschap is een weddenschap.'

'Alleen als jij het zegt,' zegt Estelle.

Emoto Hed trekt zijn minder charmante grijns. 'Ik kijk

eigenlijk wel uit naar mijn eerste hapje Eck. En blijkbaar ook mijn laatste.' Hij lacht gemeen.

De Eck krimpt in elkaar.

'Niet waar hij bij is, pap, alsjeblieft.'

Hed trommelt met zijn vingers. 'Ik heb de Eck eerlijk gewonnen en ik eet hem op als ik daar zin in heb.'

'Dat zal ik niet toestaan.' Estelles gezicht staat kalm en een heel klein beetje streng. Haar stem klinkt beheerst.

Heds ogen worden donker. Zwarte rook komt in stinkende walmen van hem af. 'Een deal is een deal,' gromt hij met een diepe grafstem.

Estelle geeft geen krimp.

Haar vaders aanwezigheid verkeert in een verwoestende afwezigheid, een kwaadaardige Hedvormige leegte die alle licht en warmte in zich opzuigt.

Maar zijn dochter is niet onder de indruk. Overal waar Hed kijkt, ontmoet hij haar blik. Op het laatst zucht hij, stopt met walmen en wordt weer zichtbaar. 'Maar je weet wat een slappe ouwe softie ik ben. Hij kan uitstel krijgen.'

Estelle laat even haar waakzaamheid verslappen. Haar ogen worden zacht en ze legt haar hand op zijn arm. 'Dank je wel, pap. Ik wist dat je je verstand zou gebruiken.'

'Zes weken. Dan eet ik hem op.'

Ze verstijft. 'Zes weken?'

'Zes weken. Dan heeft hij tijd om aan het idee te wennen.'

Eck laat zich op de vloer zakken en scharrelt naar de verste hoek van de kamer, waar hij als een halflege voetbal in elkaar zakt. Hij denkt niet dat hij aan het idee zal wennen.

Zachtjes, als om geen aanstoot te geven, begint hij te huilen.

11

Mona sliep als een kind, een dronken kind, haar blanke voorhoofd met een blos, haar armen in overgave uitgespreid over het bed. Bob liep te ijsberen, popelend om te vertrekken, maar niet voor hij een hoognodige confrontatie met zijn moeder had gehad.

Hij ging op het bed zitten en gaf haar een duw.

Mona kreunde, haar mooie gezicht vertrokken van pijn. 'Oh, oe.' Haar rechterhand zweefde omhoog en vlijde zich tegen een zachte wang. Ze drukte haar slanke vingers zachtjes tegen een bonzend jukbeen. 'O, Bob, schat, ben jij het.'

'Ja, ik ben het, moeder. Ik. Alleen! Zonder gezelschap, moeder.' Hij keek kwaad.

'Je had me niet zoveel moeten laten drinken,' zei ze met een moedige poging tot een glimlach.

'O, ha. Alsof ik je tegen had kunnen houden.'

Ze kreunde zachtjes. 'Zo'n grote knappe jongen als jij.' De woorden kwamen er een beetje onduidelijk uit, alsof het praten haar pijn deed. 'Tegen arme mij.'

'Arme mij?' snoof Bob. 'Hoor eens, ik ga nu weg. Maar ik wil weten wat je van plan bent aan mijn Eck te doen.'

'Je Eck?'

Bob rolde met zijn ogen. 'Weet je niets meer van gisteravond?'

Ze waagde een gok. 'Heb ik verloren?'

'Duh.'

'Erg?'

'Duh!'

'O, nou ja.' Ze sloot haar ogen weer. 'Wat zullen we vandaag gaan doen? Ik voel me zo wel weer beter.'

'Moeder!'

'Ja, schat.'

'Je hebt mijn huisdier gestolen.'

Haar ogen fladderden open. 'O ja? Wat dom van me.'
Bobs ogen schoten vuur. 'Je hebt mijn Eck gestolen en
hij zal worden ópgegeten!'

'Vertel het me straks, schat. Niet nu. Het is te vroeg. Ik
heb er de kracht niet voor.'

'Het is anders al middag, en ik wil hem terug.'

Mona zuchtte. 'Je krijgt van mij wel een nieuwe, mijn
schat. Ecks zijn er bij hopen, kosten praktisch niks. Als je
niet uitkijkt trap je erop.' Ze fronste haar voorhoofd. 'Tenminste dat was vroeger zo. Voor die idiote geruchten dat ze
zo ongelooflijk lekker waren.' Ze lachte zwakjes. 'Gelukkig
is Hed daar niet van op de hoogte.'

Bob kreunde.

Mona's ogen vlogen wijd open van ontzetting. 'Wéét hij
het? Wie kan er nou zo tactlo...'

De uitdrukking op het gezicht van haar zoon weerhield
haar.

'O, jee.'

'Volgens wat jíj aan iedereen daar hebt verteld, moeder,
is hij niet alleen de laatste van de Ecks, maar het lekkerste
hapje in negenduizend melkwegstelsels.'

'Dat lijkt me niet juist.' Mona leek echt verbaasd, maar of
dit door het morele gehalte van de situatie kwam of door de
enigszins dubieuze aard van het verhaal, was niet duidelijk.

Bob sprong op en begon te ijsberen. 'Dit is weer precies zoiets wat jij altijd flikt.'

'Altijd?' Mona fronste haar voorhoofd. 'Heb ik eerder Ecks vergokt?'

Hij stond stil en draaide snel om zijn as om haar aan te kijken. 'Ik wil hem terug. Het zit me tot hier dat jij mijn spullen jat.' Zijn stem rees tot een schreeuw: 'Zorg dat je hem terugkrijgt!'

'Ja, schat. Wat een goed plan. Dat zal ik doen. Straks.' Schopte haar zoon maar niet zo'n herrie. Of nog beter, ging hij maar gewoon. Wat maakte het uit. Ze zou iets moois aantrekken, bij Hed langsgaan en hij zou haar de Eck teruggeven, natuurlijk deed hij dat.

Ondertussen zou een ontbijt vast helpen om de bonkende pijn achter haar ogen te verminderen. Ze zou die weddenschap wel oplossen. Maar pas als haar hoofd niet meer zo'n pijn deed. Als Bob niet meer naar haar schreeuwde. Als ze zich weer meer zichzelf voelde.

Misschien dan nog niet. Maar zeker niet voor die tijd.

12

Estelle nam terug naar Bob een omweg, met de Eck in
haar armen. Het dier woog ongeveer evenveel als een kind
van één en voelde net zo zwaar en compact aan, als een
gezellig dikkerdje. Hij nestelde zich met een zucht in haar
armen, met zijn neus voorzichtig om haar nek gekruld.
Ze stopten bij een café, waar Estelle vier gepocheerde
eieren met ham bestelde, worst, bonen en toast met een
dikke laag boter, plus een bijgerecht van knapperige wafels
met boter, poedersuiker en stroop, drie chocolademuffins
en een kom warme melk. Ze sneed de wafels en de worst
in stukjes en keek geamuseerd toe hoe hij een hele choco-
lademuffin in zijn (al behoorlijk volle) bek probeerde te
proppen.
Pas toen hij de wafels tot op de laatste kruimel en de
melk tot de laatste druppel naar binnen had gewerkt, begonnen de ogen van de Eck dicht te vallen en zakte hij onderuit op Estelles schoot.
De enige andere klant was een mooi blond meisje, dat
naar Estelle glimlachte. Estelle glimlachte terug.
'Mijn hemel,' zei het meisje met grote ogen van verbazing.
'Wat is dat voor dier?'
'Hij komt uit Madagaskar,' zei Estelle. 'Hij is een beetje
zeldzaam.'
'Héél zeldzaam,' volgens mij. 'Ik heb nog nooit zo'n dier
gezien. En zo tam! Mag ik hem aaien?'

Estelle knikte en het meisje giechelde toen ze Ecks lange, soepele neus streelde. 'Ik werk bij de dierentuin,' zei ze en ze wees in de richting van het blauwe nijlpaardenbad op de heuvelhelling. 'En we hebben niets wat in de verte op hem lijkt. Heeft hij een naam?'

'Het is een Eck,' zei Estelle en later wenste Lucy dat ze het meisje had gevraagd hoe je dat moest spellen, want ze kon geen verwijzing naar een Eck, Ecc of een Ech, of een Ecqu vinden op de website van Malagassische fauna.

Estelle wachtte tot Lucy weg was, rekende af en hees de bolle Eck weer in haar armen. Samen slenterden ze in de stralende late ochtendzon, waarbij het slaperige dier zich af en toe wakker schudde om over Estelles schouder te kijken. Bob nam hem nooit mee uit wandelen.

Estelle praatte tegen hem onder het wandelden, niet steeds over dingen die hij begreep. Maar haar stem omgaf hem als een warme plek vol licht, en hij voelde zich veilig.

Toen ze het onvermijdelijke niet langer kon uitstellen, ging ze op weg naar Bobs appartement en bleef met het dier in haar armen in de deuropening staan, onwillig om hem af te geven. De uitdrukking op haar gezicht was ernstig. 'Mijn vader heeft hem uitstel gegeven,' zei ze tegen Bob. 'Maar kort, jammer genoeg. Degenen van ons die er belang bij hebben, doen natuurlijk hun best om hem te helpen. Ik vertrouw erop dat je hem in de tussentijd goed behandelt.'

'Eck,' zuchtte Eck, met zijn gedachten bij kleverige wafels en jam.

Bob keek even naar Estelle zonder enig teken van herkenning en toen naar zijn huisdier. 'Nou, het werd tijd dat je thuiskwam. Wie is je meisje? Haal eens toast. Ik sterf van de honger.'

Estelle tilde haar hoofd op en keek Bob oplettend aan.

Bob snoof. 'Wat?'

Estelle zette Eck op de vloer en deed zijn trui goed. 'Ik kom terug,' zei ze op zijn vragende blik. En ze vertrok.

'Zo... een tijdelijk uitstel, hè? Geweldig. Als je klaar bent met de toast, zeg dan tegen B dat hij hier moet komen.' Bob porde Eck met een potlood onder zijn ribben. Het dier piepte en draafde weg met een gekwetste uitdrukking op zijn snuit.

Binnen een paar seconden was hij terug. 'Eck,' zei hij.

Bob keek dreigend. 'Je hebt het hem niet eens gevraagd. Waar is mijn toast?'

'Eck!'

'Die heb je opgegeten, zeker?'

Eck sprong in protest op en neer. 'Eck, Eck, Eck!'

Bob pakte hem bij zijn grijpneus en trok hem naar zich toe. 'Je bent slecht.'

Eck gaf niet toe en keek boos. *Jij bent ook slecht.*

'Ik ben niet slecht. Ik ben God.'

Slechte God, dacht Eck. Idiote, akelige rotgod.

Ze staarden elkaar vijandig en zonder met hun ogen te knipperen aan, tot Bob de patstelling zat werd, Eck oppakte, hem in een rieten mand smeet, die klemzette onder het bed en weg beende om meneer B te zoeken. Eck huilde van woede terwijl hij zijn pijnlijke neus vasthield.

'Ik moet je spreken.'

De oudere man keek niet op van zijn werk. 'Ga je gang.'

'Ik wil je volle aandacht.'

'Uiteraard.' Makkelijker gezegd dan gedaan. Naar Bob luisteren leek op kijken naar een bijzonder slappe versie van reality-tv; je kon alleen je aandacht erbij houden met een goed boek, een drankje, en een hoofd vol bijgedach-

50

ten. Meneer B trok een gezicht dat voor belangstellend moest doorgaan. 'Brand maar los,' zei hij vriendelijk.

'Ik ga nu.'

'Okido.'

'Wil je niet weten waarnaartoe?'

'Natuurlijk.' Niet. Maar hij wist het zonder dat het hem verteld hoefde te worden. Een paar millennia waren meer dan genoeg om in het hoofd van een zelfingenomen kloothommel te kijken die alleen geïnteresseerd was in eten, seks en het vermijden van leed.

Bob rechtte zijn schouders. 'Ik ga naar Lucy.' Hij zweeg, nam een geposeerde houding aan en staarde naar het raam alsof het hem koud liet. Een luid heen-en-weergeschuif uit Bobs slaapkamer kondigde de terugkeer van Eck aan, die op de schoorsteenmantel achter Bob ging zitten en diens norse sullige houding precies nabootste. Meneer B onderdrukte een lach.

'Uitstekend. Doe haar de groeten. Gebruik een condoom. Probeer het niet te veel over je werk te hebben, je weet wat voor uitwerking dat heeft op vrouwen.'

Bob fronste zijn voorhoofd. 'Ga je me niet eens...'

'Nee.'

De rimpel in het jongensvoorhoofd werd dieper, zijn hele lijf pruilde. Achter hem nam Eck zijn houding in miniatuur over, zijn snuit een volmaakte karikatuur van Bobs gezicht.

'Oké, dan ben ik weg.' Hij verroerde zich niet.

Meneer B duwde zijn bril weer voor zijn ogen, boog zich over zijn werk en wachtte op het geluid van voetstappen.

Die niet kwamen.

De twee volhardden in die houding terwijl meneer B's horloge de seconden wegtikte. 'Ik dacht dat je ging,' zei hij ten slotte.

Een dikke traan gleed over de gladde jongenswang, de eeuwig mooie wang, voor eeuwig vrij van zorgrimpels, ondanks de eeuwig godsgruwelijke feiten van zijn bestaan. 'Ga dan. Ik heb werk te doen. Ik heb altijd werk, voor het geval je dat nog niet gemerkt had: het verschuiven van mijn oneindige berg zand met mijn oneindig kleine pincet.' Eck keek van het ene gezicht naar het andere. Hij bewoog zijdelings de kant van meneer B op, nam stelling. Bobs gezicht schrompelde ineen. 'Ik heb hulp nodig.'

'Ja, zeg dat wel, maatje, ik heb ook hulp nodig. Op de ene helft van de aarde heb ik afschuwelijke overstromingen en op de andere helft fnuikende droogte. Ik dacht dat je een aantal van die nattigheidskwesties zou regelen. Heb je de briefjes wel gelezen die ik je gegeven heb? Zo moeilijk was het niet. Afrika: nat. Amerika: droog.'

'Ik heb gedaan wat je zei.' Gods verontwaardigde stem schoot een octaaf omhoog.

Met zijn handen in zijn zij drukte Eck ongeloof uit.

'O, ja? Echt waar? Want, kijk, volgens mij bestaat er een minieme kans dat je het andersom hebt begrepen. Misschien, het zou kunnen, heb je niet goed geluisterd toen ik de situatie heel zorgvuldig aan je uitgelegde, waardoor je je landmassa's door elkaar hebt gegooid? Zou dat heel eventueel mogelijk zijn?' Meneer B zweeg, zette zijn bril af en onthulde ogen die glinsterden van nauwelijks ingehouden woede. 'Ik zal je zeggen waarom ik dat vraag. Ik vraag dat omdat ik in Florida vier miljoen dakloze mensen heb wegens overstroming en in Sudan vijf miljoen die sterven van dorst. Het is maar een veronderstelling, een wilde veronderstelling, maar ik denk dat je de twee eventueel, mogelijk, hebt verwisseld.'

De jongen keek weg, met smartelijk vertrokken gelaat.

'Het was niet mijn schuld. Jouw handschrift is bijna niet te lezen. En je weet dat ik mijn letters door elkaar haal. Bad/pad/dap/bod. Het is die ziekte. Dyspepsie.' Meneer B zucht. 'Niet bad/bod. Niet pad/pod. A-me-ri-ka. A-fri-ka. Ik dacht dat ik deze keer het verschil had uitgelegd zodat zelfs jij het zou kunnen onthouden. Maar je luisterde niet, hè?' Hij drukte een hand hard tegen zijn voorhoofd, alsof hij daarmee de woede daarbinnen in bedwang wilde houden.

God rolde met zijn ogen. 'Sor-ry,' zei hij op een zeurtoontje.

Meneer B haalde diep adem en trommelde met zijn vingers op het lichte esdoornhout. 'Kijk, moet je horen, laat me het uitleggen. "Sorry", als woord, als begrip, in de juiste context, veronderstelt berouw, spijt, wroeging. En gek genoeg, is wroeging niet wat ik meekrijg. Ik krijg niet echt de indruk dat je er ene moer om geeft of de hele wereld naar zijn mallemoer gaat terwijl jij op geslachtsgemeenschap uit bent met je torpedotietensloerie van deze week.'

Het ware hiervan kon niet ontkend worden. Bob had de wereld geschapen en toen gewoon zijn belangstelling verloren. Sinds zijn tweede werkweek had hij zijn tijd doorgebracht met slapen en spelen met zijn snikkel, terwijl hij er volledig in slaagde het bestaan van zijn schepping te negeren.

En was dat nou een reden om door de hele mensheid overspoeld te worden met verwensingen en godslasteringen? O nee. Want nu kwam het slimme: Bob had het hele ras van moordenaars, martelaren en schurken ontworpen met een ingebouwde neiging om hem te vereren. Je moest het de jongen nageven. Een flapdrol van heb ik jou daar, maar met zulke ongelooflijk geniale oprispingen dat je er ziende blind van werd.

De oudere man zette zijn bril weer op en bestudeerde aandachtig zijn pupil. Er waren momenten waarop je bijna medelijden met hem kreeg. Hij zag er inderdaad verloren uit. En als (door de grilligheid van het lot) meneer B toevallig in de stemming was om er nota van te nemen, zag hij het isolement dat Bob als een lijkwade omhulde, en ook de treurigheid.

Nou, het was zijn eigen stomme schuld. Niemand dwong hem een baan te nemen waarvoor hij zo totaal ongeschikt was. Niemand dwong hem om er zo'n puinhoop van te maken. En als zijn enige vriend dat abominabele pinguïnachtige ding was, wiens schuld was dat dan? Niet de mijne, dacht meneer B.

De jongen wrong zich in bochten, met zijn lange magere benen om elkaar heen geslagen, zijn romp negentig graden gedraaid ten opzichte van zijn heupen in wat een onmogelijk samenstel van ledematen leek. Zijn ellebogen staken scherp naar buiten als een of andere fout in het ontwerp en zijn armen slingerden zich (onafhankelijk van elkaar zich bewust van hun onbeholpenheid) rond zijn bovenlijf als wijnranken. Eck zat schrijlings op zijn schouder, bedacht op de mep van een hand. Toen die kwam, dook hij.

'Ik. Heb. Hulp. Nodig.' God, wat had hij er een hekel aan erom te moeten vragen. 'Met Lucy.'

En God, wat had meneer B er een hekel aan om hem die te geven. 'Kun je niet gewoon doen wat je altijd doet? In een visioen aan haar verschijnen, haar een paar stigmata geven, je ogen zwart maken, je meest trieste gezicht trekken? Vallen ze niet altijd voor het hologige, heilige zienersgedoe?' Meneer B herkende de vicieuze cirkel: onbeantwoorde wellust, geïdealiseerde hartstocht, de voltrekking... en dan ging hij door naar de volgende en liet hij het vorige slachtoffer verleid, gebroken en eenzaam achter. Wat was er mis met hem dat het hem (in hoeveel tientallen millennia?) nooit was gelukt iets op te steken van zijn ervaring? 'Nee, dat kan niet. Omdat...' Zijn stem klonk hees. *Omdat ze volmaakt is. Je zou haar moeten zien, zo mooi...* 'Omdat ze volmaakt is,' zei Bob met een zucht. 'Je zou haar moeten zien, zo mooi en slim...'

En lief!

'... en lief. Ik denk dat deze keer...'

Ze het weleens echt zou kunnen zijn.

'... ze het weleens echt zou kunnen zijn.'

Nou, misschien ben ik zelf ook voorspelbaar, dacht meneer B. Ze hadden heel lang de tijd gehad om elkaar te leren kennen. Een heel lange tijd.

Bob kneep zijn ogen tot spleetjes. 'Ga je me nu helpen of niet?'

'Niet.'

'Goed dan.' De jongen nam een houding vol eigendunk aan. 'Dan moet ik je om eerlijk te zijn waarschuwen dat wat er ook tussen Lucy en mij gebeurt, wat voor "gemeenschap", zoals jij het uitdrukt, zich ook voordoet, jou niets aangaat. Dus kom me later niet vragen wat er is gebeurd, en probeer ook niet mij ergens de schuld van te geven, want vanaf nu vertel ik je nooit meer iets over mijn leven.'

Bob veranderde in een pilaar van gesmolten zilver en verdween met een oorverdovende klap.

Meneer B zuchtte. De hemel zij dank voor een beetje rust en stilte. En als hij me nooit meer iets over zijn leven vertelt, zal me dat een miljoen en twaalf jaar plezier doen.

13

Lukes persoonlijk assistent wuifde dat ze door kon lopen. Lucy klopte op de deur van zijn kantoor, eerst zachtjes, met kloppend hart. Dat moest háár weer overkomen om naar zijn kantoor geroepen te worden en de beslissing van hém te horen. Maar hij kon niet zo erg de pest aan haar hebben dat hij haar de baan weigerde. Toch? Zelfs Luke zou niet zo gemeen zijn.

Omdat ze geen antwoord kreeg, haalde ze diep adem en probeerde het nog eens, met meer kracht. Misschien was hij er toch niet. Ze boog naar de deur, met haar oor er bijna tegenaan, toen hij plotseling openzwaaide, en haar zo uit haar evenwicht bracht dat ze struikelde en met een elleboog hard tegen Lukes borst aan kwam.

'Au.' Hij gaapte haar aan.

Lucy bloosde. Waarom gebeurde zoiets altijd met hem?

'Ik wilde net... Je reageerde niet.'

'Kom binnen.' Het klonk koel.

Ze ging op de rand van een metalen vouwstoel zitten. Het was warm in het kantoor; het zonlicht stroomde naar binnen door een raam dat met een boek werd opengehouden. De warme lucht die van buiten kwam rook naar seringen en jong gras.

Luke keek naar de papieren op zijn bureau, net zomin gelukkig als zij met deze regeling. Waarom was het aan hem om haar het nieuws te vertellen? Hij had het zo lang mogelijk gerekt, hopend op een excuus om de beslissing terug te draaien. Ten slotte schoof hij over het bureau een map naar haar toe. 'Hier,' zei hij terwijl hij over haar schouder naar de muur keek.

Ze pakte de papieren op en bladerde er snel doorheen. Arbeidsovereenkomst, een permanent pasje. Yes! 'Gefeliciteerd.' Zijn stem klonk vlak. 'Nog vragen?'

Godallemachtig, dacht ze, wat mankeert hem? 'Nee, geen vragen. Dank je wel. Ik bedoel, ik ben er echt heel blij mee. Dit is geweldig.'

Ze stond op om te vertrekken, maar aarzelde net iets te lang. 'Ik hou van mijn werk, weet je,' zei ze waardig. 'En ik ben dankbaar dat ik mijn proeftijd goed heb doorstaan.'

Hij zei niets.

Met alle waardigheid die ze kon opbrengen draaide Lucy zich om en verliet zijn kantoor. Het zweet sijpelde over haar rug. Haar knieën voelden slap aan.

Mica lachte naar haar toen ze de deur achter zich dichtdeed. 'Goed gedaan. Nu zit je hier vast.'

'Dank je wel. Wat een opluchting.'

'Je ziet er anders niet zo gelukkig uit.'

Ze rolde met haar ogen. 'Ik voel me in zijn buurt altijd zo'n nepfiguur. En een bedriegster. Hij geeft me het gevoel dat ik de baan niet verdien.'

'Niet op letten, lieverd. De kerel is chagrijnig geboren. Het een of andere vriendinnetje heeft hem duizend jaar geleden in de steek gelaten en sinds die tijd is hij pissig. Je doet hem waarschijnlijk aan haar denken.'

'Ja, dat zou het verklaren.' Ze zuchtte.

De kantoordeur ging weer open. Luke kwam met grote passen naar buiten en kwakte een armvol mappen op Mica's bureau. 'Ik ben weg,' zei hij met een zwaai naar zijn persoonlijk assistent en voor een van hen de kans kreeg om iets terug te zeggen, was hij de deur uit.

Lucy was woedend. Hij was heel goed in staat om zich normaal te gedragen, maar blijkbaar niet tegen haar. Ze zakte naast Mica onderuit in een stoel. 'Waarom doet hij zo vreselijk?'

Mica haalde zijn schouders op. 'Sommige mannen zijn gewoon zo. Maar ik zou hem wel willen.'

Lucy snoof. 'Jij bent veel te aardig voor hem. Kun je niet een of andere lieve jongen vinden die kookt en schoonmaakt en de volmaakte echtgenote is?'

'Nee. Brede schouders, vierkante kaak, dat is wat ik wil. Het liefst hetero.'

'Je bent een idioot, Mica. Dat wordt huilen.'

'Ik weet het.' Hij zuchtte. 'Maar dan was het de lol van het proberen waard.'

'Nou, je mag hem hebben. Misschien heeft hij de pest aan vrouwen. Dat zou mij een beter gevoel geven.'

'Mij ook, schat.'

Lucy ging opgevrolijkt weer aan het werk. Ze hield van haar werk. Ze hield van de dieren, van de dwerggeitjes, de wallaby's en komodovaranen, de Afrikaanse spinnen, pinguïns, mestkevers en reuzenkrekels. Ze vond het heerlijk om met de lama's de hele dierentuin rond te lopen, om proteïne-, papegaaienkorrels en gras aan de nijlpaarden uit te delen. Ze kon zich geen werk voorstellen dat ze liever deed of dat haar meer voldoening zou geven. En als blijven betekende Luke ontwijken, nou, dan deed ze dat maar.

Bob en Eck kwamen via de bezoekersingang de dierentuin binnen en passeerden onopgemerkt het draaihek. Bob pakte een plattegrond van de vrijwilliger bij de receptie en draaide hem een stuk of tien keer om en om voordat hij de verkeerde kant op liep. Hij raakte opgefokt van frustratie en vrees en riep in stilte meneer B om hulp, terwijl Eck zich onder een doornhaag schuilhield en een beetje zenuwachtig naar de dieren in kooien loerde. Toen Bob de plattegrond weer raadpleegde, rende een grote herkauwer met diepbruine ogen, tuitende lippen en een dikke goudblonde vacht hem bijna omver.

'Neem me niet kwalijk,' zei de oppasser hijgend, terwijl ze aan een rode riem trok en de lama met een ruk tot stilstand bracht. 'We hadden niet de bedoeling u omver te lopen.' De lama grijnsde naar Bob, maar het meisje had een glimlach als het licht aan het eind van een tunnel. 'Alles goed met u?'

Bob lachte terug en Lucy onderging een eigenaardig gevoel van gewichtloosheid, alsof de zwaartekracht even geen vat op haar had. Ze knipperde met haar ogen. Het was een stuk. Een oogverblindend, verbazingwekkend stuk. Hij gloeide, alsof hij van binnenuit werd verlicht.

'Het... eh, spijt me echt heel erg. Dit is Izzy, een Peruaanse Ccara-lama.'

'Ik ben Bob.' Bobs ogen schitterden. Lucy! In levenden lijve! Haar blik was lief en vol warmte, haar ogen waren van een buitengewone, hemelsblauwe kleur. De temperatuur steeg tien graden en in heel de dierentuin sprongen tulpenknoppen met gedempte plofjes open en stonden meteen in bloei.

Mijn mooie, mooie Lucy, dacht hij.

'Izzy, dit is Bob. Heb je zin om mijn lama uit te laten, Bob?' Ze bood hem de riem aan, niet in staat om hem recht aan te kijken, haar hand trilde een beetje. 'Meestal is het als een traktatie voor kinderen bedoeld, maar...' Ze keek snel om zich heen of Luke in de buurt was. 'We hebben deze ochtend geen schoolgroepen. Toe maar, je vindt het vast leuk. Izzy is heel bijzonder.'

Bob nam de riem van haar over, zijn ogen werden naar de lichte, vochtige huid van haar onderarm getrokken. Hij voelde een bijna overweldigend verlangen om zich voorover te buigen en hem te kussen, maar liet zijn hand in plaats daarvan langs de hals van de lama glijden en begroef zijn vingers diep in de zachtgouden vacht. Zijn ogen half gesloten van extase. 'Wat is ze zacht,' mompelde hij.

'Hij. Izzy is een afkorting van Isambard. Kijk maar.' Ze wees naar zijn onderstel en daar bengelde inderdaad een groot paar testikels van een jongenslama. 'Hij heeft een fijne vacht, hè?' Ze lachte.

Hij slikte moeizaam, niet in staat om zijn ogen van het meisje uit zijn dromen af te wenden. Jij schoonheid, dacht hij. Ik heb de hele wereld afgezocht naar een meisje zoals jij. Ik heb over je gedroomd. Ik hou van je. Meer dan van welke andere vrouw op de hele planeet. Er is er niet een zo mooi als jij.

Opeens begon de lama, die rustig voortliep, te dansen en met zijn kop te schudden in een poging om zijn halsband kwijt te raken. Izzy voelde dat er iets niet klopte met de persoon die hem aan de riem had; hij had geen ervaring met zo'n wezen, en wat hij bespeurde maakte hem onrustig.

Lucy nam Bob nu wat vrijpostiger op. Hij leek zo vertrouwd als een broer... of als de eerste minister. Maar hoe kon dat? Ze wist zeker dat ze hem niet kende. En toch kende ze hem.

Hun ogen kruisten elkaar. Bob glimlachte en Lucy kreeg bijna een flauwte, geschokt tot in haar ziel. Het was een brede, diepe en zachte glimlach, een glimlach die duizend extra dimensies van vriendschap leek te bevatten... vol verlangen, genegenheid, ontluikende liefde, met ook nog eens een heleboel mensenlevens aan verwachting erbij. Achter hen kliefde een bliksemflits de wolkeloze lucht. Niemand had ooit zo naar Lucy geglimlacht, maar het leek de glimlach waarop ze haar hele leven had gewacht. Ze glimlachte terug. Eck stak zijn kop schuin onder de doornhaag uit en vroeg zich af of hij het aan haar verplicht was om haar te waarschuwen. Hij was, tot op zekere hoogte, trouw aan zijn meester. Maar ze leek precies het soort meisje dat recht in de grijnzende kaken van een krokodil zou lopen.

'O, Lucy, Lucy,' mompelde Bob en met een elleboog duwde hij de lastige lama opzij.

Maar Izzy nam het niet. Hij gorgelde – een soort balkende schreeuw. Bobs geur beviel hem niet en die elleboog ook niet, vooral niet van iemand wiens geur hij niet moest. Hij gorgelde nog eens, nu luider en met meer agressie en trok zijn kop in om te spugen.

Het stond Lucy niet precies helder voor ogen wat er toen gebeurde, maar Izzy scheen te flikkeren en te sissen, als een trillend beeld op een ouderwetse tv. Het geluid dat hij maakte klonk gesmoord; met wilde, uitpuilende ogen zakte hij achterover op zijn hielen. Tegen de tijd dat Lucy hem weer onder controle had en zich weer omdraaide om iets tegen haar nieuwe kennis te zeggen, was Bob verdwenen.

Wat raar, dacht ze, om zo te verdwijnen. Misschien is hij met zijn vriendin hier? Zo'n jongen heeft natuurlijk een vriendin. Maar wat zouden ze hier, op vrijdagochtend, in de dierentuin zoeken? Het was allemaal zo geheimzinnig.

Lucy kon wel janken van teleurstelling. 'Trek het je niet aan, Izz,' zei ze triest. 'Nog kansen genoeg.'

Een paar minuten later hield ze plotseling halt en fronste haar voorhoofd. Hoe wist hij in vredesnaam hoe ik heette?

Achter haar spreidden zich stilletjes achtentwintig regenbogen aan de hemel als olie in een plas.

14

'Kom binnen, Mona,' zei Hed met een klopje op de stoel naast hem. In een jurk van een velletje van twaalf dure postzegels zag Mona er betoverend uit. Ze was een knappe vrouw, dacht Hed. Jammer van die geschifte zoon. 'Je weet natuurlijk waar ik voor kom?' Ze had moeite om te blijven glimlachen.

Hed haalde zijn schouders op en schudde zijn hoofd. 'Geen flauw idee.' Hij leunde achterover, verstrengelde zijn handen achter zijn hoofd en begon te fluiten.

Mona sloeg een andere toon aan. 'Het gaat om Bobs huisdier. Weet je, het was eigenlijk geen echte weddenschap, omdat de Eck, strikt genomen, niet van mij was.'

Op Heds gezicht viel niets af te lezen. 'Ik ben bang dat ik dat moet onderbrengen in de map Totaal Jouw Probleem – Niet Het Mijne.' Zijn ondoorgrondelijke uitdrukkingsloze ogen vernauwden zich tot spleetjes. 'Een weddenschap is een weddenschap, Mona. En ik kijk met groot genoegen uit naar het proeven van het lekkerste beest in negenduizend melkwegstelsels.'

'O, dat!' Mona schudde zenuwachtig vrolijk haar hoofd. 'Haha! Ik praatte iets na wat ik had gehoord. Je weet waar geruchten voor staan, praatjes voor de vaak, er is bijna nooit iets van waar.'

Er kwam een geluid uit Heds keel; het nam in volume toe, als een lawine. Zijn gezicht vertrok, zijn woorden explodeerden in de lucht rondom haar, hij was overal en nergens tegelijk, binnen in haar en om haar heen. 'Ik mag toch in jouw belang hopen,' donderde hij, 'dat het géén gerucht blijkt te zijn.'

Mona hapte naar adem.

'Zo niet, dan vind ik misschien wel iets anders om te verslinden.' De laatste woorden verdwenen in een muur van geluid.

Met armen en benen zwaar als lood worstelde ze zich door het gebulder heen, waarvan het lawaai haar opslokte, haar verteerde en ze sleepte zich ervandaan.

'Hoe ging het?' Bob wachtte haar thuis op.

'Verbazend goed, schat. Fantastisch.' Mona lachte bleekjes.

Bob keek dreigend. 'Je liegt.'

Ze hield een hand tegen haar voorhoofd. 'Natuurlijk niet, lieverd.'

'Ik geloof je niet. Maar ik neem aan dat we daar snel genoeg achter komen.'

Mona's gezicht kreeg een heimelijke uitdrukking. 'Bob, schat.'

'Ja?'

'Zou je mij niet een ietsepietsie plezier willen doen?'

'Nee.'

Ze zuchtte. 'Ik wil alleen maar... Kijk, ik zou je met alle plezier tien nieuwe huisdieren geven als je deze zou willen vergeten.'

Bob stampte met zijn voeten. 'Nee! Je houdt nooit rekening met mijn gevoel. Mijn huisdier vergokken is typisch weer zoiets. Je doet altijd precies waar je zin in hebt, je bemoeit je met dingen, pikt mijn spullen in, vergokt mijn Eck in een of ander pokkepokerspel zonder één seconde aan mij te denken. Nou, ik wil geen tien andere huisdieren, ik wil die van mij...'

Mona luisterde niet. Natuurlijk was een weddenschap een weddenschap, en ze moest om haar reputatie denken. Om van haar veiligheid maar niet te spreken. Haar veiligheid in het bijzonder. Want ze was bang voor Emoto Hed, die een beetje een reputatie had op het gebied van vindingrijke wreedheden bij niet-ingeloste weddenschappen. Mensen verdwenen, met alleen achterlating van heel lange, heel snerpende kreten. Mona bedacht dat de eeuwigheid weleens ongelooflijk saai zou kunnen worden als je die in een staat van steeds erger wordende pijn doorbracht.

En zeg nou zelf. Hoeveel maakte één Eck tenslotte uit? Niet of nauwelijks, voor zover het Bob aanging. Zijzelf had het idee dat het uitsterven van de Ecks alleen andere Ecks verdriet zou doen, waarvan er geen meer zouden zijn. Probleem opgelost!

Misschien moest het maar eens afgelopen zijn met die zelfbeschuldiging. Als Hed de laatste Eck als maal wilde, dan had hij daar recht op, vond ze.

Bobs stem was tot een schreeuw geworden. 'Nu doe je het weer! Je luistert niet eens. Wat ben jij voor een moeder?'

Mona hoopte maar dat Bobs huisdier niet pezig of bitter zou zijn. Dat was typisch iets wat haar zou overkomen als deze ene Eck uiteindelijk het onsmakelijkste vlees van negenduizend melkwegstelsels bleek te hebben.

Ze keek op. 'Sorry, schat, zei je iets?'

Bobs antwoord liet zich niet vertalen.

15

Lucy kon alleen maar aan Bob denken. Hij leek in geen enkel opzicht op iemand die ze eerder had ontmoet. Niet dat ze op een bepaald type viel, maar als dat wel zo was, dan hoorde Bob daar niet bij: te jong, te onhandig, te mager. Maar toch... die diepliggende ogen. Het mooie gezicht. Het vreemde intense. De glimlach. Maar meer nog dat raadselachtige mystieke van hem, alsof hij op de een of andere manier met alles in verbinding stond: met verleden en heden, aarde en hemel, leven en dood. Ze fronste haar voorhoofd. Hoe viel dat vreemde te verklaren, het gevoel dat ze hem kende, maar niet echt?

Haar laatste vriendje had voor een softwarebedrijf gewerkt en eigenlijk had ze hem nauwelijks gekend. Ze hadden het best leuk gehad, waren een paar keer naar de film geweest, hadden laat naar muziek zitten luisteren, maar het had geleken of hij niet erg geïnteresseerd was in wie ze was en in wat haar anders maakte dan de rest. Hij had beleefd geluisterd als ze aan het woord was, maar de vragen die hij stelde waren nooit de goede. Soms had ze zin om tegen hem tekeer te gaan, omdat ze wilde weten waarom hij nooit iets goeds zei. Niet dat het allemaal aan hem lag. Als ze heel eerlijk was, vond ze veel van wat hij dacht ook niet vreselijk interessant en als het gesprek stokte, had ze moeten zoeken naar iets om te zeggen.

Maar Bob? Dat was anders. Na nog maar een paar minuten samen had ze een soort opwinding gevoeld, een sensatie van verbondenheid en weerloosheid tegelijkertijd. Wat wist ze van hem af? Helemaal niks. Hij kon wel krankzinnig zijn, of een crimineel, of erger.

En hoe had hij haar naam geweten?

Ze dacht aan hem als ze Isambard voerde en te drinken gaf en toen ze doorliep naar de capibara's. Ze keken op toen ze hun omheining binnenkwam. Haar lieveling, een jong mannetje, ongeveer zo groot als een schaap, draafde op haar af en drukte zijn grote stompe snuit tegen haar dij. 'Hallo, grote jongen,' zei ze, terwijl ze de stugge vacht aaide. De overschaduwde, halfdichte ogen waren sensueel van slaperigheid. Het reusachtige knaagdier knorde en leunde nu met heel zijn gewicht tegen haar aan. 'Ga eens weg ,' zei ze. 'Ik zal wat hooi halen.'

Lucy gaf hem een duw en het beest wankelde een paar stappen op zijn dwaas slanke poten. Toen ze zich omdraaide en wegliep, draafde de capa achter haar aan en jankte en klauwde naar haar terwijl ze een halve baal hooi de omheining in sleepte en losschudde op een hoop. Drie niet-dominante mannetjes lagen samen buiten in het modderbad, hun neuzen en oren staken erbovenuit, terwijl ze zich halfslaperig om en om wentelden, waarbij hun ruggen als harige onderzeeërs boven het oppervlak uit kwamen. Ze leken haar niet op te merken, maar eten hadden ze wel in de gaten.

'O, geen sprake van,' zei ze, terwijl ze snel achteruitweek toen ze de poel uit klauterden en op haar af draafden als modderige voedselgeleide projectielen. Als er weinig vers gras voorhanden was, voegden de oppassers fruit, groente en een paar scheppen graan toe aan het dagelijkse voer, alleen was daar deze week te weinig van. Maar er moesten nog appels en wortelen zijn. Met één voet hield ze het hek van de omheining dicht, boog zich naar voren om de appelkist te openen en schepte een stuk of tien appels in haar emmer. Toen ze moeizaam weer overeind kwam, liet ze het hek lang genoeg los om de appelemmer met twee handen te kunnen tillen. Ze snakte naar adem toen de modderige bil van een van de jonge mannetjes in galop langs haar heen flitste.

'Nee!' schreeuwde ze terwijl ze het hek dichtsmeet. 'Stop!'

De capa verdween in de richting van de oostelijke ingang. Lucy sloeg een hand voor haar mond en keek ontzet om zich heen. Een dier laten ontsnappen was de ergste doodzonde. Stel dat iemand erachter kwam voor ze hem terug had? Stel dat Luke erachter kwam en ze haar baan verloor?

O god, o god. Ze kon op geen enkele manier riskeren om de hele dierentuin door te rennen. Iemand zou haar zien en zich afvragen wat er gebeurd was. En in haar eentje kreeg ze het beest trouwens nooit te pakken.

Ze haalde diep adem. Oké. Er zou haar wel iets invallen. Misschien kwam hij uit eigen beweging terug als hij honger kreeg. Misschien zou iemand van de bezoekers hem vangen. Ze voelde een verschrikkelijke golf van paniek. Het arme beest had heel zijn korte leven in gevangenschap doorgebracht; hij zou geen idee hebben hoe hij aan eten moest komen. En stel dat hij een hond tegenkwam? Hij mag dan evenveel wegen als een volwassen man, dacht Lucy, maar het blijft een knaagdier. O God, help, dacht ze. Laat me hem vinden voor iemand anders dat doet.

Die avond klauterde Lucy in bed, maar ze was te opgewonden om te kunnen slapen. Ze bedacht om met God te praten, haar God – een goedaardige, allesziende soort godheid die zich niet zo bemoeide met het leven van alledag, maar die (stelde ze zich voor) graag op de hoogte werd gehouden – een soort bedachtzame, professor-filosofie-God, die zijn dagen doorbracht met het overpeinzen van de ethische problemen van goed en kwaad.

'O, lieve Heer, wat heb ik een dag achter de rug,' zei ze tegen haar voorstelling van God. 'Ik heb een man ontmoet en ben misschien ook mijn baan kwijt. Eigenlijk is hij meer een jongen. Een jongen-man. En er is een capibara ontsnapt. Wat niet goed is. Maar ik zou het best fijn vinden als die ontmoeting tot iets meer leidde. Met die jongen.' Ze brak af. 'Iets serieus. Niet alleen voor de lol, als u snapt wat ik bedoel.' Hier aarzelde ze, omdat ze het goed wilde zeggen. 'Het zou zo fijn zijn om niet de hele tijd alleen te hoeven zijn. En al waren we maar een paar minuten samen, ik heb iets gevoeld, een band. Ik heb het niet echt over seks, het leek meer op... bam! Blikseminslag!' Ze aarzelde weer. 'Niet dat er voor die tijd nooit iemand in me geïnteresseerd was. Ik waardeer het ook heus wel dat ik er leuk uitzie en zo, maar soms heb ik er schoon genoeg van, van mannen die alleen maar denken: oe, hé, dat is een hete.'

Misschien was het beter om met de heilige vader niet in details te treden over loerende jongens. 'Ik hoop dat u het niet erg vindt dat ik u erop wijs dat het mannen soms afschrikt. Ik klaag niet!' Klaagde ze? 'Het is alleen dat mensen me soms niet lijken te zien. Mij zien, bedoel ik, zoals ik echt ben.'

Ze bleef even zwijgend liggen. 'Het is zo'n bende in mijn hoofd. Ik moet steeds aan hem denken. Stel dat ik hem nooit meer zie? Stel dat ik nooit iemand tegenkom van wie ik houd?' Ze zuchtte. 'Of die van mij houdt? En wat doe ik met die capibara? Dat is echt een ramp.'

Lucy ademde uit en deed haar ogen dicht. 'Ik krijg grote problemen als ik hem niet te pakken krijg. Ik kan u niet zeggen hoe dankbaar ik zou zijn voor een beetje hulp, voordat iemand merkt dat hij weg is.' Ze trok haar gezicht in rimpels en dacht diep na, alsof ze een keuze moest maken. 'Ik bedoel, als ik zou moeten kiezen, dan is op de korte termijn de capibara waarschijnlijk het belangrijkst, en ik wil echt niet egoïstisch zijn, maar op de lange termijn?' Dat gezicht, die ogen. 'Amen,' zei ze vlug en toen, beschaamd over de dwaasheid van haar theologische monoloog, trok ze het dekbed over haar hoofd.

Zelfs in haar eentje geneerde ze zich om tegen God te praten. Maar erover praten gaf haar een beter gevoel, op de manier zoals sommige mensen in hun dagboek schreven. Ze ging er niet van uit dat God alleen naar haar luisterde en ze was niet zo gefrustreerd of egoïstisch dat ze vond dat andere mensen niet veel meer recht hadden op Gods tijd. Maar het gaf haar een beter gevoel te weten dat er (behalve mensen) nog iets was. Niet dat geloof nou zo makkelijk was. Er kwam zoveel bij kijken, zoveel abstracte dingen. En geloven was zo moeilijk vol te houden bij afwezigheid van... om het even waarvan, behalve geloof.

Hij had haar niet eens zijn achternaam gezegd. Het was belachelijk om zich iets meer in te beelden dan een vluchtige vonk tussen hen. Maar... wat betekende het dat hij haar leek te kennen, zelfs haar naam wist? En dat ze hem elke keer dat ze haar ogen dichtdeed, zag? Dat gezicht. Ze wachtte tot zijn beeld in haar hoofd zou vervagen, maar wakend en slapend was hij er. Hij achtervolgde haar.

Misschien was dit hoe liefde voelde. Ze kon hem bijna haar naam horen fluisteren, zijn handen op haar gezicht voelen om haar lippen naar zich toe te trekken. Ze verbeeldde zich de streling van zijn hand op haar heup en toen... oh! Het voelde zo echt!

Zonder slaap werd het morgen hopeloos. Haar baan eiste zoveel aandacht voor kleine dingen; ze kon zich geen fouten veroorloven. Nog meer fouten. Ze zag de verdwijnende bil van de capibara voor zich. Slapen! Lucy deed haar ogen dicht en probeerde aan iets prettigs te denken, waarvoor ze zich naar een warm strand op een zomerse dag verplaatste, met zeemeeuwen en golven en zon die volop scheen. Een voor een ontspande ze alle spieren, te beginnen met haar tenen, haar voeten, haar enkels en ze liet het gewicht van haar lichaam wegzinken op de zachte plek die ze in haar hoofd had gefantaseerd; ze kon bijna het zand tussen haar vingers voelen. Steeds dieper zakte ze weg; golven slaperigheid wiegden haar zachtjes, als lange strelingen van een hand, langzaam, steeds lager, nu twee handen, die elk een bil omvatten en daarna verder bewogen, voorzichtig naar beneden tussen haar...

Godallemachtig, dacht ze terwijl ze overeind schoot in het donker. Hij is hier! Ik voel gewoon zijn vingers! Ze rolde zijwaarts het bed uit en sleepte het dek mee in haar val. Op haar hurken knipte ze met bonzend hart haar bedlampje aan, in de volle verwachting een indringer bij haar bed te zien staan.

Maar er was niets. Natuurlijk was er niets. Wat zou er moeten zijn? Ze voelde zich belachelijk, deed het licht uit en kroop weer in bed.

'Jezus,' mompelde ze. 'Wat is er mis met mij? Ik ben stapelgek aan het worden.'

Bob lachte teder naar haar vanuit het donker.

71

16

Bob was zich de laatste tijd gaan verdiepen in omvangrijke, spiritueel ingewikkelde kwesties. Waarin verschilde het ene buitengewoon mooie meisje van het andere? Waarom werd hij hulpeloos van verlangen als een bepaald gezicht zich combineerde met een bepaald figuur? Welke boodschap schoot er van zijn ballen naar zijn brein om te zeggen: 'Ja! Zij is het!'

Zelfs God had daar geen pasklaar antwoord op.

'Eck?' Eck loerde naar Bobs ontbijt. Bob kon uren en dagen zonder eten, om dan in één keer het eten van een hele week naar binnen te werken. Nu at hij achter elkaar een stuk of tien donuts en gooide de lege doos naar Eck.

Er was zoveel te doen. Hij moest nodig met Lucy naar bed, een vervanger voor Eck regelen, en een moeder zoeken die een heel eind weg woonde.

Een hele tijd bleef hij zich afvragen hoe hij dat allemaal voor elkaar moest krijgen.

Natuurlijk vormde meneer B het voor de hand liggende antwoord. Hij gaf het niet graag toe, maar hij was afhankelijk van meneer B, die zich bezighield met alle dingen die Bob saai vond: de gewone dagelijkse dingen, het besturen van de wereld in het algemeen. Het was heerlijk om politieke en sociale kwesties (de mensheid in het algemeen) te kunnen delegeren aan iemand die de moeite nam om al die zaken te regelen, terwijl hij zijn energie stak in het genieten van zijn meer verrukkelijke scheppingen. Die gedachte leidde tot de vraag waarom hij niet iedere vrouw op aarde naar Lucy's gelijkenis had geschapen, waarom hij per se een oneindige variëteit had gewild. Misschien was het gewoon slordigheid geweest? Nu hij erover nadacht, waarom had hij niet nauwkeurig aangegeven dat alle vrouwen een zachte gladde huid hadden als warme amandelolie. Toen had hij dat niet echt als prioriteit beschouwd en een tijdlang hadden de dieren van het veld al zijn energie gevraagd. Maar nu zag hij in hoe kortzichtig hij was geweest. Had hij nou echt een bever nodig gehad? Een coelacant? Was een wereld vol Lucy's niet veel prettiger geweest dan zweefvliegen en wormen?

Nu kon hij er niets meer aan doen, maar bij zijn volgende baan zou hij absoluut beter uitkijken. Als deze planeet werd gesloten, zouden ze hem een andere geven en die zou hij de volgende keer volstoppen met meisjes van wie je ging watertanden en die allemaal zouden hunkeren naar seks met hem. Wat was daar verkeerd aan?

In de tussentijd moest hij zich concentreren, praktische zaken in orde brengen. Bij Lucy moest de zaak in beweging komen, en snel. Ten eerste omdat hij gek zou worden als hij niet met haar naar bed kon. En ten tweede omdat zijn geschifte moeder waarschijnlijk op ditzelfde ogenblik de een of andere verraderlijke val aan het zetten was die hem negenhonderdnegenennegentig procent van zijn tijd en energie zou kosten om te ontwijken.

Hij ging zijn opties na. Van annunciatie was bekend dat het werkte. Witte jurken, grote vleugels, spookachtige verlichting, gouden halo. Het enige wat hij hoefde te doen was verschijnen aan het voorwerp van zijn hartstocht en een soort voorspelling doen. 'U bent uitverkoren door God.'

Klaar. Weerstand bieden aan de verleiding om uit te weiden. Een dergelijke benadering had vooral effect bij vrouwen met een hang naar extase – nonnen, zieners, godsdienstige martelaren – maar hij vroeg zich af of het in deze wereldse tijden niet tot shock, heftige afwijzing of arrestatie zou kunnen leiden. Toen ging het er anders aan toe. Ooit was hij aan een bijzonder aantrekkelijk meisje als zwaan verschenen. Waarom wist hij niet meer. Een andere keer als stier. Lachen. Dat waren nog eens tijden! Laten we wel zijn, hij had enorm voordeel gehad van het godsgedoe. Die ouwe kerel zo ver krijgen dat hij zijn zoon een berg op sleepte? Cool! De eerstgeborene neerslaan? Yes! De ontrouwe in zoutpilaren veranderen? Te gek! Ooit waren het een en al brandende struiken, kikkerplagen en scheidingen van zeeën, zijn schepping de stuipen op het lijf jagen door met enge stemmen naar beneden te donderen en stenen tafelen uit de hemel te overhandigen. Nu mocht hij er nog net voor zorgen dat er onverwacht een parkeerplek vrijkwam.

Allemaal de schuld van meneer B. Hij noemde het De Strafcampagne. Eén grap te veel. Alleen vanwege een paar onschuldige geintjes.

De man had nul gevoel voor humor.

Dus waren het nu allemaal flutdingen, dingen die hij achter B's rug om kon doen, die hem met arendsogen in de gaten hield. Kon het erger?

Bob knarste met zijn tanden. Hij zou onopvallend te werk moeten gaan, een slim plan bedenken. De adrenaline inspireerde tot een serie onpraktisch ingewikkelde schema's. Meneer B zou van zijn bekende aanpak uitgaan: een chimaera of een draak. Dus ging hij hem verrassen. Hij zou een kat worden, een zwerfkat, een zwerfkater. Lucy zou hem in huis nemen. En dan, op een nacht, als hij op haar schoot lag te spinnen van tevredenheid, zou hij met zijn poot haar rok oplichten...

Of hij zou meneer B in de war brengen, zichzelf veranderen in iets kleins en onbenulligs. Een spin. Een mier. Eck! Hij zou zichzelf als Eck vermommen en wegsluipen op zoek naar zijn geliefde. Niemand zou Eck ooit van iets verdenken. Bij Lucy aangekomen, zou hij op haar schoot klauteren en zij zou hem zachtjes aaien, terwijl zijn lange, kleverige tong haar verkende... Hij werd depressief bij de gedachte. Wie zou er trouwens met een Eck naar bed willen? Deprimerend beestje.

Ik weet het, dacht Bob. Ik nodig haar te eten uit! Het was zo simpel. Hij snoof geringschattend. Meneer B zou zoiets nooit bedenken. Maar hij, daarentegen, was God en God was heel goed in staat een briefje naar zijn geliefde te schrijven waarin hij haar verzocht op een bepaalde tijd en plaats aanwezig te zijn. Hij dacht even na. Ze konden elkaar altijd rond sluitingstijd bij de dierentuin ontmoeten. Makkelijk zat. Ze zouden elkaar bij de uitgang ontmoeten en ergens gaan eten en dan zou ze hem meenemen naar haar appartement waar ze elkaar diep in de ogen zouden kijken en elkaars hand zouden vasthouden en elkaars lippen zouden beroeren en mogelijk, met een klein beetje geluk en wind mee, zich te buiten gaan aan een paar rondjes niet te kort romantisch gerampetamp van heb ik jou daar.

Dat was precies het soort situatie waar meneer B dag en nacht voor hem aan zou moeten werken, het voor hem mogelijk maken. En hij zou het kunnen ook. Bob wist dat het ruim binnen zijn mogelijkheden lag. Hij zou exact weten wat je in een briefje moest zetten dat in een brievenbus gestopt kon worden of onder een deur geschoven, weten onder welke deur, op welk papier en welke toon je moest aanslaan. Dus waarom deed hij dat niet? Hij deed wat Bob vroeg (met tegenzin en veel gezeur), maar wat had je daaraan? Bob had er een hekel aan om het te vragen. Neem eens wat initiatief, wilde hij schreeuwen. Denk voor de verandering eens na over wat mij gelukkig zou maken, en verras me ermee. De hele tijd ergens om moeten vragen was zo vervelend.

Lieve Lucy (luidde het briefje). Daar bleef hij een hele tijd steken. *Lieve Lucy*. Hij tikte met de pen op tafel. *Lieve Lucy* was een goed duidelijk begin. Niet *Liefste Lucy*. Nee, hoe korter hoe beter. Kort en krachtig. *Lieve Lucy*. Hij dacht even na. *Zou je aanstaande dinsdag tegen sluitingstijd met me af willen spreken bij de uitgang van de dierentuin? Vriendelijke groet, Bob*. Op het laatst voegde hij er nog aan toe: *Weet je nog? Ik ben de jongen die je hielp met de lama uitlaten.*

Hij las het aan Eck voor, die het ook een groot literair meesterwerk vond.

Bob leunde vergenoegd achterover. Welke vrouw kon een zo onweerstaanbaar geschreven uitnodiging van God weigeren? Het proza ademde autoriteit, majesteit zelfs. Dat kon Lucy niet ontgaan.

De gedachte dat hij haar weer zou zien maakte hem duizelig. Was het na al die jaren mogelijk dat hij eindelijk een vrouw had gevonden die van hem hield om zijn werkelijke zelf? De jongen met emoties en gevoelens en behoeftes achter al dat Allerhoogste Heerser-gedoe? Hij likte aan de rand van de envelop, schreef er aan de buitenkant met grote letters LUCY op en gaf hem aan Eck, die ijverig naar de andere kant van de stad trippelde, door de hoofdingang van de dierentuin en onder de deur van het personeelsgebouw glipte, hem zorgvuldig in Lucy's kluisje legde, korte metten maakte met het pakje chocoladekoekjes en een pot vol instantkoffie bij de gezamenlijke waterketel voor het personeel en terugkeerde naar huis.

Zo, dat was dat. Nu was het donker. Bijna middernacht. Bob ging languit op bed liggen. Als hij nu ging slapen, zou hij helemaal verfrist en nieuw wakker worden, zo stralend als wat en op tijd om zijn geliefde aanstaande dinsdag na het werk te ontmoeten.

In een opwelling wipte hij naar buiten om even poolshoogte bij haar te nemen, trots dat hij de stoomwals van zijn liefde wist te beheersen. Hij zou zijn moeder en die vervelende meneer B laten zien dat hij perfect in staat was om een fatsoenlijke relatie met een mens te hebben.

Uren later voelde hij nog de tinteling van Lucy's zijden huid onder zijn vingertoppen. Hoe moest hij in vredesnaam met een hoofd zo vol woelende gedachten en een ziel zo vol verlangen in slaap komen ? Dan had hij het nog niet over de verschrikking van het niet weten of zijn moeder hem niet plotseling weer in de val zou lokken, hem zou vragen haar te vergezellen naar een vlooienspel, waar hij zijn planeet/hoofd/de kleren aan zijn lichaam zou verliezen. Hij liet Eck opdraven en zette hem op wacht.

Bob lag nog ettelijke lange seconden te draaien en te woelen voor hij sliep. Eck bleef de rest van de nacht wakker en dacht aan dood zijn.

17

Meneer B kreeg bericht dat zijn ontslagaanvraag ontvangen was. *Dank voor uw schrijven, stond er in de standaardbrief. Met leedwezen accepteren we uw verzoek om ontslag. Tegen het eind van uw opzeggingstermijn kunt u een reactie tegemoet zien op uw sollicitatie naar een nieuw dienstverband.* De een of andere bureaucraat had onderaan '14 juli' gekrabbeld.

Hij staarde naar het vodje papier. Was dat het? Al die voorzorg en uitgekiende planning, de uiterste omzichtigheid waarmee hij zijn ideeën had vormgegeven en geformuleerd... voor een standaardbrief? Als hij zich niet zo opgelucht had gevoeld, was hij nog kwader geweest.

Hij keek naar de datum. De veertiende juli. Minder dan zes weken. Niet zo lang, met betrekking tot de eeuwigheid.

Meneer B mijmerde over de planeet waar hij hierna naartoe zou gaan, een planeet waarvan hij kon houden, een die op orde was, in evenwicht, zonder wanhoop. Maar kon hij echt weg? Kon hij er zomaar zorgeloos vandoor naar een nieuwe uitdaging, met als afscheidskreet 'Tot ziens, sukkels!' naar alle verdrukte aardwezens? Kon hij ze met een gerust geweten, met wat voor geweten dan ook, aan Bob overlaten? Hadden ze zijn nauwkeurig bijgehouden dossiers wel gelezen, de catalogus van wanbeheer, die in al die jaren van persoonlijk leed was bijeengegaard? Zijn brief was een staaltje van degelijke documentatie en geinspireerd door weloverwogen emotie, gedreven door een diepe, (al zei hij het zelf) intellectuele gestrengheid en een hoopvol hart. Zag iemand wel dat de aarde totaal verkeerd was beheerd? Kon het iemand (behalve hemzelf) iets schelen? En zijn walvissen? Kon hij er vrolijk vandoor huppelen zonder achterom te kijken en hun lot aan Bob overlaten? Hij dacht van wel.

Een glas wijn, een aangename lunch van toast met gesmolten gruyère (de korstjes voor Eck) en hij ging weer aan het werk. Er zat ritme in het gezwoeg, een herhaling die verzachtend had kunnen werken als het niet zo'n voortdurend meedogenloos verhaal was geweest: Baby's en Bommen, Broos gebeente en Baseball. (*O, barmhartige God in de hemel, hoor mijn gebed, laat de tegenspelers op korte termijn een niet al te erge slopende ziekte krijgen die pas blijkt bij de zevende inning, o, Heer, erg genoeg om ons de wedstrijd, de serie en het kampioenschap te laten winnen zonder dat er te grote argwaan ontstaat over wat goddelijk ingrijpen betreft, bij voorbaat heel hartelijk dank, vriendelijke groeten, etc., etc., amen.*)

Het aantal smeekbedes kwam dreigend dicht bij oneindig; het aantal wonderen dat meneer B kon bewerkstelligen was erbarmelijk laag. Hij had hoofdpijn. Concentratiekampen. Congo, de Democratische Republiek, compleet met uitbuiting door Europese kolonisten, meedogenloze uitroeiing van de inlandse bevolking, krijgsheren en onregelmatigheden bij de verkiezingen, corrupte regering, hongersnood, ziekte, ecologische crises. En verkrachting. Negentigjarige vrouwen, baby's van één maand. Elke dag een nieuwe crisis, een nieuwe slachting, een nieuwe dreiging van ondergang, ziekte, moorddadig conflict en weerkundige rampen.

Wat kun je anders verwachten als je in zes armzalige dagen door de schepping heen huppelt?

Heel creatief, wat je zegt. En nu moest hij zoals gewoonlijk de boel ontwarren. Dag na dag, streng voor streng de gordiaanse knoop zover krijgen dat zijn greep wat losser werd, bidden en hopen tot hij het opgaf. Meneer B schudde zijn hoofd. Ziet den mens. Gewelddadig, vol eigenbelang en meedogenloos als hij aan de macht is; uitgebuit, ellendig en verziekt als hij dat niet is. Aan de ene kant had je slavernij, oorlog, inquisitie en volkerenmoord; aan de andere kant Shakespeare, chocolade en de Taj Mahal. Een mooi evenwicht.

Walvissen. Hij haalde er een uittreksel van de richtlijnen van de Internationale Walvissen Commissie bij, las het door, vond de verwijzing naar de feitelijke verzoekers die het oneens waren (wie kon het ze kwalijk nemen?) met de wettelijk geregelde vangst en de verwoesting van de oceanen. 'Wettelijk geregelde vangst'. Wat een mooi alternatief voor 'moord'.

De meest recente crisis was vervuiling, een machtige cocktail van herbicide, schimmel en pesticide die het grondwater vergiftigde, dat de zee weer vergiftigde. En dus trokken de walvissen weg, wat er nog van over was, en zwierven de aarde rond in een steeds wanhopigere zoektocht naar geschikt water, naar een zee die ze zich van lang geleden herinnerden als veilig en verwelkomend.

Ach, de walvissen, dacht meneer B, die arme walvissen.

Hij overzag de folders en de dozen, de op zijn bureau geplakte Post-it-memo's, een stapel gekleurde mappen reikte tot aan het plafond, een lijst van uit te voeren werkzaamheden die het antieke, verwaarloosde voorkomen had van een heilige relikwie. Kon hij dit allemaal wegwerken voor hij vertrok?

Hij zuchtte. Natuurlijk niet. Maar hij was vastbesloten

om het nog een laatste keer voor zijn walvissen op te nemen, om voor hij de hele ellendige onderneming gedag zwaaide hun veiligheid te garanderen.

Hij deed beide handen over zijn oren in een poging om het plotselinge gebons van hagelstenen op zijn raam buiten te sluiten en keek toen geschrokken op. Hagel in een hittegolf? Er begon zich een angstknoop in zijn ingewanden te vormen.

Daar gaan we weer, dacht hij, dit is het begin. Seksweer: opgewonden, verward, hitserig weer. Hoeveel keer had hij deze ontwikkeling de afgelopen eeuwen al meegemaakt als voorspel op een ramp? Meneer B kon zichzelf niet voorhouden dat dit een normale klimaatafwijking was. Hij herkende Bobs persoonlijkheid in de plotselinge zich eigenaardig opdringende weersverandering.

God sta ons bij, dacht meneer B. Zonder feitelijke hoop dat hij dat zou doen.

18

'Wat doe je?'

'Waar lijkt het op?' antwoordde meneer B minzaam. 'Zoals gewoonlijk wijd ik elke seconde van mijn leven aan een vruchteloze poging tot orde. Ik ben maar een eenvoudige visser, bezig met de hopeloze taak het uitzinnige wanhoopsnet te ontwarren dat jij over de slachtoffers van je creativiteit hebt uitgeworpen.'

Bob rolde met zijn ogen. 'Ja, maar los daarvan. Ik bedoel, waar ben je nu mee bezig? Want ik heb advies nodig.'

'Daar is het een beetje laat voor, makker. Ik had je hopen advies kunnen geven toen je je alfabetspaghetti opgooide, keek hoe het neerkwam, en dat schepping noemde. Maar wilde je toen advies hebben?'

'Hallo-o-o!'

Meneer B nam een pauze. Legde zijn pen neer. Wreef over zijn pijnlijke voorhoofd. 'Wat kan ik voor je doen?'

'Je besteedt al je tijd aan zorgen over mensen die je niet eens kent. En je staat er nooit eens bij stil of ik misschien ook lijd.'

'Lijd jij?' Meneer B trok een wenkbrauw op. 'Nou, dat spijt me echt. Laat horen.'

Eck was op zijn bureau gekropen en probeerde een koekje te bemachtigen. Meneer B pakte het koekje en legde het terug op de schaal. Eck hapte naar zijn hand en miste.

De jongen deed zijn armen over elkaar en wendde zich af. 'Dat ga ik je nu niet vertellen.'

'Uitstekend. Als we klaar zijn, kan ik misschien doorgaan met mijn werk.'

Bob stampte op de grond. 'Je hebt nooit aandacht voor me! Je geeft om niemand anders dan om die arme rotmensen in die rotmappen van je.' Hij zette een klaaglijk toontje op: '"O, moet je mij zien, ik heb aids, ik heb de oorlog meegemaakt, mijn baby is dood." Als je zo over hen inzit, waarom ga je dan niet in die stomme Democratische klere-Republiek van Tonga wonen...'

'Congo.'

'Stomme Democratische klere-Republiek van dat stomme klote-Congo.'

Meneer B nam hem kalm op. 'Wat kan ik voor je doen?'

'Lucy.'

'Niet weer.'

'Nee, niet wéér. We zijn verliefd.'

'Verliefd? Klinkt idyllisch. Dus wat is het probleem?' Ik weet wat het mijne is, dacht meneer B. Elke keer als jij verliefd wordt nemen mijn problemen in verhouding toe.

Bob wrong zich in bochten en keek weg. 'Ik wil met haar naar bed. Bij haar zijn. Je weet wel, op de goeie manier.' Hij kreeg een zachtere uitdrukking op zijn gezicht.

Als meneer B ook maar een greintje belangstelling voor Bobs gevoelsproblemen had overgehouden aan hun vele millennia samen, had hij nu misschien een vleugje sympathie gevoeld. 'Op de goeie manier? En welke manier is dat?'

Bobs mond vertrok, zijn ogen glinsterden van ingehouden tranen. 'Je weet wel. Bloemen en liefdesliedjes en zo. Zoals zíj het doen.'

'Zij, zoals in "mensen"?' Meneer B herinnerde zich een ander meisje, een andere keer, met het gezicht van een engel en een allerliefst karakter, met een zachte kindermond en een open uitdrukking vol vertrouwen, als een lam. Zij had Bob gezien voor wat hij was en hield desondanks van hem. Meneer B deed zijn bril af in een poging om het beeld in zijn hoofd uit te wissen. Die idylle was geëindigd met overstromingen, tornado's, pest, aardbevingen en de executie van het meisje wegens ketterij, een paar weken voor haar veertiende verjaardag. Op speciaal bevel van paus Urbanus II.

Bob knikte.

'Nou, het is het een of het ander. Je kunt geen god zijn en als mens leven. Wat ga je doen als je eenmaal "op de goeie manier" verliefd bent geworden? Een leuke bungalow kopen in een buitenwijk? Op een kantoor werken? Naar barbecuefeesten gaan?'

'Ik geloof dat je het niet helemaal begrijpt.' Bobs toon klonk ijzig. 'Lucy en ik blijven voor altijd bij elkaar. We gaan trouwen.'

'Voor altijd bij elkaar?' Meneer B voelde zich een beetje losbandig worden. 'Weet je wel wat dat woord betekent? Als je geen mensen had geschapen die oud worden, sterven en in minder tijd wegrotten dan jij meestal nodig hebt om je 's ochtends aan te kleden, had je misschien voor altijd bij elkaar kunnen zijn. Maar Lucy en jij zullen niet wat ook maar in de verste verte op altijd lijkt bij elkaar zijn. Uitgesloten.'

Bob zei niets. Hij staarde voor zich uit en keek gekwetst.

'Moet je horen.' Dit werd een vermoeiend gesprek en meneer B had werk te doen. 'Waarom neem je haar niet mee uit eten? Kijk hoe dat gaat en maak dan een volgende afspraak. Neem één stap tegelijk. Zie eerst deze week aan voor je aan de eeuwigheid begint.'

Bob rolde met zijn ogen. 'O, dank je wel. Te gek advies. Ontzettend bedankt.'

'Het werkt misschien beter dan als een reusachtig reptiel in een bal van vuur aan haar verschijnen en jezelf aan haar opdringen.'

'Waarom kom je daar altijd weer mee? Waarom laat je me niet gewoon met rust?' Bob stormde de kamer uit en sloeg de voordeur met een klap achter zich dicht.

Een donderklap volgde. Een onweersbui kwam in stromen naar beneden.

19

'Pappie, ik ben erg op hem gesteld geraakt.'

Haar vader keek niet op. 'Dat is dan jammer.'

'Evengoed...' Estelle zweeg even. '... had ik veel liever dat je hem niet opat.'

Haar vader zat met een rekenmachine bedragen op te tellen. 'Allemaal goed en wel voor jou, maar mijn weddenschap dan? Stel dat ik schulden niet ga innen? Wat dan? Dan wil iedere idioot met een pinguïn een uitzondering.' Hij keek haar aan. 'Het spijt me, maar daar kan ik niet aan beginnen. Wie moet er dan voor jouw jurken betalen?'

Jurken? Estelle keek hem aan.

Hij zuchtte ongeduldig. 'Wat stel jij voor dat ik doe? Tegen Mona zeggen dat het allemaal een vergissing was? Dat een schuld niet echt een schuld is?' Zijn blik werd zachter. 'Het is natuurlijk wel een knappe vrouw. Gek hoe je al die jaren tegenover iemand aan de pokertafel kunt zitten...' Toen hij opkeek zag hij hoe Estelle hem peinzend zat aan te kijken. Onmiddellijk vertrok zijn gezicht van woede en bonsde hij met zijn vuist op tafel. 'Nee! Geen uitzonderingen. En val me er niet meer mee lastig.'

Estelle wachtte een hele tijd zonder zich te verroeren, terwijl hij doorging met zijn sommen. Het was geen meisje dat kostbare tijd verspilde die ze beter had kunnen gebruiken om na te denken. 'Ik zeg niet dat je de schuld moet kwijtschelden,' zei ze uiteindelijk en toen wachtte ze even. 'Ik heb een beter idee.'

Haar vader zuchtte weer. 'Wat voor idee?'

'Een goed idee. Het gaat om iets accepteren. Iets ervoor in de plaats accepteren.'

Heds ogen waren zwart en even ondoorgrondelijk als de eeuwigheid. 'Dat zal niet gaan.'

'Dat hangt toch zeker af van wat het is?'

Ze bleven elkaar aankijken zonder hun ogen neer te slaan. 'In hemelsnaam, pap. Je wilt die Eck toch niet echt opeten? Ik weet zeker dat Mona het maar verzonnen heeft over hoe lekker hij is.'

'Ik hoop voor haar dat ze dat niet heeft gedaan.'

Estelle bleef hem onafgebroken aankijken. Hed dacht dat hij een zweem van een glimlach bespeurde. Hij leunde achterover in zijn stoel en sloeg zijn armen over elkaar.

'Hou eens op met eromheen te draaien. Laat horen.'

'Nee,' zei ze. 'Nog niet.'

Hij haalde zijn schouders op. 'Zelf weten. Maar waarom denk je dat ik jouw voorstel zal accepteren?'

'Nergens om,' zei ze.

Even bleef het stil en toen verspreidde zich een glimlach op Heds gezicht, alsof de zon achter een wolk vandaan kwam. Hij leunde achterover in zijn stoel en staarde zijn dochter bewonderend aan.

'Je bent een meisje naar mijn hart, Estelle. Eeuwig zonde dat ik je niet kan overhalen om te pokeren. Je zou met ons allemaal de vloer aanvegen.'

Estelles mondhoek krulde nauwelijks merkbaar omhoog. 'Misschien doe ik dat zo ook wel.'

20

Meneer B was van het ene op het andere moment niet meer alleen. Op een stoel tegenover hem wrong Mona grijsgrauw water uit het gehaakte kleedje waaruit haar jurk bestond.

'O! Hallo, schat. Wat een afgrijselijk weer. Hoe speel je het in hemelsnaam klaar om op dit saaie planeetje te overleven?'

Meneer B huiverde, maar niet van de kou. 'Ja,' zei hij. 'Het is niet te harden.' En het werd alleen maar erger. Regen, storm, onweer, elk woest element dat je bij een woede-uitbarsting van Bob kon verwachten was aanwezig. Als hij niet snel iets met Lucy kreeg, werden ze allemaal weggeblazen, door de bliksem getroffen, of verdronken ze.

En als hij wel iets met Lucy kreeg? B zuchtte. Waarschijnlijk was dat nog erger.

Mona keek onderzoekend rond in zijn kantoor. 'Dus hier heb je je al die tijd verstopt?'

'Verstopt, Mona?' Hij trok een wenkbrauw op. 'Wat ontzettend leuk je weer te zien.' Bobs moeder was het levende bewijs dat egocentrische lamlendigheid erfelijk was, maar hij kon zichzelf er niet toe brengen een hekel aan haar te hebben.

Ze staarde hem aan. 'Schat, je ziet er moe uit. Je werkt toch niet te hard?'

'Natuurlijk niet.' Natuurlijk niet? Hij glimlachte. 'Jij ziet er daarentegen even mooi uit als altijd.'

Ze liet met een zucht haar adem ontsnappen. 'Om heel eerlijk te zijn voel ik me een beetje depri.'

'O?'

'Bob is razend op me omdat ik zijn huisdier heb vergokt.'

Meneer B probeerde een meelevend gezicht te trekken terwijl Eck, die onder het bureau stond, zijn hoofd een paar centimeter naar buiten stak en omhoogtuurde. 'Eck?' Hij aaide het diertje afwezig. 'Ik dacht dat je het pokeren eraan gegeven had?'

'Het was verkeerd, schat. Dat zie ik nu in.'

Meneer B keek nadenkend. 'Ik denk dat we niet goed kunnen vinden dat hij...' Hij maakte snel het gebaar van een vork naar zijn mond brengen.

'Nee, nee, natuurlijk niet. Ik bedenk wel wat. Ik weet zeker dat Hed het wel op een akkoordje zal willen gooien.'

Onder de tafel lichtte een straaltje hoop op in Ecks ogen, maar met het weinige wat meneer B van Emoto Hed wist, dacht hij dat Mona's zekerheid misplaatst was.

'En al wil hij dat niet, ik heb Bob gezegd dat hij van mij een nieuwe krijgt. Tien desnoods. Maar hij wil er niet van weten. Er valt niet met hem te praten!' Ze wrong haar handen. 'Ik weet dat hij mijn eigen zoon is, schat, maar ik hoop dat je me niet kwalijk neemt als ik zeg dat hij ongelooflijk koppig kan zijn. Het moet voor jou vreselijk zijn om met hem samen te leven. En allemaal mijn schuld.'

Mona leek oprecht berouwvol. 'Maar ik probeerde alleen maar een goede moeder te zijn, snap je.'

'Natuurlijk, Mona.'

'En Bob kan nu elk moment de uitdaging oppakken.'

Het duurde nu al zo'n tienduizend jaar. Dat leek meneer

89

B voldoende tijd om de meeste uitdagingen op te pakken. Hij glimlachte een beetje gespannen. 'Wie weet. Maar in de tussentijd zit ik erg om hulp verlegen.'

Ze vrolijkte op. 'Schat, ik sta volledig tot je dienst. Je hoeft het maar te zeggen.'

Meneer B zei heel veel. Hij vertelde Mona over Bob en Lucy en over het weer. Over de toestand van zijn zenuwen, over de wanhoop die hij voelde voor Bobs schepselen. En toen haalde hij diep adem en vertelde hij dat hij zijn ontslag had ingediend.

Mona's hand schoot naar haar mond. 'O, mijn god!' riep ze. 'Je hebt ontslag genomen? Maar dat kan niet! Je kunt Bob de planeet niet in zijn eentje laten runnen.'

Meneer B fronste zijn voorhoofd. 'Hij is God.'

Ze maakte een wegwerpgebaar. 'Ja, kan wel zijn, maar even tussen jou en mij, als God stelt hij niet zoveel voor.' Ze zuchtte. 'Eigenlijk is hij hopeloos. Dat weet jij, dat weet ik en al zijn ellendige schepseltjes weten het.'

Meneer B onderwierp de linkerbovenhoek van de kamer aan een onderzoekende blik.

'Je meent het, hè?' Haar ogen glinsterden van tranen.

Hij knikte.

'Maar hoe gaat hij dat in zijn eentje redden, de arme schat?'

'Als je het niet erg vindt dat ik het zeg, Mona, maar over Bob maak ik me niet zo'n zorgen.'

'O, ik snap het.' Mona's tranen begonnen te vloeien. 'Maar je moet consideratie met hem hebben; de jongen heeft vreselijk geleden.'

Meneer B trok een wenkbrauw op.

Ze snufte. 'Hij is bijna wees.'

Zoals meneer B het opvatte, stond 'bijna wees' gelijk aan

er helemaal geen zijn. En mocht daar (eventueel) nog twijfel over zijn, dan leek Bobs status als wees nu in het nadeel door de tegenwoordigheid van zijn moeder. Wat zijn vader betrof... Misschien wist Mona niet wie van haar minnaars de vader was, maar alle kans dat hij nog springlevend was.

'Nou,' zei ze, terwijl ze een klein notitieblokje tevoorschijn haalde, 'ik ga me in elk geval met het Bobprobleem bezighouden. Zeg nog even wat er allemaal voor nodig is. Eens even zien. Een: van Bob een betere God maken. Twee: hem zover krijgen dat hij zich niet met stervelingen vermaakt. Drie: geen overstromingen, regen, natuurrampen, enz., enz. meer, en vier...' Ze trok een wenkbrauw op in de richting van Eck. 'Geen h-u-i-s-d-i-e-r als m-a-a-l-t-ij-d.'

Meneer B knipperde met zijn ogen.

'Oké. Is dat alles? Ja? Uitstekend. Maak je geen zorgen, schat. Mona gaat overal voor zorgen.' En weg was ze.

En nogmaals vroeg hij zich af wat er nu zou gaan gebeuren.

'Eck.' Het geluid van kniehoogte klonk verdrietig. Meneer B stak een hand onder zijn bureaublad en streelde Bobs ten dode opgeschreven huisdier. Met een zucht trok hij een la open en haalde er wat oude nootjes in cellofaanverpakking uit. Eck ving ze op met zijn soepele slurf en maakte zich uit de voeten naar een hoek om ze op te eten. Meneer B zag het aan.

Tot het bewuste pokerspel was het een heel vrolijk diertje geweest, dat elke keer vol plezier met blij gemekker op zijn eten aanviel. Nu zijn leven bekort was, was het een heel andere Eck – en wie kon hem dat kwalijk nemen? Elk maal dat hij naar binnen werkte was er een dichter bij zijn laatste. Dat slikte je niet even weg. Omdat hij sterfelijk was zou hij op den duur toch zijn gestorven, maar nu wist hij precies wanneer en waarom en (in onaangename mate) hoe. Nu bracht elke tik van de klok hem dichter bij de vergetelheid.

Meneer B was gedeprimeerd. Nog een ten dode opgeschreven schepsel dat hij niet kon helpen.

Toen hij weer keek, lag het beestje met het lege cellofaanpakje als een baby in zijn armen in slaap.

21

De kranten schreven over 'het ergste voorjaar ooit'. De regen leek een eigen persoonlijkheid te hebben ontwikkeld: het ene moment was het hemelwater vlijmend en gemeen, het volgende moment zwaar en somber; en zo wispelturig van humeur dat het wel door een of andere gigantische, verliefde, ellendige, chagrijnige tiener leek te zijn geprogrammeerd.

Wat natuurlijk ook zo was.

Laaggelegen gebieden kwamen onder water te staan. Plastic flessen dreven en botsten tegen elkaar tot spontane vlotten, vergezeld van smerige, spookachtig opbollende plastic zakken. In onbruik geraakte zandzakken hingen slap tegen deurposten; winkeleigenaren plakten gaffertape op raamkozijnen. Vies water stroomde in het riool, dat in het kanaal stroomde, dat in de rivier en de baai stroomde, en uiteindelijk in zee terechtkwam.

En nog regende het.

Even voor tienen 's ochtends keek de pastoor van de Sint-Christoffelkerk uit het raam van zijn kantoor naar buiten, terwijl hij met nadruk en enige stemverheffing in de telefoon sprak.

Buiten steeg het water nog steeds; politie en teams van de kustwacht hielden zich bezig met het in veiligheid brengen van kwetsbare burgers. Grote stukken meubilair dreven langs en persoonlijke kledingstukken zweefden net onder het oppervlak, kwamen boven en zakten weer naar beneden, afhankelijk van de bewegingen van draaikolken. Een stel jongens met golfparaplu's tussen hun knieën geklemd, peddelde op een oranje luchtbed en tuurde in het voorbijgaan in ramen van verlaten winkels en flats.

Op zoek naar buit, dacht Bernard. Fraai.

Een hond zwom langs het raam op zoek naar een plek waar hij kon rusten. Hij klauterde op een raamkozijn en klemde zich met zijn dunne zwoegende borst en voorpoten aan de richel vast, terwijl zijn achterlijf nog watertrappend met de stroom meedreef. Arm beest, dacht de pastoor, daar houdt hij het niet lang vol. En inderdaad, na een minuut was hij weer vertrokken en peddelde hij hardnekkig met de stroom mee langs een lange rij winkels, tevergeefs op zoek naar vaste grond. Misschien zouden de jongens hem vinden en hem aan boord trekken, een soort mascotte van hem maken.

Misschien ook niet, en dan zou hij verdrinken.

'Ik heb geen idee wat ik met die mensen aan moet.' Bernard praatte langzaam om aan de andere kant begrip te stimuleren, terwijl hij probeerde het ongeduld uit zijn stem te weren. 'We hebben geen Weetabix, koffie en dekens meer. Geen luiers, wc-papier. Geen maandverband. De toiletten zijn overstroomd, dus moeten we ons behelpen met emmers. Er is niet genoeg beddengoed en de kinderen janken. Er is thee met koek, maar daar durf ik niet mee aan te komen. Het zou een opstand veroorzaken.'

Hij luisterde een tijdlang.

'Ja, natuurlijk begrijp ik dat, maar...' Hij brak af bij het zien van een groot gifgroen reptiel dat op zijn kantoor af kwam.

Mevrouw Laura Davenport had, om de anderhalve kilometer tussen haar huis en de Sint-Christoffelkerk te voet af te leggen, de vliegvisbaggerlaarzen van haar man aangetrokken, plus zijn jack en zijn oliehoed. Ze lachte naar haar oude vriend en draaide haar hoofd weg van het telefoongesprek met een gezicht alsof ze niet luisterde.

Ze kende Bernard al sinds de universiteit en in al die tijd was hij nauwelijks veranderd: nog steeds slank en slungelachtig, zijn gezicht vol humor, nauwelijks een grijze tint in het donkere haar dat over zijn ogen viel als bij een schooljongen. Laura Davenport, hoewel redelijk gelukkig met haar advocatenechtgenoot, was met haar tweede keus getrouwd. Ze zou nooit toegeven (nog het minst aan zichzelf) dat ze daar vijfentwintig jaar later nog steeds spijt van had.

Toen Bernard uiteindelijk de telefoon neerlegde, had ze koude voeten en verlangde ze naar een lekkere kop thee. Niet dat ze daar fatsoenshalve om kon vragen natuurlijk. Niet met zoveel gestrande parochianen. Dat zij een huis op een heuvel had, droog meubilair én een kop thee zou als iets te veel van het goede kunnen worden beschouwd.

Ze gaf hem een kus op zijn wang en toverde haar beste meelevende, bezorgde glimlach tevoorschijn. 'Geen hulp te verwachten van het hoofdkwartier?'

Bernard schudde zijn hoofd. 'Helemaal niets. Ze zitten tot aan hun nek in hun eigen troep. Het heeft vandaag gehageld, heb je dat gehoord? Hagelstenen als golfballen. Groot genoeg om ruiten aan diggelen te slaan.' Hij liet langzaam zijn adem ontsnappen. 'Ondertussen zitten wij met te veel vluchtelingen en loopt het meteorologisch instituut drie voorspellingen achter. Ik krijg sterk de indruk dat zelfs het Rode Kruis zich niet om een parochiekerk vol gestrande lokale bewoners zou bekommeren. Hij ving Laura's blik en glimlachte vermoeid. 'Hagel. Wat staat ons nog meer te wachten?'

'Misschien is het een teken.'

'Van...?'

Laura lachte. 'Zeg jij het maar. Jij bent degene met Gods oor.'

'Gods oor?' Zijn gezicht vertrok. 'Ik krijg de deken haast al niet eens te spreken.'

'Ik vind het eigenlijk heel passend als je erover nadenkt. Sint-Christoffel biedt al deze vermoeide reizigers tijdelijk verlichting.'

'Gods wegen zijn wonderbaarlijk,' zei Bernard. 'Ik heb eraan gedacht om een duif los te laten en te kijken waarmee hij terugkomt.'

'Je bent niet de eerste die het over Noach heeft. De kranten staan er vol van.'

'Het is mijn schuld. Niet het water, maar de mensen. Ik heb namelijk een boot.'

Laura keek hem met grote ogen aan. 'Een bóót? Heb jij een boot?'

Hij knikte vrolijk. 'Een kleine zodiac. Zoals het er nu voor staat, is hij meer waard dan mijn pensioen. Ik ben er al stiekem mee weg geweest om voorraden te halen.'

'En vluchtelingen?'

Hij haalde zijn schouders op. 'Alleen de meest wanhopige. Ik haal ze met twee tegelijk op. Of met drie.'

'Wat ben jij een stiekemerd, Bernard. Ik had kunnen weten dat je met een boot op de proppen zou komen. Maar hoe kom je eraan?'

'Ik heb hem in een loterij gewonnen. Jaren geleden. Hij stond in mijn garage. Bijna vergeten dat ik hem had. Het gekke is dat hij het doet. Prima pruttelmotortje, gewoon wat benzine uit de auto gehaald, met olie vermengd en daar gingen we. Zijn bereik is beperkt tot de overstroming natuurlijk.'

'Je bent een slimmerik. Wil je daarmee zeggen dat ik Andrews visserslaarzen net zo goed thuis had kunnen laten?'

'Zeker.'

Ze maakte de clips op haar schouder los, stroopte de rubberen slab af en wrong zich uit het rubberpak, dat tot haar middel reikte. 'Gatsie,' zei ze. 'Mijn amfibietijd is voorbij.'

'Dat zou me bijna spijten.'

'Dat spijt je helemaal niet,' zei ze streng. 'Nou, kom op, Bernard. Geef me eens een flinke klus te doen.'

Bernard loerde in de grote boodschappentas die ze bij de deur had laten staan. 'Dat is een goed begin,' zei hij, terwijl hij de inhoud bestudeerde. Er was een doos met PG Tips-theezakjes, twee pakken rijst en zes blikken bonen, maar over de rest was hij minder zeker: kikkererwten, gentleman's relish, mosterd, een pot tomatenchutney met een handgeschreven etiket. Gelei (citroen en frambozen), vier flessen Indian tonic, een grote doos trendy theezakjes (abrikoos, grapefruit medley en groene appel), een halve zak sultana's, een aangebroken pak cream crackers, wat poedersuiker, organisch gedroogde mango's, slasaus, een kerstpudding, blikjes haring en gerookte oesters.

'Het spijt me dat er niet meer is,' zei ze. 'Maar onze kast is ook bijna leeg.' Ze staarde naar de droevige verzameling restjes. 'Het was niet gemakkelijk om daarmee het huis uit te komen. Andrew is dol op gerookte oesters.'

'Hoe gaat het met Andrew?' vroeg Bernard, maar ze wisten alle twee dat er geen antwoord werd verwacht. Andrew ging altijd prima. 'Ik vind het niet leuk om over schaarste te praten tegen de parochianen. Maar ik kan niet bedenken hoe we hun te eten moeten geven.'

'Je doet wat je kunt.'

'Nee.' Bernard voelde zich terneergeslagen. Soms was hij

ervan overtuigd dat God alleen de gebeden van jonge en gezonde mensen verhoorde, zij die om liefde vroegen, of om iets wat ze voor kerst wilden hebben, of die voor hun examen wilden slagen. Voor de gedesillusioneerde mens van middelbare leeftijd of voor de bejaarde viel het hem op dat het wel de ene vergeefse bede na de andere leek.

'Alsjeblieft, God, laat mijn man weer van me houden.'

'Genees mijn vrouw van haar dementie.'

'Laat de kinderen stoppen met drugs.'

Zelfs hij geloofde niet dat dit soort gebeden zou worden verhoord.

Laura keek omlaag naar de veters van haar keurige lakschoenen. Ze was niet echt dol op Bernards neerslachtige buien, ze had hem liever stoer en opgevrolijkt door de Heer. 'Ga mee,' zei ze. 'Gaan we kijken wat we voor de meute kunnen betekenen.' Terwijl ze achter hem aan het kantoortje uit liep, dwaalden haar gedachten af naar een volkomen onwillekeurig visioen van de pastoor die haar ruggelings tegen zijn bureaublad aan drukte met haar praktische tweedrok tot boven haar heupen gesjord. Ze schudde haar hoofd om het kwijt te raken.

'Hoe gaat het met mijn Lucy?' vroeg Bernard die haar voorging naar het schip.

'Nog steeds dierenverzorgster, nog steeds maagd.'

'Laura.'

'Nou, het is een grote zorg te bedenken dat je dochter misschien nooit een man vindt die aan haar belachelijke hoge norm voldoet.'

'Natuurlijk vindt ze die wel. Ze is alleen kieskeurig.'

'Je zult wel gelijk hebben, maar echt, Bernard, je zou het eens een week moeten proberen. Moeder zijn van dochters.'

Al vanaf haar kindertijd was Laura's jongere dochter

even vroom als haar zus dat koppig niet was, ze bood altijd haar andere wang en hield stevig vast aan haar seksuele normen. Laura had zich af en toe zorgen gemaakt dat dit ervan kwam als je Bernard Lucy's peetvader maakte. Natuurlijk was er niks mis met een beetje christelijk geloof; je zou het zelfs als een goede en juiste eigenschap van een jong meisje kunnen beschouwen. Maar de mate waarin, nou, je kon je voorstellen waarom Laura en haar man zich zorgen maakten. Al toen ze zes of zeven was, was Lucy vatbaar voor visitatie van engelen, grote gevleugelde verschijningen die 's nachts op haar bed kwamen zitten. Geen van de twee ouders had precies geweten hoe ze daarop moesten reageren.

Bernard had het op zich genomen om hen gerust te stellen en uitgelegd dat de veel rijkere voorstellingswereld van de godsdienst vaak tot de verbeelding van kleine kinderen sprak, maar bijna nooit tot een echt huwelijk met Jezus leidde, maar Laura bleef ongerust. Engelen? Wat konden ze nog meer verwachten?

Ze schrok op en zag Bernard staan wachten met zijn hand op de deur naar de grote hal. 'Kom je, Laura?'

Ze knikte.

Toen hij de deur opende, keek de roerige vluchtelingenmenigte als één man op. Achter hem knoopte Laura haar ivoorkleurige satijnen manchetten los en rolde ze netjes op tot boven de elleboog, als voorbereiding om er eens flink tegenaan te gaan.

22

Bob installeerde zich met een bak junkfood in bed. Hij moest nodig relaxen om zijn volgende zet te bedenken. Hij kwijnde weg, stierf van liefde. Alleen al de gedachte aan Lucy was voldoende om hem een flauwte te bezorgen.

'Eck,' jammerde Eck zachtjes in de buurt van zijn linkeroor, gevolgd door een onderzoekend likje van zijn tong. Sexy.

Bob gaf hem een klap.

Eck piepte, maar had zich een minuut later in de kom van Bobs elleboog genesteld en knabbelde aan gegrilde kippenvleugeltjes. Bob aaide hem verstrooid.

'Hallo, schat van me.'

Bob keek op, snoof en richtte zich weer op zijn maal. Naast hem was Eck overgegaan op een jumbozak kaasbolletjes. Hij rolde met één kraaloogje.

'Ik denk dat je bedoelde te zeggen: "Hallo, moeder, wat fijn om je te zien."'

'Ga weg.' Bob sloeg met een hand in haar richting. 'Wat kom je doen? Nog meer van mijn bezittingen vergokken? Me uithuwelijken aan een lading donkere materie? Kaartjes verkopen voor mijn nachtmerries?'

Mona fronste haar voorhoofd. 'Op die manier praat je niet tegen je liefhebbende moeder. Daar ben je nu te oud voor, schat; het wordt tijd dat je wat manieren leert.' Ze trok haar gezicht in een ernstig verwijtende plooi, bleef een tijdlang zo kijken, ontspande zich toen en keek hem stralend aan. 'Over en uit. Je kent me toch, hartje – ik ben niet iemand die wrok koestert.'

'Dan ben je de enige. Kijk eens naar die arme Eck.' Ze keken beiden naar het pinguïnachtige diertje, dat gehoorzaam een smartelijke snuit trok. 'Die heeft sinds zijn doodvonnis geen rustig moment gehad.'

'Hij heeft uitstel gekregen.'

'O, ja. Hoe kon ik dat nou vergeten. Uitstel. Wat een mazzel heb jij, Eck. Hoelang was het ook weer? Voorgoed? Of nee, wacht. Zes weken. Nu nog minder dan vijf. Komt bijna op hetzelfde neer.'

'Je hoeft niet zo cynisch te doen.' Mona fronste een beetje chagrijnig haar voorhoofd. 'Ik weet dat ik er verkeerd aan heb gedaan, maar ik hoopte dat je me in je hart zou kunnen vergeven...'

'Hou daar alsjeblieft mee op, moeder. Ik ben immuun voor je weerzinwekkende vertoningen van emotie.'

Zijn moeder schudde droevig haar hoofd. 'O, Bob, liefste jongen van me, wat begrijp je toch weinig van wat een moeder overheeft voor haar kind.'

'Blabla.'

Mona zuchtte. Verbeeldde ze het zich, of was iedereen er ineens op uit om haar een schuldgevoel te bezorgen? 'Dus hij is niet blij met zijn uitstel?'

Bob gebaarde met zijn hand naar Eck. 'Wat dacht je zelf? Niet lang voor...' Hij streek met zijn vinger over zijn hals. 'Jam-jam.'

Ecks ogen schoten wijd open van schrik.

'Nu we het daar toch over hebben...' Mona's ogen gleden naar opzij. 'Ik ben bang dat je bij dat meisje uit de buurt zult moeten blijven.'

'Nu we het daar toch over hebben?' Bobs mond zakte open. 'Wat heeft zij met jou te maken? Hoezo móéten?'

Mona probeerde zijn hand te pakken, die hij weggriste. 'Ben je niet een ietsepietsie egoïstisch, schat?'

'Egoïstisch?' Zijn ogen werden groot. 'Ik egoïstisch? Jij vergokt het leven van mijn huisdier bij een spelletje poker en noemt mij egoïstisch?'

Hij stond haar woedend aan te kijken, terwijl Mona's ogen verwijt uitstraalden. Ze zuchtte.

'Lieve jongen van me, laten we geen ruzie maken. Ik weet dat ik geen volmaakte moeder ben geweest. Maar nu wil ik gewoon dat je dat meisje met rust laat. Ze is menselijk. Dat werkt niet. En volgens meneer B ben je al half op weg om de biosfeer te verwoesten.'

Van waar hij zat, naast Bobs elleboog, maakte Eck smakkende kusgeluiden. Bob gaf hem pruilend een mep. 'Ik ben verliefd.'

'Ja, snoezepoes, maar elke keer dat jij verliefd wordt, eindigt het in een vuurzee. Je verliest je belangstelling, ruïneert het leven van een of ander meisje, de aarde barst uit in natuurrampen en miljoenen komen om.' Ze volgde met haar vinger het spoor van een ingebeelde traan over een volmaakte wang. 'Het maakt me verdrietig.'

'Hoe weet jij eigenlijk wat er in mijn leven omgaat?'

'Ik lees de kranten, liever. Ik hou me op de hoogte.'

'Kranten? Wat voor kranten?'

Mona maakte een wegwerpgebaar. 'Mensen praten.'

'Welke mensen?' Bobs hoofd tolde van kwaadheid. 'Luister eens, waarom vertel je niet waarom je ineens belangstelling voor mijn sociale leven hebt gekregen – en flikker dan op.'

'Schat. Omdat ik je moeder ben.'

'Ja en?'

'Alleen maar omdat...' Ze glimlachte een beetje bedroefd. 'Omdat je een ietsepietsie van een reputatie krijgt.'

Bob gaapte haar aan. 'Wat maakt jou dat nou uit?'

'O, liefje, je weet toch hoe het gaat. Moeders krijgen altijd de schuld. Het is niet eerlijk, allicht niet, maar... Ik heb je die baan bezorgd dus krijg ik de schuld. Belachelijk natuurlijk, maar...' Ze haalde haar schouders op.

Hij drukte zijn beide handen tegen zijn oren. 'Ik kan mijn oren niet geloven. Ik bederf jóúw reputatie?'

Mona keek verdrietig. 'Geen enkele moeder vindt het leuk om slechte dingen over haar kinderen te horen.'

'Wat voor slechte dingen? Waar heb je het over? Ik heb het juist heel erg goed gedaan! Dat vindt iedereen!'

Mona keek de andere kant op en bestudeerde haar nagels. 'Als jij het zegt, schat.'

'Hoor eens.' Hij deed zijn best om zichzelf weer onder controle te krijgen. 'Als ik zo waardeloos ben, waarom ben ik dan God geworden?'

Mona knipperde met haar ogen, en gaf haar gezicht een oprecht meelevende uitdrukking: 'Misschien wilde niemand anders die baan?'

Bob ging met een klap zitten. Die mogelijkheid was nog niet bij hem opgekomen.

23

Estelle was een uitzonderlijk bekwaam iemand, zelfs voor een godin, en gegeven het feit dat godinnen zich gewoonlijk niet inlaten met menselijke beroepen zoals rechten, medicijnen of boekhouding, zou je kunnen stellen dat haar scherpe verstand en bedachtzame fijngevoeligheid te weinig werden aangesproken.

Natuurlijk had Emoto Hed behoefte aan een heel zorgvuldig bijgehouden administratie. Zijn enige dochter Estelle had daar bijna een volle dagtaak aan. De eerste paar duizend jaar had ze aan een eigen stille campagne besteed om haar krachten met die van haar vader te meten zonder daarbij zijn makkelijk ontvlambare toorn op te wekken.

Ze had veel van hun relatie geleerd. Heel wat over hoe je gevaar kon ontlopen en subtiel moest manoeuvreren, en over hellende vlakken. Ze had het nut van overreding geleerd, van stilte, van een vaste blik; hoe je koelbloedig moest blijven en niet toe moest geven, zonder daarmee de ander uit te dagen. Ze had, bij gelegenheid, geleerd om heimelijk te werk te gaan.

Als Estelle als mens was geboren, had ze deze talenten kunnen gebruiken in het diplomatenvak of als internationaal onderhandelaar. Maar als godin zat ze zonder baan. Ze had er nooit een gehad, en zou makkelijk tot in de eeuwigheid zonder baan kunnen blijven. Per slot van rekening hoefde zij de kost niet te verdienen. De verantwoordelijkheden van een plichtsgetrouw kind voor een gevaarlijk instabiele vader leverden toch genoeg bezigheden op?

Estelle zou misschien met dit bestaan tevreden zijn gebleven als ze niet bij het fatale pokerspelletje aanwezig was geweest, Eck nooit had ontmoet, en nooit getuige was geweest van Bobs bedroevende onbekwaamheid als God van de aarde. Maar doordat dat allemaal wel het geval was, had ze gemerkt dat er de laatste tijd iets was veranderd. Zijzelf, namelijk.

Om te beginnen was ze zich gaan afvragen of haar leven wel een doel had.

In die rusteloze toestand was ze gaan reizen. Ze reisde naar gelukkige planeten, vruchtbare planeten, reusachtige waterige planeten en naar heel kleine droge, naar planeten die bijna uitsluitend uit ijs bestonden, planeten die door hoog intelligente wezens waren geschapen, planeten waar iedere bewoner de vindingrijkheid had van een badstop of de esthetische aantrekkingskracht bezat van een hoop drek. Het merendeel van de wezens die ze tegenkwam liet zich niet makkelijk beschrijven in termen die een aards mens zou begrijpen, want in tegenstelling tot de gangbare opvatting hadden buitenaardse wezens geen grote ogen en afgeknotte menselijke ledematen, maar bestonden ze in de vorm van dampen, schaduwen, nanodeeltjes, vluchtige gedachten, verstrooidheid of onjuiste herinneringen.

Estelle observeerde al die nieuwe plekken en werd op veel van hen bijna verliefd. Maar uiteindelijk was zijzelf nergens nodig. Niemand liet erg merken het jammer te vinden dat ze wegging. Dus bleef haar gevoel van leegte bestaan, ondanks het feit dat haar kennis van het universum zich aanzienlijk uitbreidde.

'Waar gaat de reis nu weer naartoe?' vroeg haar vader

toen ze zich voor de zoveelste keer op een bezoek aan zo'n verafgelegen oord voorbereidde.

Ze gaf hem een kus. 'Niets speciaals, pap.'

'En wat mankeert er aan hier blijven en mijn ontbijt klaarmaken?'

'Ik heb instructies voor jouw ontbijt achtergelaten voor de tijd dat ik weg ben.'

'Hmf,' gromde hij. 'Je vindt toch niet waar je naar zoekt, weet je dat. Vooral niet als je niet weet wat het is.'

Estelle bleef even staan. 'Misschien herken ik het als ik het zie,' zei ze met een klein lachje.

'Onzin,' knorde haar vader. 'Kop over kont. Kies een doel. Ga eropaf. Lijf het in.'

Estelle glimlachte. 'Heb je het niet gehoord, pap? De reis is het doel.'

'Geouwehoer!' raasde Hed. 'Kreten op souvenirtheedoeken!'

Maar Estelle liet zich niet tot een discussie verleiden. 'Als ik vind wat ik zoek,' zei ze, 'ben jij de eerste die het hoort.' En met die woorden ging ze weer op pad en liet haar vader mopperend, boos en, om eerlijk te zijn, wel heel gevaarlijk achter.

Hed had er een hekel aan te moeten toegeven dat hij haar miste, maar zijn talrijke kaartspelende maten en zakencompagnons keken ongeduldig uit naar Estelles terugkeer, want haar tegenwoordigheid had het effect van water op hete kolen. En Heds kwadrant van het universum kreeg langzamerhand de reputatie dat het er in haar afwezigheid veel minder vreedzaam aan toe ging.

24

Een kleine dierentuin gezond en solvabel houden was al moeilijk genoeg zonder je ook nog eens af te moeten vragen welke dieren er konden zwemmen. Luke zou weleens willen weten of de slachtoffers van al die grote Bijbelse catastrofes ook zo waren begonnen, met iets van irritatie en twijfel, een algehele overtuiging dat ze alleen met rare weersomstandigheden te maken hadden, gevolgd door een langzaam sterker wordend ongeloof, gevolgd door het verschrikkelijke besef dat ze allemaal zouden verdrinken.

Tot nu toe was de crisis nog net beheersbaar, maar afgelopen nacht had het gevroren. En de hagel van gisteren had zes ramen in het café gebroken. Luke zuchtte. Nadat het Meteorologisch Instituut droogte, overstroming, tropische temperaturen, ijskoude regen en hagel had geregistreerd, waren ze gestopt met onlinevoorspellingen. Aan de telefoon kreeg je gelijk het antwoordapparaat: 'We hebben problemen met doorverbinden, probeert u het later nog eens.'

Die ochtend waren alle managers nog bij elkaar geroepen om een serie noodmaatregelen te plannen. Ze hadden zich nog nooit zorgen hoeven maken over bijverwarmen in juni, en net toen het hun gelukt was om het systeem op te starten, sprong de temperatuur in één middag dertig graden omhoog en dacht iedereen dat hij gevaar liep om levend te verbranden.

Luke bedacht dat de dierentuin in elk geval dicht bij het

hoogste punt in de stad lag en hoewel ze last hadden van dezelfde lekkages en geblokkeerde afvoer als de rest van de bevolking, hadden ze het redelijk droog gehouden.

Elke keer dat hij zich de dieren tot aan hun buik en kin in het water voorstelde, kreeg Luke het benauwd, en wel zo erg dat hij alleen al de gedachte aan een evacuatie niet verdroeg. Hoe? Waarnaartoe? Met welk vervoermiddel? Hoe had Noach het klaargespeeld om knaagdieren bij slangen en roofvogels onder te brengen? Konden ze van pinguïns verwachten dat ze doodgemoedereerd over een loopplank een landrover in waggelden, net als labradors? Had iemand een drijvende paardentrailer uitgevonden voor dromedarissen? En wat te doen met de kaaimannen en krokodillen? Hij kon zich niet voorstellen dat iets daarvan soepel in zijn werk zou gaan – en trouwens, met welk personeel? Wanneer zijn oppassers niet kwamen opdagen, kon dat aan overstromingen liggen, gesmolten asfalt, beijzelde straten of wat voor surrealistisch meteorologisch fenomeen ook daartussenin.

Luke woonde zelf nog hoger dan de dierentuin, op de bovenste verdieping van een omtrent de eeuwwisseling daterend, kasteelachtig appartementencomplex, met op een hoek een groen torentje. Hij had het appartement om dat torentje gekocht, dat hij ondanks de tochtige ramen en ronde muren als slaapkamer gebruikte. Het viel niet te meubileren, maar uiteindelijk had hij genoegen genomen met stapels boeken, een bed op de vloer en stapels dekens als tegenwicht voor de lage binnentemperatuur.

Welke teleurstellingen het leven hem ook bereidde, het overweldigende uitzicht vanuit zijn slaapkamer bood hem troost. Drie grote vrije vergezichten op het oosten, zuiden en westen gaven hem het gevoel van een kapitein op een schip dat door een uitgestrekt landschap voer. Hij hoefde zich zelfs de wind in zijn gezicht niet te verbeelden. Maar nu, voor het eerst, verontrustte het uitzicht hem. De weerspiegeling van enorme plassen beneden vulden zijn kamer met een vreemd flikkerend licht. 's Nachts maakte het water golvende patronen op zijn plafond, als berichten die hij niet kon ontcijferen. De hagel tegen zijn ramen klonk spookachtig. Als hij een paar minuten wegdommelde, droomde hij van bonkende vuistjes die naar binnen wilden.

Zijn wekker gloeide lichtgroen op in het donker: 03.25 uur. Weer een slapeloze nacht.

De plaatselijke autoriteiten gaven herhaaldelijk de verzekering dat het probleem onder controle was. Maar toen het kwik boven de 47 graden steeg werd de noodtoestand afgekondigd en toen het begon te sneeuwen kwamen de kranten met schreeuwende koppen: APOCALYPSE NOW!

Met een zucht stapte Luke zijn bed uit, trok een spijkerbroek aan en ging bij het raam staan. De nacht was schrikwekkend mooi, zwart met zilver als een oude foto; de totale oppervlakte ging schuil onder grijze regenvlagen. Even welde het verlangen naar het specifieke in hem op, niet de hele verdrinkende wereld, maar iets persoonlijks: een partner op de voorgrond die al het andere perspectief gaf. Een kind.

Hij bleef lang naar het uitzicht beneden staan kijken. Neonreclames knetterden aan en uit. Bevroren nevel verzachtte de contouren van het landschap, veranderde rechthoeken en vierkanten in zachte ruiten en langwerpige vormen. Ten slotte ging hij om 04.00 uur met een halve maan als een bruisend alka seltzertablet aan de hemel, terug naar bed.

25

Tegen de tijd dat hij goed wakker was, was er al verscheidene minuten lang aangebeld. Om deze tijd in de ochtend? Het was hem nog maar net gelukt weer in slaap te komen. 'Hallo.' De persoon aan de deur grijnsde. Hij had haar nog nooit gezien. 'Ik ben je benedenbuurvrouw.' Dol, dacht Luke. 'Kan ik je ergens mee van dienst zijn?' Hij had de grootste moeite om beleefd te klinken. 'Ik hoop van wel? Bied je me, zeg maar, geen kopje thee aan?' Het meisje hield koket haar hoofd schuin. Ze kon niet ouder dan zestien zijn, met zo'n glad gezicht waardoor ze nog jonger leek. 'Je bent geen ochtendmens, hè? Geeft niet. Ik zet wel thee.'

Droomde hij? Het meisje, dat hij nog nooit had gezien, stond nu in zijn keuken thee te zetten.

'Waar heb je de theezakjes?' En toen hij wees: 'Je hebt zeker geen soja?'

Hij gaapte haar aan. 'Saus?'

'Melk. Laat maar. Ik drink de mijne wel zwart, zeg maar? Maar je zou, zeg maar, echt eens soja moeten proberen. Ik had vroeger altijd overal last van, zoals van een opgeblazen gevoel, je weet wel?'

Ze gaf hem een kop thee. Ondanks al het gekwek was hij er blij mee. 'Ik heet Skype. Ik wed dat je je, zeg maar, afvraagt wat ik kom doen?'

'Ik wil niet onbeleefd lijken, maar inderdaad, ja.' Hij keek even op zijn horloge. Kwart over zes. Wat voor gek liep er op dit uur rond om vrienden te maken?

Ze was aan zijn tafel gaan zitten en hij was nu zover wakker dat hij haar eens goed kon opnemen. Ze droeg een T-shirt en trui met capuchon op een plissérok van school; haar brede glimlach onthulde licht ongelijke tanden.

'Ik heb, zeg maar, een baan nodig?'

Op dit uur van de ochtend? Hij vroeg zich af wat die toon te betekenen had. Wist ze nou niet zeker of ze een baan wilde? 'Weten je ouders dat je hier bent? En hoe moet dat met school?'

'Ik heb eigenlijk maar één ouder en ik ben oud genoeg om, zeg maar, hierboven te komen zonder het eerst aan mijn moeder te vragen?' Ze grijnsde. 'School is bijna afgelopen. Het gaat om – jij werkt bij de dierentuin?'

Hij knikte. 'Hoe weet jij dat?'

Ze trok een bruine envelop uit haar zak. 'Je salarisstrookje. Het kwam per ongeluk bij ons terecht?'

Luke glimlachte niet bepaald enthousiast. Hij stak zijn hand uit naar de envelop en wenste dat hij dit gesprek kon inruilen voor nog tien minuten in bed.

'Het gaat om dat ik echt een baan nodig heb. En met al dit rare weer wed ik dat je hulp kunt gebruiken?'

'Waarmee, precies?'

'Ik kan van alles. Telefoon, admini, vloeren vegen. Als je me niet gelooft kan ik ook een tijdje voor niks werken?'

Voor iemand aan de vragende kant van de tafel bij een zich niet-voordoend sollicitatiegesprek, bleef Skype opvallend uitgelaten. 'En, trouwens, dit weer blijft toch niet duren? Ik heb alle sterrenkaarten bekeken en mijn vriendin Betts, die fan-tas-tisch is met voorspellingen en zo, zegt nog een paar weken, max?'

Nog een paar weken? Fantastisch. Luke zuchtte. 'Ik moet er even over denken als je het niet erg vindt. Ik ben niet echt een ochtendmens, zoals je zei. Bovendien hebben we het geld niet. En nu al helemaal niet.' Hij stond op, het algemene teken (alsjeblieft, God) voor: je kunt gaan.

Skype leek niet van haar stuk gebracht. 'Te gek! Ik drink mijn thee op en ga heen? Heengaan! Voorwaar! Vind je dat ook zulke enige woorden? Drommels! Trouwens ik kan niet blijven want ik heb tai chi vanochtend? Je zou mee moeten gaan, het zou je, zeg maar, zo ontzettend goed doen?'

Luke kon geen geschikt antwoord bedenken, maar moest ondanks zichzelf glimlachen. Misschien kon hij voor haar wel iets te doen vinden. Een muizenpak aantrekken en een dansje doen. De troepen opvrolijken.

Bij de deur aarzelde ze. 'Ik wed dat je dacht dat ik, zeg maar, nooit zou vertrekken? Mam zegt dat ik net kauwgum aan een schoenzool ben.' Ze lachte. 'Niet vergeten, maakt niet uit wat het is? Echt, want ik zit ontzettend omhoog?'

Hij deed de deur dicht en dronk zijn thee op. Hij woonde hier nu drie jaar en kende niet één van zijn buren, behalve van gezicht. Een vrouw van in de veertig was kortgeleden beneden komen wonen. Skypes moeder? Ze had er redelijk normaal uitgezien.

Luke trok zijn T-shirt uit en zette de douche aan. Ze konden waarschijnlijk wel iets van een vervanger aan het loket gebruiken voor de mensen die niet naar het werk konden komen. Wat was Skype in godsnaam voor een naam? Ze was precies het soort kind dat hem gek maakte, met haar op vragende toon gestelde beweringen en haar newagesojamelk. Maar enthousiasme was tegenwoordig dun gezaaid. Iedereen was prikkelbaar. Hij nog wel het meest.

26

Bob kon zich niet herinneren dat de tijd ooit zo langzaam was gegaan. Meneer B zat tot over zijn oren in het werk en zat niet op een gesprek te wachten, vooral niet over Lucy. Het dossier dat Bob die ochtend met tegenzin had aangepakt, bleef onaangeraakt liggen. Er was geen sprake van dat hij zich nu op het uitsterven van hommels kon concentreren, hij hield niet eens van bijen, of van honing, duh.

Hij schudde aan zijn horloge, wist zeker dat het stilstond, kon niet aannemen dat er geen tijd verlopen was sinds de laatste keer dat hij had gekeken. Op een gegeven moment zag hij de wijzers zelfs teruggaan van twaalf naar elf uur; als meneer B met hem had willen praten, had hij hem er misschien van beschuldigd dat hij een van zijn stomme lesjes in geduld oefenen had ingebouwd.

Eindelijk was het zo ver. Hij had al tien keer iets anders aangetrokken en had, zonder meneer B's tussenkomst, gekozen voor een strakke zwarte broek met een fijn geweven T-shirt. Voor iets anders was het te warm. Op het allerlaatste moment trok hij een paar zwarte Converse-gympen aan, greep een paraplu en beval Eck onder geen voorwaarde het appartement te verlaten.

Hij voelde zich onhandig, bang dat hij de verkeerde kleren aanhad om een goede indruk op Lucy te maken, maar in werkelijkheid zag hij er helemaal niet slecht uit. Zijn gezicht, als het niet chagrijnig stond, was geen slecht gezicht. Hij had mooie jukbeenderen, een rechte neus en een gave huid, en op dit moment schitterden zijn ogen (die zo vaak wazig stonden door te veel slaap of zelfbevrediging) bij het vooruitzicht van de ontmoeting.

Eck zag hem zonder spijt gaan.

En toen stond Bob bij de dierentuin, aan de personeelsingang. En wachtte.

Hij had geen idee hoe laat Lucy eigenlijk klaar was. Op een bord bij de ingang stonden de openingsuren vermeld en zo'n uur na sluitingstijd had hem een goede tijd geleken, maar om helemaal zeker te zijn was hij een uur eerder gekomen. Misschien werkte ze wel elke avond tot acht uur. Hoe moest hij dat weten? Had meneer B niet moeten aanbieden om hem in te lichten, een behulpzaam memotje moeten opstellen? Beide waren van pas gekomen, of desnoods iets als een laatste advies. Maar nee, altijd met belangrijkere dingen bezig, typisch meneer B.

Bob had het warm. Voelde zich beroerd. Waar bleef ze? Hij keek op zijn horloge. Hij stond hier nu al bijna drie uur. Deden mensen dit altijd? Wat een enorme verspilling van energie. Seks of geen seks, hij zou veel liever ergens anders zijn, ondergedompeld in een oneindig koel zwembad aan de kust van...

Juist op dat moment verscheen Lucy in een dun jurkje, bedrukt met felgekleurde vlinders. Bob knipperde met zijn ogen. Een koel briesje kwam uit het niets aanwaaien.

'Hallo.' Ze keek blozend de andere kant op. Ze was verlegen, natuurlijk was ze verlegen. Mooie Lucy, bescheiden wezentje. Ze was zelf nauwelijks meer dan een vlinder. Ja, dacht hij opgetogen, ze wás een vlinder, een fladderend wezentje, zowel teer als zeldzaam.

Ze lachte. 'Sta me niet zo aan te kijken.'

'Zoals wat?' Zijn hele gezicht was in beslag genomen door enorme verliefde ogen.

'Zoals nu,' zei ze giechelend. 'Als een krokodil die naar zijn lunch kijkt.' Ze nam zijn arm. 'Ik ben blij dat je een paraplu bij je hebt. Ik ben de mijne gisteren op mijn werk kwijtgeraakt en denk je dat iemand hem heeft afgegeven? Ik zou het ook niet doen. Dit weer is om dol van te worden, vind je niet? Het ene moment kokendheet en het volgende moment sneeuwt het.'

Haar glimlach verlamde hem. 'K-k-kom,' kon hij alleen maar uitbrengen. 'Laten we wat gaan eten.'

Zij wist dichtbij een gelegenheid, eenhoog, met airconditioning. Skydiven in het zwarte gat van Calcutta had hij ook goed gevonden zolang hij zijn hand maar tot in eeuwigheid om haar middel kon houden.

Het restaurant zat vol mensen op de vlucht voor de hitte. Bob en Lucy wachtten en dronken ijswater bij een ventilator tot een stel opstond om te vertrekken. Terwijl Bob nog om zich heen zat te kijken, gefascineerd dat hij zich in een zo menselijke omgeving bevond, begroette Lucy de kelner en bestelde wijn. Ze liet haar kin op twee mollige handen rusten. 'Hallo,' zei ze terwijl ze haar hoofd vrolijk naar links hield.

Hij gaapte haar vol bewondering aan. 'Hallo.'

'Waar denk je aan?'

'Ik denk hoe ongelooflijk het is dat ik je heb kunnen vinden.'

'Verbazingwekkend,' zei ze glimlachend. 'Ik dacht precies hetzelfde.'

'Echt?'

Haar gezicht stond ernstig. 'Echt. Ik dacht dat deze baan

115

weleens eenzaam zou kunnen zijn. De meeste bezoekers hebben kinderen, en het merendeel van het personeel is of te oud of te jong. Of te lelijk.' Ze trok een grimas en wendde haar blik af, omdat ze even een steek over Luke voelde, die niet oud en lelijk was, alleen maar gemeen.

'En dan duik jij ineens voor Izzy en mijn neus op, alsof je uit de hemel komt vallen of zoiets.'

'Ik ben het antwoord op je gebed.'

Ze lachte. 'Toe nou, dat bepaal ik zelf wel.' Ze liet haar stem plotseling tot een verleidelijke toon dalen. 'Vertel eens. Wat kwam je eigenlijk in de dierentuin doen?'

Bob had hier geen pasklaar antwoord op. Hij kon haar niet vertellen hoe hij elke dag de planeet afschuimde naar meisjes en daarbij op de meest vreemde plekken uitkwam. Ermitages. Iglo's. Dierentuinen.

'Ik hou van dieren,' zei Bob, terwijl hij met name aan zee-meerminnen dacht. 'Eigenlijk van allemaal.'

Op dat moment was dat ook zo. Terwijl hij naar de ronding van Lucy's wang staarde, met haar warme glimlach die hem over de tafel heen toestraalde, dreigden trots en geestdrift voor al zijn schepselen hem te overweldigen. De tranen kwamen in zijn ogen bij al het goede dat hij had gedaan, bij alle wonderen waar hij aanspraak op kon maken. Vanavond was de wereld een volmaakte plek. Zo, dicht bij Lucy in het piepkleine restaurant, verkoeld door ventilators, terwijl het maanlicht stil langs de ramen gleed, kon hij geen enkele manier bedenken om het te verbeteren. Misschien iets te warm. Buiten daalde plotseling de temperatuur. Hij staarde naar Lucy, die hem terug aanstaarde.

'Ik voelde dat je van dieren hield. Maar de rest moet je nog invullen. Ik weet helemaal niets van je, niet eens je achternaam.'

Hij keek omlaag. 'Dat is totaal niet interessant.'

'O, jawel.' Ze leunde achterover. 'Vertel op.'

'Oké, dan. Eens even zien.' Bob haalde diep adem. 'Ik kom van een melkwegstelsel, zo'n vierhonderd miljoen lichtjaren hiervandaan en ben hier eeuwen geleden terechtgekomen toen me onverwacht de baan van allesomvattend opperwezen werd aangeboden. Toen heb ik alles geschapen, hemel en aarde, de dieren in het veld, de wezens in de zee en in de lucht, enzovoort, en op een dag toen ik een beetje rondhing zag ik jouw gebed en dat heeft er allemaal toe geleid dat ik vanavond hier met jou zit.'

'Mooi verhaal,' zei Lucy lachend.

Bob haalde zijn schouders op. Zonder te lachen liet hij zijn hand dalen tot bij haar elleboog en legde zijn onderarm voorzichtig naast een plasje tomatensaus en olieachtige mozzarella. 'Alles in mijn leven heeft geleid naar dit moment, dat ik hier naast jou zit. Dus vertel me alles over jou.'

'Nee, er ontbreekt nog van alles aan. Wat doe je? Waar kom je vandaan? Maar nu serieus. Om te beginnen je accent... Ik kan het niet thuisbrengen.' Ze deed haar armen over elkaar. 'Toe dan, begin maar bij het begin.'

'Het begin?'

'Ja. "Ik ben geboren... Ik groeide op..."'

'Ik ben geboren... Ik groeide op...' Zijn ogen schoten naar de hoeken van het lokaal. 'Toen ik klein was, reisden we overal naartoe. Ik heb allerlei talen leren spreken. Daardoor kun je mijn accent niet thuisbrengen.'

'Ha! Dat dacht ik al. Je klinkt niet als iemand die ik eerder heb ontmoet. Dus... Afrika? Azië? Amerika? Zat je vader bij de marine of zo?'

Bob wendde zijn hoofd af. 'Zoiets.'

'Klinkt veel interessanter dan mijn familie. Mijn vader

is advocaat, hij verdedigt mensen met belastingparadijzen. Mijn moeder draagt bloezen met strikken en helpt mijn peetvader in de kerk. Heel keurig.' Ze giechelde.

Ongevraagd zweefde een beeld van Mona voor Bobs ogen. 'Ze klinkt eerlijk gezegd geweldig. Mijn moeder is stapelgek.'

'Serieus?' Lucy keek bezorgd. 'Dus niet echt geschikt als zeemansvrouw?'

Bob schudde spijtig zijn hoofd. 'Ze is hem gesmeerd. Kort na mijn geboorte.' Tot zover klopte het in elk geval.

Lucy greep zijn arm. 'Arme jij. Waarschijnlijk vertrouw je vrouwen voor geen meter.' Ze wist niet precies wat ze van zijn familieverhaal moest vinden, maar bespeurde iets kwetsbaars in Bob, iets eenzaams, iets wat het waard was om lief te hebben. Haar vingers sloten zich om de zijne.

Bob kuste haar en de ruimte begon te knetteren en te zoemen van het weerlicht. Een fles gleed van de tafel. De stroomstoring duurde maar een paar seconden, de duur van de kus. Lucy trok zich een beetje geschrokken terug; haar handen trilden en haar ogen schoten het restaurant door. Toen ze zich weer onder controle had, zag ze het gebroken glas, de stapel menu's die nu over de vloer verspreid lagen. De eigenaar van het restaurant klemde zich vast aan de hoek van de bar alsof hij niet zeker wist of hij zijn stoel kon vertrouwen.

'Wat was dat?' Lucy's ogen stonden wijd open.

'Wat?' Hij voelde nog steeds haar mond op de zijne.

'Wát? Jij moet het ook gevoeld hebben.' Ze keek even naar de andere tafeltjes om bevestiging te krijgen van wat ze had gezien. Er had slechts even nerveus gelach geklonken, maar de normale gesprekstoon keerde langzaam terug.

Bob leek het niet te horen. Hij kon zijn ogen niet van haar

af houden. 'Misschien waren het de fundamenten van het gebouw die zich settelden... Je weet wel, met al dat water?'

Lucy knikte met een lichte frons tussen haar ogen en hij drukte haar hele tros vingers tegen zijn lippen. 'Lucy, ik...' Hij kon nauwelijks uit zijn woorden komen. 'Je bent zo mooi.' Hij maakte één hand vrij en raakte met zijn vingers haar wang aan. 'Zo volmaakt. Zo'n prachtig, volmaakt meisje.' Alle woorden die hij ooit eventueel bedacht had, lieten hem in de steek. Met een schok besefte hij dat Lucy zíjn schepping was. Hoe had hij het klaargespeeld om een zo elegant, welbespraakt, en meelevend wezen te scheppen? En zo bereid hem lief te hebben? Vol bewondering staarde hij haar aan, vol nederige bewondering dat zo'n meisje kon bestaan. Hij was niet bij machte om uit zijn gevoelens wijs te worden.

Zijn ogen schoten vol tranen en hij moest zich afwenden. De eenzaamheid van zijn leven tot nu toe, liet hem naar adem snakken. Hij moest aan een jongen denken, gespietst op de spijlen van een hek, die zieltogend naar zijn laatste adem snakte. Zo had hij zich altijd gevoeld. Doorboord van eenzaamheid.

Haar glas was bijna leeg en met een onvaste hand van emotie schonk hij er het laatste restje wijn in.

'Voorzichtig,' zei ze met een glimlach. 'Anders zul je me naar huis moeten dragen.'

'Dat zou ik met alle liefde doen.' Hij kon haar zachte last bijna in zijn armen voelen.

'Je zou jezelf een breuk tillen,' giechelde ze.

De tijd ging voorbij en het werd laat. De kelner ging stilletjes in een hoek van het restaurant zitten met zijn rekeningen. Ze waren de enig overgebleven klanten en ze praatten zachtjes met elkaar.

'Ik heb ook nooit gedacht dat ik iemand op mijn werk zou ontmoeten,' fluisterde Bob.

'Wat doe je voor werk?'

'O, je weet wel.' Hij keek de andere kant op. 'Gewoon een baan. Iets met executive consultancy. Te vervelend om het over te hebben.'

'Ben jij niet een beetje...' Ze fronste haar voorhoofd. '... jong voor een consultant?'

Bob haalde zijn schouders op. 'Je weet hoe het gaat. Juiste tijd, juiste plaats.'

Een wonderkind wat betreft zaken, of familierelaties, dacht Lucy.

Bob ving haar blik. 'Ik wil het niet over werk hebben. Ik wil het over jou hebben.' Hij boog zich dicht naar haar toe en fluisterde: 'Vertel me een geheimpje.'

'Ik?' Ze lachte. 'Ik heb er geen.' En vervolgens, terwijl ze haar stem liet dalen, zei ze met een ernstige uitdrukking: 'Ik heb een van de capibara's laten ontsnappen. En nog steeds niet gevonden.'

Bob keek verwonderd. 'Capibara?'

'Een soort reusachtig knaagdier. Iets als een kruising tussen een cavia en een nijlpaard.' Ze keek somber. 'Spillepootjes. Stekelhaar. Eigenlijk heel lief.'

Hij herinnerde zich vaag iets dergelijks te hebben geschapen, maar wist niet meer waarom. 'Krijg je daar problemen mee?'

Lucy giechelde en met haar hand aan zijn oor fluisterde ze: 'Ik kan mijn baan kwijtraken. Maar tot nu toe heeft niemand het gemerkt.'

Haar warme adem hitste hem op. Hij draaide zijn hoofd opzij om haar te kussen. 'Over je baan hoef je niet in te zitten. Ik zorg wel voor je.'

120

Zo zaten ze een hele tijd en Lucy bereikte een stadium van puur geluk. Zo voelt het dus, dacht ze. Zo voelt liefde: alsof we de twee enige mensen op de wereld zijn, volmaakt op elkaar afgestemd, samen weggekropen en verenigd tegen de elementen terwijl de hele wereld afwacht. Dit moment zal me voor altijd bijblijven.

Hij kuste de holte van haar elleboog en bedekte die met zijn mond.

Buiten was het een zachte, kristalheldere nacht. Het was koud geworden. Mannen en vrouwen in luchtige kleding haastten zich rillend en met de armen om zich heen geslagen door de straten naar huis. Door het grote raam aan de voorkant van het restaurant gloeide de hemel met het koude witte licht van de sterren. Er vielen een paar sneeuwvlokken. De kelner gooide de ramen open en zette de ventilator uit.

Lucy hapte naar adem. 'Het gebeurt weer, kijk!' De lucht was vol vallende sterren. Bob leunde glimlachend achterover, terwijl Lucy en de kelner naar buiten leunden en lachten als kinderen. 'Wat een avond. Wat een vreemde dag, en serie dagen, maar wat een heerlijke, prachtige avond. Als de wereld vannacht zou vergaan, zou je mij niet horen klagen.' Haar stem stierf weg.

De kelner weigerde hen voor de maaltijd te laten betalen. Niet op een avond als deze, zei hij. Bob en Lucy wendden zich van elkaar af, verlegen dat ze gezien waren, maar ook dankbaar. Buiten op straat rilde Lucy en Bob legde zijn arm om haar schouders.

'Zalig om het koud te hebben. Maar wel raar.'

'Kom op, we gaan je knaagdier zoeken,' zei Bob.

Ze keek hem aan. 'Ga je me helpen? Maar hij kan overal zijn.'

Bob haalde zijn schouders op. 'Zoeken kan geen kwaad. Kom op, we proberen het. We stellen ons voor dat we verdwaalde capibara's zijn en bedenken waar we zelf naartoe zouden gaan.'

'We vinden hem nooit. Capibara's zwemmen als ratten. En ze vinden het heerlijk om onder water te liggen met alleen hun neus erbovenuit.'

'Oké, dan zoeken we een boot en speuren naar neuzen.'

Lucy straalde. 'Echt? Je bent een... een...'

'Een god onder de mensen?'

'Ja.' Ze lachte.

'En jij... bent een godin onder de vrouwen.' Hij lachte niet. Daar was het moment te belangrijk voor.

Hij vond een boot, precies waar er een had moeten liggen.

'Hoe doe je dat?' vroeg ze.

Weer haalde hij zijn schouders op. Hij hielp haar aan boord en duwde af.

'Ik ben een waternimf,' zei ze, terwijl ze een hand over de zijkant van de roeiboot liet hangen, dronken van wijn en bewondering.

Ze roeiden door het hele ondergelopen gebied onder de dierentuin, loerden in elk bosje en schuurtje en werden zich steeds meer bewust van de hopeloosheid van hun onderneming. Na ongeveer een uur kreeg elke dobberende plastic fles de vorm van een deugnietensnuit en werd de zigzaggende koers van het bootje steeds joliger.

'Laten we ermee ophouden,' zei Lucy op het laatst stikkend van het lachen, nadat ze tien minuten jacht hadden gemaakt op een plastic biervat. 'Hij kan overal zijn. Het is niet te doen.'

Het was niet ver naar Lucy's huis.

Bob legde de boot vast en ze klauterden over de rand van Lucy's balkon, stonden zwijgend voor de balkondeur en keken naar de glinstering van het maanlicht op het water. Boten gleden stilletjes voorbij; af en toe vingen ze het gemompel op van een gesprek in de verte. Aan het eind van de straat dreef een stel voorbij dat een vreemd duet speelde op een viool en een speelgoedfluitje. Bob kuste haar lippen, voelde haar bloed warm kloppen en wenste dat dit moment zou blijven voortduren. Ze kusten elkaar nog eens, bevend van aarzelend ongeloof. Het was een kus zo zuiver als de eerste kus in de wereldgeschiedenis. Achter hen vielen nog meer sterren.

Ze kusten elkaar weer, en nog eens, tot Lucy zich op het laatst terugtrok, terwijl Bob, gekweld en in lichtelaaie, bleef hangen. Hij beval haar in stilte om hem binnen te vragen. Eventjes leek ze zich met een vage blik en een willoos lichaam schrap te zetten tegen een felle wind. Maar toen verstijfde ze en duwde hem zachtjes weg.

'Nog niet,' fluisterde ze met zachte, wazige ogen van verlangen.

'Ik hou van je,' fluisterde hij terug.

Lucy sloot haar ogen, haalde diep adem en zoog de lucht met zijn woorden naar binnen. Ze wilde dat het blijvend zou zijn, wilde het verlangen rekken, de behoefte, niet de vervulling, tot de onweerstaanbare drang sterker zou worden dan wat ook ter wereld. En dan, dacht ze, komen we samen en beleven een liefdeshoogtepunt dat altijd zal blijven gloeien, zolang als we leven.

Bob deelde Lucy's hartstocht, maar zijn plannen waren meer gericht op de korte termijn.

Hij dacht niet aan altijd, aan oud worden met Lucy als zijn vrouw, samen op een bankje in een of andere winderige kustplaats, haar bejaarde opgezette enkels in stevige zwarte schoenen, gezwollen handknokkels op jichtige knieën. Zulke visioenen zeiden hem niets omdat hij altijd precies zou blijven zoals hij nu was, ondanks het verglijden van de tijd. Zijn mensen zouden veranderen, oud worden en sterven, van de aarde verdwijnen en vergeten worden, terwijl hij hetzelfde bleef.

Om deze reden was hij geïnteresseerd in het heden, zelfs wanneer hij de diepste, meest oprechte, hartstochtelijke liefde voelde. Lucy nu, niet Lucy later. Natuurlijk had hij de kwestie met een variëteit aan illegale methodes kunnen oplossen, door te verdwijnen en weer in Lucy's slaapkamer op te duiken, door een kleine wijziging in de rangschikking van tijd en ruimte te maken.

Maar zelfs Bob was wel zo slim om in te zien dat, hoe je het ook wendde of keerde, een verkrachting een verkrachting bleef, wat, behalve dat hij moreel tekort zou schieten ten opzichte van wat gepast was (zoals meneer B hem talloze keren had uitgelegd), ook het grootste plezier aan de verovering ontnam. Bovendien hield hij van haar. En hij bezat nog wel iets van zelfbeheersing. Met haar beeld in zijn hoofd kon hij tot een volgende keer wachten. Dat was niet wat hij wilde, maar hij ging het wel doen.

Hij zuchtte en ving haar blik. 'Hé.'

'Hé, jezelf. Ik moet nu echt gaan...' Ze glimlachte. 'Geef me je nummer, dan stuur ik je morgen een sms'je.'

Hij schuifelde een beetje heen en weer, keek de andere kant op.

'Waar is je mobiel?' Ze had de hare al tevoorschijn gehaald, en stond klaar om zijn nummer in te toetsen.

'Ik heb er geen.'

'Je vaste nummer dan.'

Hij schudde zijn hoofd.

Ze staarde hem aan. 'Je leeft met iemand samen.'

'Ik leef níét met iemand samen.' Hij boog zijn hoofd en keek als een pony door zijn haar naar haar op. 'Ik hou gewoon niet... van... telefoons.'

'Is dat zo.' Ze voelde zich misselijk.

'Ja, dat is zo! Eerlijk.' Lucy keek hem fronsend, vol twijfel aan, maar wilde hem graag geloven. 'Wauw,' zei ze uiteindelijk. 'Ik dacht dat iedereen een telefoon had.'

'Dat zal ook wel. Maar ik ben eigenlijk niet als iedereen...'

'Dat heb ik gemerkt.' Ze leek plotseling angstaanjagend terwijl ze hem met haar handen in haar zij aanstaarde. 'Zweer je bij God dat je met niemand samenleeft?'

Ach, wat zou het. 'Ik zweer het. Zie ik eruit als een getrouwd iemand?'

Ze aarzelde. 'Nee, zo zie je er niet uit.'

Hij hield haar zijn open handen voor en langzaam legde ze de hare erin. Ze voelden koud aan.

'Waar woon je?'

Dat heeft hij nog nooit aan iemand verteld. Hij heeft het nooit aan de belasting hoeven opgeven, of een krant hoeven laten bezorgen. Bovendien is zijn verblijfplaats... wat je noemt 'niet vast', in zoverre dat hij en meneer B de neiging hebben om nogal eens te verhuizen. Al naargelang opwelling en noodzaak dat van ze vragen.

Als hij opkijkt, staat Lucy hem met half toegeknepen ogen aan te kijken. Hij is zich bewust van het belang van het moment. Hij laat zijn adem ontsnappen en noemt snel het adres en zij herhaalt het licht mompelend bij zichzelf: nummer twaalf. Ze knikt, alsof dit alles is wat ze nodig heeft om te geloven dat hij echt is.

Haar schouders zakten iets naar beneden. 'Oké, postduiven dan maar?' De twijfel klonk nog door in haar stem, maar hij merkte met vreugde dat de crisis voorbij was. 'Ik zal je zelf moeten komen opzoeken. Dat heeft voordelen, zoals je ziet.'

Hij kuste haar nog eens. Een beetje wazig deed Lucy haar deur open, aarzelde en trok hem toen achter zich dicht. Hij ging niet weg, maar stond door het raam naar haar te staren, terwijl zij naar de lucht achter hem keek, die doorkruist werd met lichtsporen.

Een meisje uit duizenden, dacht Bob. Uit duizenden.

'Gewoon de huis-tuin-en-keukenvariant van een godvrezende door de wol geverfde maagd,' zei meneer B zonder op te kijken. 'Doe alsjeblieft je laarzen uit in huis. En als je het niet erg vindt, zou ik het op prijs stellen als je je aandacht van je kruis naar de wereldwijde meteorologische toestand zou willen verleggen.' Turend door zijn bril wees hij naar het raam, waar het water nu over de vensterbank dreigde te klotsen. De adempauze was voorbij en het regende weer eens. 'Het is niet grappig meer.'

Bob keek chagrijnig. 'En allemaal mijn schuld, wil je dat zeggen?'

'Ja, dat is precies wat ik zeg. En als je zo goed zou willen zijn om op te houden met mokken, kunnen we er misschien iets aan verbeteren. Kom op nou, zo moeilijk is het toch niet?'

'Je begrijpt het niet, hè? Je weet heel goed dat ik het niet gewoon kan afzetten.'

'Maar je kunt het toch proberen?' Hij slaagde er altijd in om een vriendelijk gezicht op te zetten, ondanks de pijn in zijn eigen hart.

'Dat doe ik.'

Wat je proberen noemt, dacht meneer B.

In het midden van de Stille Oceaan namen de tsunami's in kracht toe. Wervelstormen verwoestten Kansas en de Oost-Chinese kustprovincie Jiangsu. Een ondersteboven hangende regenboog was waargenomen boven Sicilië. Recent nieuws meldde sneeuwval in de Saharawoestijn. Terwijl hier thuis de temperatuur op en neer schoot van kokendheet naar ijskoud en de sterren min of meer willekeurig uit de hemel vielen.

En allemaal omdat de Almachtige smoorverliefd was geraakt op een assistent-dierenoppasser. Het was geen grapje, en dat werd het steeds minder naarmate de situatie zich ontwikkelde. God wordt verliefd; duizenden komen om. Meneer B kon naar eer en geweten de aarde niet in zo'n toestand achterlaten.

'Hier,' zei hij, en hij gaf Bob een map. 'Een paar behulpzame tips voor weercatastrofes over de hele wereld en hoe ze te voorkomen. Zo dat al mogelijk is. Als je zo vriendelijk zou willen zijn.'

Bob greep de map en stampte zonder iets te zeggen de deur uit. En ik dan, dacht hij. Wat doen we aan het feit dat ik verliefd ben? Is dat niet veel belangrijker dan dit stomme werk?

Twee uur later leunde meneer B achterover in zijn stoel. Hij gaapte en wreef in zijn ogen. De vertrouwde bonzende pijn was weer opgedoken boven zijn linkerslaap. Buiten werd de gestage motregen nu en dan benadrukt door rommelende donder.

Het plan van meneer B was om in een waas van kleffe kameraadschap de aarde zo snel mogelijk veilig te krijgen, waarna de regen zou ophouden en het leven weer normaal zou worden, op tijd voor hem om Bob en zijn ellendige planeet vaarwel te zeggen zonder nog één keer achterom te kijken. Natuurlijk zou het probleem daarmee niet definitief zijn opgelost. Het leven zou alleen stabiel blijven tot de volgende adembenemende verrukkelijke serveerster/boomchirurge/hondenuitlaatster Bobs aandacht zou trekken. Maar tegen die tijd was het niet langer zijn probleem. Denkend aan Bobs eerdere mislukte relaties, verviel meneer B in een toestand van diepe berusting. Als poppenspeler tegen wil en dank trok hij zachtjes aan elk touwtje, regelde de beweging van één voet, en vervolgens van de andere, trok een arm terug uit een omhelzing die schadelijk kon zijn voor beiden. Hij kon misschien een hoofd laten knikken en een schouder laten ophalen, maar terwijl hij zich daarop concentreerde, kon een zweterige hand op eigen kracht naar voren kruipen om langs een zachte dij te strelen.

En wie van hen, aan welk eind van het touw, was het minst vrij?

27

Eck had besloten om de laatste paar weken van zijn leven te genieten, maar vond dat steeds moeilijker worden. Bob besteedde de meeste tijd aan dromen over Lucy en meneer B was de hele tijd aan het werk, waardoor er niemand was om hem uit zijn neerslachtige stemming te halen. In het verleden speelden Bob en hij weleens samen computergames of keken naar een film; ze hadden wedstrijden gehouden om te zien wie de meeste eetborden op een vinger kon laten balanceren, of wie de meeste taart op kon. Soms liet Bob hem foto's zien van blote meisjes en vroeg dan wie hij het leukste vond, maar Eck kon niet kiezen. Hij vond korte neuzen onaantrekkelijk.

De tijd leek zo snel te gaan.

Deze dag werd hij wakker uit een depressief slaapje en zag door het raam Estelle naar hem zwaaien. Eerst sprong zijn hart op toen hij haar zag, maar bij nader inzien kwam hij met angst en beven dichterbij. De vader van dit meisje was per slot van rekening van plan om hem op te eten. Misschien was haar vriendschappelijke gedoe niet meer dan een list. Misschien had haar vader haar gestuurd om eerst een hapje van hem te nemen om er zeker van te zijn dat verdriet hem niet bitter had gemaakt.

Maar kon de aardige uitdrukking op haar gezicht vals zijn? Ze stak haar armen naar hem uit. 'Je lijkt magerder dan eerst,' zei ze met een frons.

Ondanks het feit dat hij een heel achterdochtige Eck was, kon hij geen weerstand bieden aan het aantrekkelijke van Estelles gezicht, vooral niet als hij het vergeleek met de gezichten die hij kende. Ze glimlachte niet op een dreigende manier naar hem, of op een manier die suggereerde dat ze iets van hem wilde, of dat ze er maar net in slaagde hem niet uit te lachen. Ze glimlachte op een manier die hem het gevoel gaf het dier te zijn dat ze het liefst van de hele wereld wilde zien.

Niemand had ooit zo naar Eck gekeken en hij was er zo door ontroerd dat hij zijn achterdocht vergat en naar voren schuifelde, recht in haar armen. Hij wist nog hoe ze hem op de avond van het vreselijke pokerspel in haar armen had gehouden en kneep zijn ogen stijf dicht om de rest van de herinnering uit te wissen. Hij had nooit geweten dat hij zo intens, zoveel dingen tegelijk kon voelen: ellende, liefde, honger, achterdocht, opwinding en natuurlijk de altijd aanwezige doodsangst. De monsterachtigheid daarvan liet hem beven als een espenblad.

Hij bleef stil liggen, met zijn ogen dicht, terwijl zij uitlegde waarom ze niet langs was geweest. Ze vertelde, over haar reizen en over de plaatsen die ze had bezocht en over de wezens die ze had ontmoet; en daarna streelde en kietelde ze hem. Ze praatte tegen hem met haar zangerige stem. Pas veel later maakte ze zich zachtjes los en pakte haar grote leren tas.

De Eck klauterde overeind, zijn ogen groot van schrik. Estelles tas leek precies op zoiets wat je over het hoofd van een man trok voor hij opgehangen werd.

'Hier,' zei ze en ze gaf hem de tas. 'Ik heb wat voor je meegebracht.'

Trillend van angst tuurde Eck in de akelige tas. Bovenop

lag een cake en daarnaast een langwerpig broodje belegd met rosbief, ingemaakte uien, tomaat en kaas.

Zijn leven lang had de Eck altijd gedroomd van vol zijn – vol van geluk, complimenten of vriendelijkheid, dat ook – maar toch het meest hardnekkig van vol met eten. En juist nu, op de meest onheilspellende dag, verscheen Estelle hier en bood hem zoveel brood aan als hij op kon, gevolgd door drie volmaakt heerlijke cakes, verse broodjes met jam van een planeet die zich alleen daarin specialiseerde, een pot met hemelse augurken, pannenkoeken gevuld met voortreffelijke kruiden waar ze in de Melkweg nog nooit van hadden gehoord, vruchtentaarten, en het soort machtige, romige kaas die je volgens Eck alleen in de hemel kon krijgen. Zelfs als het tussendoortje de opzet had om hem vet te mesten voor de genadeslag, dan was het nog ontzettend lekker.

'Is Bob er niet?'

Eck schudde zijn hoofd. Hij kon niet zeggen of ze nou blij of teleurgesteld was, want haar gezicht bleef neutraal.

In het begin kwam het gesprek niet echt op gang. Ecks mond was er niet op ingesteld om meer dan een half broodje te bevatten en nu zaten er drie in. Het meisje vond zijn gulzigheid amusant en ze voerde hem het ene heerlijks na het andere. Zijn wangen puilden uit en zijn ogen rolden naar achteren, alleen al door de pure hoeveelheid. De hele tijd dat hij at, vertelde ze hem de meest onvoorstelbare verhalen. De klank van haar stem bracht hem bijna net zo in vervoering als de verhalen zelf en ondanks de bedroevende feiten van zijn lot voelde hij zich bijna gelukkig.

'Het spijt me dat ik je niet ben komen opzoeken,' zei het meisje.

De Eck knikte.

'Nu ben ik terug,' zei ze. 'En weet je waarom?'

Eck onderzocht de vraag van alle kanten. Raden scheen een beetje riskant.

Estelle keek hem aan, haar gezicht stond kalm. 'Omdat ik je aardig vind. En ook omdat ik me heel ellendig voel over mijn vaders weddenschap.'

Niet zo ellendig als ik, dacht Eck.

'Ik...' Ze aarzelde om precies de juiste woorden te vinden. 'Ik doe wat ik kan om invloed op hem uit te oefenen. Maar in de tussentijd zou ik willen dat we vrienden waren.'

Eck knikte, een beetje onzeker. Hij veronderstelde dat, bij gebrek aan een toekomst, een vriend wel fijn zou kunnen zijn.

'Zullen we naar buiten gaan?'

Eck zakte in.

'Het is oké, je hebt toestemming.' Ze keek op en zag meneer B in de deuropening naar hen staan kijken. 'Hallo,' zei ze. 'We gaan een luchtje scheppen. Hebt u zin om mee te gaan?'

Ja, dat zou hij wel willen. Het idee om een paar uur in Estelles gezelschap rond te slenteren was onweerstaanbaar. Maar hij had werk te doen. Altijd. Te veel. Werk. Oneindig veel werk. Dus bedankte hij beleefd, en met spijt.

Toen ze naar buiten gingen, draaide Estelle zich om naar meneer B. 'De volgende keer,' zei ze.

Het klonk meer als een voornemen dan als een verzoek.

Ze nam Eck mee naar de dierentuin en ondanks de regen brachten ze een fijne middag door bij de pinguïns, die Eck fascineerden op de manier zoals kleine kinderen door apen worden gefascineerd. Zo gelijk en toch zo verschillend.

Toen een oppasser met een emmer vis langskwam, kroop

Eck weg achter Estelle, al zag het oppassermeisje er niet uit alsof ze veel aandacht had voor iets anders dan haar eigen gedachten.

'Eck,' fluisterde Eck tegen Estelle en die knikte. Dus dit was het meisje voor wie Bob was gevallen; het leuke meisje uit het café. Wat zonde. En wat was de aarde een kleine wereld, dacht ze, opgelucht dat Lucy te verstrooid was om hen op te merken. Ze betwijfelde of haar beschrijving van Ecks herkomst een tweede nauwkeurig onderzoek zou doorstaan.

Toen het tijd werd om Eck thuis af te zetten, verhinderde Estelle een mogelijke huilbui door een licht belegen varkenskarbonade uit haar jaszak tevoorschijn te toveren. Eck strekte zijn neus in de richting van de karbonade.

'Bedien jezelf,' zei ze.

Het dier bediende zich. 'Eck,' mummelde hij en ze zag grote tranen van blijheid en droefheid in zijn ogen opwellen. Lange, natte sporen liepen tot aan zijn kin.

Estelle legde een geruststellende hand op zijn schouder. Ze had hem graag willen zeggen dat hij niet ongerust moest zijn, dat het allemaal goed zou komen, maar daar was ze niet zeker van. Haar vader was een bijzonder geslepen iemand. En zij, het moest gezegd, was afgeleid door haar zoektocht... naar de hemel mocht weten wat.

Eck schudde zijn hoofd en besnuffelde haar handen en armen; daarna, met een zekere eerbied en toen zij geen bezwaar leek te maken, likte hij haar voorzichtig met zijn lange kleverige tong. Ze smaakte naar verse citroen en regenwater.

'Zullen we morgen weer afspreken?' Ze keek hem aan met haar hoofd een beetje opzij, en met ogen die tegelijk koel en warm waren.

Eck schudde somber zijn hoofd. Bob kon elk moment thuiskomen. Hij zou nooit goedvinden dat Eck een vriendin had.

'De dag daarna?' vroeg ze.

Het dier monterde op. Misschien was Bob de dag daarna wel verdwenen. Misschien was de wereld zoals hij hem kende de dag daarna wel veranderd in heel iets anders. Misschien was alles wel veranderd, zoals tegenwoordig ontstellend vaak gebeurde.

'Oké, dan, de dag daarna,' zei Estelle en zwaaide gedag.

Een vriendin, dacht Eck. Natuurlijk wilde ze misschien iets van hem, maar dat kon hem niet schelen. Hij kon zich niet veroorloven kieskeurig te zijn, zoveel aanbod aan vrienden was er niet, en in de nabije toekomst ook niet waarschijnlijk. En daarna zou hij dood zijn.

Meneer B stond voor het raam en zag haar in de motregen verdwijnen. Zijn voorhoofd was even gerimpeld als altijd, maar zijn ogen glansden, wat niets voor hem was.

28

'Wie is dat meisje?' vroeg meneer B aan Bob.

'Welk meisje?'

'Waar Eck zo gek op is.'

'O die. Juffrouw Totebel. Haar vader is die enge maffia-
kerel. Die, eh...' Ze keken alle twee naar Eck, die opstan-
dig in de hoek van de kamer stond en recht voor zich uit
keek. 'Je weet wel.'

Meneer B knikte.

Alleen op de middagen dat Estelle hem kwam opzoeken,
was Eck een beetje opgewekt. De spanning van met een
doodvonnis te moeten leven, putte hem uit.

Ze aten zwijgend. Eck bedelde niet meer om restjes aan
tafel; zelfs zijn onverzadigbare honger leek minder te zijn
geworden. Honger was gewoon nog zo'n pijn die hij verdroeg als bewijs dat hij nog leefde, net als wanhoop. Als hij
omkwam van de honger, nou, misschien was dat niet de
ergste manier om dood te gaan.

'En zij is zijn dochter?'

'Wie?'

'Juffrouw Totebel.'

Bob haalde zijn schouders op. 'Eloise. Esmeralda. Beetje
muizig type.'

Meneer B was het er zwijgend mee oneens. Niet muizig.
Met haar lange rechte neus, blanke huid en hoge voorhoofd kon het meisje zo van een schilderij uit de vroege

renaissance zijn gestapt. Helmaal niet muizig. Ze was slank en elegant; ze bewoog zich zonder nodeloze drukte of omhaal.

Terug aan het werk, bladerde meneer B door zijn mappen van smekende mensen, bladzij na bladzij, ontweek hun ogen, probeerde hun gebeden te verhoren, terwijl zijn gedachten terugflitsten naar... Esmeralda?

Een map gleed ertussenuit. Hij zag een Indiaas kind met ernstige bruine ogen, en een diepe, gekwelde uitdrukking. De jongen had rabiës en het verzoek kwam van zijn vader. Meneer B keek een tijdje op het gezicht neer. Hij wist dat het kind zonder behandeling een enorme, niet te lessen dorst zou ontwikkelen, wanneer zijn keel en kaakspieren stijf zouden worden van verlamming. Daarop volgde binnen enkele uren de dood.

Meneer B wreef over zijn hoofd. Niet dat hij dingen niet graag herstelde. Maar elke ingreep had onaangename gevolgen, leidde tot een kettingreactie die de oorspronkelijke daad gegarandeerd van nul en generlei waarde zou maken. Dat had hij vaak genoeg ondervonden: het zoete kind, van de dood gered, groeide op tot Vlad de Spietser.

Meneer B voelde zich net een of andere verdoemde boekhouder, met cijfers die eeuwig weigerden een uitkomst te geven.

Maar soms had hij geen keus. Hij net zomin als een ander. Deze keer ging het om niet meer dan een heel klein duwtje, een tikje bijna. Net voldoende om een meegekomen arts van een speciale VN-eenheid een paar kilometer van zijn geplande route te laten afwijken. Voldoende om het pad van de vader te kruisen.

Natuurlijk vergden deze ingrepen tijd. Ze waren technisch net zo ingewikkeld als het isoleren van één enkele zandkorrel op een oneindig strandvlakte. En wie wist wat het duwtje verder nog verschoof? Het tikje dat de arts liet afwijken kon een vrachtwagen op een menigte laten inrijden, een bergbeklimmer in een ravijn laten storten, het lemmet van een chirurg laten uitschieten. En waarvoor? Om een enkel geval van dood of lijden op te schorten, omdat zijn oog op één gezicht van de tien biljoen was gevallen.

Was hij de enige die dit een onhoudbare situatie vond?

Door de map van de Indiase jongen ertussenuit te trekken, glibberde die van de walvissen uit de stapel en op de grond bij zijn voeten. In gedachten hoorde meneer B hun wanhoopskreten. Dertig meter lange baardwalvissen waren waargenomen in ongeschikte warme zeeën, op zoek naar krill, dat op zoek was naar fytoplankton. Andere spoelden, snakkend naar adem, aan op stranden, hun sonar in de war door honger, ziekte en lawaai. De allerkleinste ecologische verandering maakte hun leven al onmogelijk, dankzij een verfijnde afwijking in hun bioritme, want meneer B, een veel deskundiger schepper dan Bob, had een voedselketen bedacht met maar twee korte links. Van plankton naar walvissen. Mooi van eenvoud. Tot er iets misging met het plankton.

De walvissen smeekten niet met droevige ogen of afhangende schouders. Hun gigantische, onbewogen snuiten drukten niets anders uit dan het eeuwig gelatene van hun soort. Meneer B kon anders met hen omgaan dan met de mensen, die per slot van rekening naar beeld en gelijkenis van Bob waren geschapen, compleet met al Bobs tragische gebreken en een oneindige bonbonvariëteit aan droevige resultaten.

Hij kon de gedachte niet verdragen dat die klagende stemmen voor altijd het zwijgen werd opgelegd, maar hij wist dat ze spoedig niet meer om hulp zouden vragen, omdat ze de hoop hadden opgegeven. Kreunend bukte hij zich naar de grond en tilde de map op zijn bureau.

Ik zal jullie helpen, zei hij in stilte tegen de walvissen. Zowel voor mezelf als voor jullie zal ik jullie helpen.

Hij verwonderde zich erover dat de walvissen hem trouw waren gebleven, dat ze wisten dat ze anders waren. Het was de enige soort met het verstandelijk vermogen om direct met hem in contact te treden, waardoor ze niet alleen aan menselijke tussenkomst voorbijgingen, maar ook aan Bob, omdat ze (heel verstandig) niet in hem geloofden.

Hun helder verstand en hun schoonheid ontroerden hem bijna net zo hevig als hun geloof in zijn macht om hen te redden. Hij kon niet vertrekken zonder te weten dat zijn eigen scheppingen (toch op zijn minst) een pijnlijke vergetelheid bespaard was gebleven.

Zijn gedachten zwierven weer naar Ecks vriendin, terwijl hij snel een berichtje krabbelde voor onmiddellijke verzending.

Ik zal jullie helpen.

29

Vergezeld van schuifelende poten en onderdrukt gesnuif van wilde zwijnen en gemsbokken, veegde Lucy met een brede bezem het water uit de gang. Het was de ideale bezigheid; alles wat meer concentratie vroeg was onmogelijk. Buiten kwam de regen in wraakgierige stromen naar beneden en smakte tegen het ijzeren dak met een geweld dat paste bij haar gemoedstoestand. Een emotionele overdosis had haar fantasie op de rand van hallucinatie gebracht: die lippen, de slanke vingers, de intens sombere, bezorgde ogen.

Ze voelde zich weerloos. Elke gedachte ging over hem.

Kr...akk! De donderslag leek uit het binnenste van het gebouw, vanuit haar hoofd te komen. Ze bedekte haar oren met beide handen om het buiten te sluiten.

Met wie kon ze praten? Wie zou het begrijpen? Ze leek geen zeggenschap meer over haar eigen lichaam te hebben; ze was op drift, gevangen in een enorme draaikolk... en Bob, Bob was de drijvende kracht.

'Staan we te slapen?'

Met een schok stond ze rechtop en meteen begon ze weer krachtig water te vegen. Luke natuurlijk. 'Ik ben hier bijna klaar. Moest alleen even op adem komen.' Ze kon niet verhinderen dat haar stem scherp klonk.

Hij keek haar aan. 'Doe maar kalm aan. Ik kwam alleen kijken of je hulp nodig had.'

Zal wel. 'Nee, dank je, het gaat prima.'

Kr...akk!

'Allemachtig!' zei hij. 'Dat was een beetje te dichtbij.'

Ze voelde zich op haar hoede voor hem, en bang. De manier waarop hij naar haar keek was zo kritisch. Vermoedde hij iets over de capibara, of hield hij haar alleen maar in de gaten en wachtte tot ze in de fout ging?

Het water liep nu over de binnenkant van een muur. Luke vloekte, aarzelde toen even alsof hij nog iets wilde zeggen.

Lucy wapende zich, maar toen ze weer keek was er iets in zijn uitdrukking wat haar weerhield. Zijn gezicht stond niet kritisch of geringschattend. Eerder... nadenkend. Bezorgd. En toen glimlachte hij, hij lachte en bijna keek ze over haar schouder omdat het zo onwaarschijnlijk leek. Maar voor ze de vreemde ontmoeting kon verklaren was hij verdwenen en schudde ze hem uit haar gedachten. Daar was trouwens nauwelijks plaats voor hem.

Ze moest Bob weer zien, zijn armen om zich heen voelen om het gonzende verlangen in haar bloed te stillen. Waarmee had hij haar betoverd? Haar leven bestond alleen uit zijn gezicht, zijn handen, zijn ogen. Het verlangen trok aan haar zoals de zee aangetrokken wordt door de maan, met zo'n kracht dat ze dacht dat ze erin zou blijven.

En toen stond hij naast haar.

Ze hapte naar adem. 'O... Bob. Ik...'

'Sst.' Hij legde een vinger op haar lippen, nam haar handen in de zijne, kuste haar mond en haar ogen en begroef zijn gezicht in haar haar.

'Mijn god,' zuchtte ze met een rood aangelopen gezicht en halfdichte ogen.

Ja, dacht hij.

Ze klemde zich aan hem vast.

'Ik wil bij je zijn. Helemaal,' mompelde hij en ze knikte. Haar toegeeflijkheid wond hem op.

Ze konden niet daar blijven. Hij kuste haar weer, verrukt over hoe ze voelde, rook en smaakte. 'Lucy,' zei hij. 'Mijn schat. Kan ik je vanavond zien? Nu?'

'Ik...' Ze aarzelde. 'We hebben allemaal aangeboden om vanavond tot laat door te werken. Ik weet niet of ik daar onderuit kan.'

Hij fronste zijn voorhoofd. 'Nou, als ik dan eens meekwam? Ik kan ook helpen.' Ze zouden naast elkaar werken, bijna als gelijken, en dan later...'

Ze keek bedenkelijk. 'Weet je het zeker?'

'Natuurlijk.' Hij trok een zelfverzekerd gezicht, dat afzwakte tot iets ongemakkelijks. 'Weet ik wat ik moet doen?'

Ze lachte. 'Natuurlijk.' Lucy stelde zich voor hoe ze samen zouden werken, hoe ze met hem zou pronken bij haar collega's. 'Geen probleem. Een extra stel handen zal goed van pas komen.'

'Oké, dan doen we het zo.' Hij kuste haar weer.

'Geef me twee minuten,' hijgde ze en ze wees in de richting van het personeelsgebouw.

In het lage gebouw voelde het benauwd en vochtig. Weerlicht verlichtte de ruimte met grillige tussenpozen. Bob trok zijn neus op. Mensen roken sterker dan hij zich herinnerde.

Lucy kwam als laatste binnen. Ze haakte haar arm in die van Bob, haalde diep adem en leidde hem toen naar de groep bij de koffiemachine, onverwacht verlegen toen Luke zichzelf voorstelde en zijn hand uitstak. Bob nam hem aan, hield hem losjes op armlengte vast en bewoog zich niet. Tot haar schaamte leek hij te zijn vergeten hoe een handdruk werkte.

Luke knipperde met zijn ogen en trok zich voorzichtig terug. Hij ving Lucy's blik.

Ze wendde zich blozend af.

Nou, nou, dacht Luke. Wat een apart geval. Als het een hond was zou ik er met een grote boog omheen lopen.

Al het hooi, stro en zaagsel dat als bodembedekking diende, moest opnieuw op stapels pallets opgetast worden. De regen was al door het golfplaten dak gesijpeld en vormde plassen op de vloer. Er waren twaalf vrijwilligers in zes groepen van twee. Lucy en Bob hielden elkaars hand vast en lieten duidelijk zien dat ze een koppel vormden, waardoor er vier overbleven, met inbegrip van Luke, die een stel vormde met het nieuwe meisje van het kaartenloket.

Waar had Luke die in hemelsnaam opgeduikeld, vroeg Lucy zich af, terwijl ze de veganistische neo-hippie-eco-etnische manier van kleden in zich opnam. Het meisje had zwart, kortgeknipt haar met één enkele magere vlecht op haar rug en Lucy zag dat ze makkelijk en vertrouwd met Lucke omging, wat indruk maakte. Zelfs het personeel dat op hem gesteld was, hield een beetje afstand. Misschien heeft ze heel veel broers, dacht Lucy terwijl ze het onafgebroken geklets van het meisje probeerde af te luisteren.

'Ik had thuis moeten zitten,' zei Skype, 'repeteren, zeg maar? Wat, zeg maar, klinkklare bullshit is, als de wereld aan het vergaan is, zeg maar.'

'Dat is niet wat je de laatste keer zei. Nog maar een paar weken slecht weer, was het niet zo?' Luke was een en al verwijt.

'Een paar weken?' Ze haalde haar schouders op. 'Of een paar miljoen jaar? Wie zal het zeggen?'

Luke ving weer Lucy's blik, deze keer met een half glimlachje. Opnieuw was ze geschokt door de intimiteit van die blik.

'Kom op, Luke, aan de slag.' Skype trok nu aan zijn mouw. 'Onze groep is aan de beurt met hooibalen, zeg maar?'

Hij glimlachte, deze keer bij zichzelf, en liep achter haar aan.

De balen waren zwaar en moeilijk te tillen en het was uitputtend werk, maar Bob en Lucy werkten het eerste halfuur stoïcijns door. Tot haar verbazing merkte Lucy dat ze meer kracht en doorzettingsvermogen had dan haar partner, want Bob begon ruim voor de theepauze al in te zakken. Terwijl ze de moed er bij hem probeerde in te houden met kussen en aansporingen, merkte Lucy dat ze onverklaarbaar werd geïrriteerd door het gelach van Luke en Skype tijdens het werk. Hij leek het prettig te vinden om een bewonderend meisje op sleeptouw te hebben. En wat was Skype trouwens voor een stomme naam?

In de pauze haalde Lucy thee en bij terugkomst vond ze Skype, gehurkt op een hooibaal, in gesprek met Bob. De combinatie deed haar achteruitdeinzen.

'Dus ik had geen baan, zeg maar, en ging naar boven naar Luke, en zei iets van, zeg maar: "Oké, waarom geef jij me er geen? Een baan, bedoel ik?" En dat deed hij?'

Bob keek benauwd.

Skype boog zich naar hem toe. 'Vind je dit allemaal niet helemaal te gek fan-tas-tisch? Snap je wat ik bedoel?'

Bob snapte er niks van. Hij deed zenuwachtig een stap achteruit.

'Het weer, zeg maar, en dat we allemaal samenwerken om, zeg maar, de dieren te redden? Ik voel me net Noach met de zondvloed.' Skype sprong overeind en klom behendig naar de top van de hooibalen, zette plotseling een stem op en stootte met haar vuist in de lucht om die kracht bij te zetten. 'En God sprak, voorwaar, ik zal een zondvloed over het land brengen om alle vlees te verdelgen en alles zal omkomen!' Ze liet haar armen zakken. 'Wat een ellendige ouwe zak moet die God zijn.'

Bob zocht koortsachtig naar Lucy, die net met thee en een pakje biscuitjes was gearriveerd.

Skype zwaaide flauwtjes met haar hand en smeerde 'm – terug naar Luke.

'Waar ging dat over?' vroeg Lucy.

Bob stond er onnatuurlijk stijfjes bij.

'Sorry, dat ik je niet kon redden.' Lucy gaf Bob zijn kop thee. 'Nog maar een halfuur en dan gaan we.' Ze had er genoeg van. Meer dan genoeg. Het sexy gevoel om zij aan zij met Bob te werken was verdwenen en ze voelde zich moe en terneergeslagen. De regen was voor korte tijd gestopt, maar een rommelende onweersbui scheen er van een afstandje alweer aan te komen. Door de hoge ramen bleef het weerlichten.

'Het is echt triest, dat eigenaardige weer,' zei Lucy toen ze samen de dierentuin verlieten. Ze stond stil om naar een verwoeste rolstoel te kijken, op zijn kop in een plas. 'Zoveel levens verknald.' Ze liepen een tijdje zwijgend verder. 'Ik hoorde op het nieuws dat het dodencijfer in de duizenden loopt.'

Bob duwde zijn handen in zijn zakken en keek de andere kant op. 'Dat is mijn schuld niet,' mopperde hij.

Lucy lachte een beetje spottend en nam zijn arm. 'Natuurlijk niet.'

Maar Bob had het niet meer, was uit zijn humeur, voelde zich onverklaarbaar schuldig en ze moest het haar voor zijn ogen wegduwen, gekke gezichten trekken, haar voeten achter de zijne haken en hem bijna laten struikelen in het kniediepe water. Wat is er met die andere Bob gebeurd? vroeg ze zich af. De Bob die zijn handen niet van me af kan houden.

'Laten we naar huis gaan,' fluisterde Lucy in zijn oor, terwijl ze met haar neus in zijn hals wroette. En eindelijk rukte hij zich los van zijn getob en malende gedachtekronkels. Ze trok haar jas strak om zich heen en wenste dat Bob zijn armen om haar heen zou slaan. Hij liep in zijn T-shirt. 'Heb jij het niet koud?'

Nee, hij niet. 'Ik voel geen kou,' zei hij, wat absoluut klopte.

Ze liepen en liepen. Grote, gevorkte bliksems flitsten van alle kanten; de donder dreunde boven hun hoofd. Maar de hemel was helder en er viel geen regen.

Bob leek zich niet lekker te voelen en op het laatst kon Lucy er niet meer tegen. Ze trok hem in een portiek en kuste hem hartstochtelijk. Eindelijk leek hij haar op te merken. Ze kusten elkaar weer; Bob wond haar haar rond zijn vingers en streelde haar gezicht. 'Dat is beter,' mompelde ze met haar hoofd in de plooi van zijn hals.

Bij haar huis morrelde ze aan de deur en toen stonden ze, al kussend, binnen. Hij nam haar gezicht in zijn handen, tilde het haar uit haar nek en boog zijn hoofd om de blote huid van haar schouder te kussen. Haar huid smaakte pittig en zoet. Hij pakte haar armen, wond ze rond zijn middel en hield ze daar, terwijl hij zich diep nestelde in de zachtheid onder haar kaakbeen, haar oor kuste, haar oogleden, haar mondhoek. Ze voelde zich steeds dieper in het duister wegzinken, terwijl ze elk besef van tijd verloor.

Weer een donderslag. Plotseling raakte Lucy in paniek. De hartstocht verdween. Wat? dacht ze wild. Wat gebeurt er? Terwijl ze zich losworstelde ving ze een blik van zichzelf in de spiegel en ze stopte geschrokken. Het meisje dat terugstaarde, had loshangend haar, dat klitte en in bleke strengen hing, hoogrode wangen, enorme verwijde pupillen en kapotte lippen. Ze was wild van verlangen, wild van angst, door het dolle heen. Ben ik dat? vroeg ze zich af. Ben ík dat?

Flits! Donder!

Hijgend draaide ze zich naar Bob en staarde in verbazing naar het licht dat om zijn lijf speelde, van zijn vingertoppen en uit zijn ogen droop alsof hij te vol licht zat om het binnen te houden.

Lucy rilde en sloeg haar armen om zich heen. *Wie is hij?*

Knipperend met haar ogen van verwarring, trok ze zich terug naar de keuken. 'Kopje thee?'

'Thee?' Het licht rondom hem flikkerde en doofde uit. Bob staarde haar aan.

'Ik heb kamille of sterker.' Ze probeerde te glimlachen van achter de ontbijtbar, maar ze voelde zich ellendig – ellendig, verward en angstig.

'Nee.' Hij dook om het werkblad heen op haar af en legde met een lichte frons zijn handen op haar schouders.

Ze draaide onder zijn handen vandaan. 'Ik zet even de ketel op als je het niet erg vindt.'

Hij keek gekwetst toe hoe ze de ketel vulde, haar antwoordapparaat afluisterde, haar post keurig op een stapeltje legde in een houten doosje naast het broodrooster. Hij kreeg zin om te gillen toen ze een spons tevoorschijn haalde en een jamvlek begon weg te poetsen op het gelamineerde werkblad. En toen hield ze op.

'Bob,' zei ze voorzichtig terwijl ze hem niet aan durfde te kijken. 'Ik denk dat je maar beter kunt gaan.'

Hij kwam nog een keer naar haar toe en trok haar tegen zich aan, zijn gezicht strak van dringende nood, maar ze gleed tussen zijn armen vandaan. 'Alsjeblieft. Als we weer beginnen, kan ik niet meer stoppen. 'Ik heb meer...' Wat wilde ze nog meer? Iemand die niet Bob was? 'Ik heb... meer tijd nodig. Veel meer tijd.'

'Nou, bravo, ik moet het haar nageven.'

'Maar wel een beetje onnatuurlijk, vind je niet, schat?' Mona fronste haar voorhoofd. 'Maar het komt wel goed uit.' Ze raadpleegde haar lijst, die er een beetje gehavend begon uit te zien. Ze was er nog niet in geslaagd om van Bob een betere God te maken... of om het weer te regelen... en wat Lucy betrof...

Mona zuchtte en verdween.

Meneer B hoopte vurig dat Bobs hofmakerij succes zou hebben. Het leek de enige manier om de meteorologische problemen op aarde in orde te krijgen zonder al te snel in Bobs Wonderschone Wereld van Seksuele Wanhoop te belanden. Het uurtje nevelige zonneschijn van die middag had hem moed gegeven. Er waren zelfs een paar zeer gewenste regenwolken boven Centraal-Afrika verschenen. Maar het onweer was verontrustend.

'Volgens mij is het meisje helemaal stapel op jou.' Hij zei het voorzichtig.

Bob keek somber naar de vloer. 'Ik hou meer van haar dan van de maan en de sterren. En al die dingen.'

'Dat spreekt.' Meneer B zweeg en vroeg zich af hoeveel Bob om de maan en de sterren gaf, als hij er al om gaf. 'Nou, knappe jongen. Het is duidelijk een meisje dat de moeite waard is.'

'Je hebt er geen idee van. Ze is ongelooflijk. Wonderbaarlijk. Het ongelooflijkste, mooiste meisje dat er bestaat. En ik heb haar gemaakt.'

Meneer B trok een wenkbrauw op.

Bob nam gas terug. 'Niet op díé manier. Ik heb de mensen gemaakt die haar hebben gemaakt en de mensen die hen weer hebben gemaakt. Enzovoort, enzovoort, daarvoor en daar weer voor. En al die perfecte combinaties hebben elkaar gevonden door de manier waarop ik ze heb gemaakt.'

'Je bent een genie.'

'Absoluut.'

'En je beslissing om niet overhaast te werk te gaan was een hele goede...'

Bob lachte smalend. 'Dacht jij dat jij mij advies kon geven over hoe ik een vrouw moet versieren? Jij? Waardeloze Bejaarde Uit-De-Tijd-Meneer met je pak aan?'

Wat was die jongen gevat. Wat een vlijmscherpe, bijtende ironie. Wat een verdomd wonderkind was het toch, o, zeker, een absoluut genie op meer terreinen dan je tellen kon. 'Dus wat ben je nu van plan?'

'Dat heb ik je verteld, ik doe deze keer alles volgens het boekje. Net als de mensen. Ik ga met haar ouders praten. Ze zover krijgen dat ze mij haar hand schenken. Om te trouwen.'

Meneer B keek hem aan. Trouwen?

'Dat doen mensen.' Bob nam zijn superieure toon aan.

'Fascinerend.' Meneer B staarde hem aan. 'Weet je heel zeker dat je dat wilt?'

Bob snoof. 'Of ik dat zeker weet? Ik dat zeker weten? Natuurlijk weet ik dat zeker. Ik ben superzeker. Bespottelijk zeker.'

148

Meneer B nam zijn bril af en wreef over de rug van zijn neus. 'Je moeder maakt zich zorgen om je, weet je dat?'

'Mijn moeder? Heb jij met mijn moeder gesproken?'

'Niet met vooropgezette bedoeling.'

Bob ontplofte. 'Er bestaat niet zoiets als een gesprek zonder vooropgezette bedoeling met mijn moeder. Elk woord wordt zo onherkenbaar verdraaid tot je voor je het weet Russische roulette speelt in een windtunnel met een psychotische dwerg, en je je geboorterecht hebt verkwanseld voor een stuk kaas...'

Meneer B knipperde met zijn ogen. 'Vergeet je moeder. Het was maar een kort gesprek.' Hij schraapte zijn keel. 'Maar ik zou je een kleine gunst willen vragen. Voor een probleem waar ik hulp bij nodig heb.'

'Nee.' Bob draaide zich op een superieure hak om en stormde naar buiten. De deur sloeg met een klap dicht.

Meneer B zuchtte. Kom op met die veertiende juli, bad hij, tot niemand in het bijzonder.

30

Bernard was altijd een beetje terughoudend geweest als het om bidden ging. Doordat hij bijna twintig jaar aalmoezenier bij het leger was geweest, was hij zich zonder meer ongemakkelijk gaan voelen over het werk dat God hier op aarde deed. Daarom was het niet verwonderlijk dat zijn band met de Allerhoogste, de meest intense van zijn leven, meer uit lange en moeilijke gesprekken bestond dan uit feitelijke aanbidding. Maar evengoed zou hij niet voor een andere manier van leven hebben gekozen, want hij geloofde vurig in het menselijk vermogen om het leven op aarde te verbeteren.

Dat was zowel een politiek-filosofische overtuiging als een godsdienstige; geloof speelde een rol bij begrippen als goed en fout, goed en kwaad, verlossing en genade. Bernard wilde dolgraag geloven dat God en hij hetzelfde doel hadden en dat dit doel de uitroeiing van menselijk lijden inhield. Niet dat hij echt geloofde dat het menselijk lijden kon worden uitgeroeid. Maar hij geloofde in het proces, de wens om dingen beter te maken. Zonder menselijke volmaaktheid als doel zag hij niet de zin van het leven op aarde.

Aan het begin van zijn loopbaan was hij van mening dat het leger goed, functioneel en noodzakelijk was. Zelfs toen die overtuiging verflauwde, had hij een hele tijd het gevoel gehad dat zijn aanwezigheid in een oorlogsgebied een doel diende, het leven beter maakte voor zijn mannen. Toen dat ook minder werd, was hij teruggekeerd naar het burgerleven, en streed nu in de voorste linies van de middenklasse in de buitenwijken. Zijn professionele loopbaan kwam hem, als hij er al over na wilde denken, voor als een langzame verbrokkeling van waarden.

Bernard was nooit in de verleiding gekomen om de Bijbel letterlijk te nemen, maar al dit wraakzuchtige weer verontrustte hem. Terwijl hij de kerk rondkeek naar zijn parochianen, die er allemaal dapper het beste van probeerden te maken, overviel hem een gevoel van hopeloosheid. Misschien was het einde van de wereld echt nabij.

'Hallo, mevrouw Edelweiss,' zei hij, terwijl hij thee inschonk, 'hoe gaat het er nu mee?'

Ze keek hem aan. 'Hoe denkt u – slapen in een kamer vol vreemdelingen?'

Bernard kromp ineen. 'Ja, natuurlijk, het is niet te doen. Maar tot we een andere verblijfplaats voor u vinden, ben ik bang...' De vrouw was in de tachtig, met handen krom van de artritis. Ze zou niet op een kampeerbed in het voorportaal van een kerk moeten slapen en vier toiletten met negentig anderen moeten delen. 'We doen ons best om een meer comfortabele plek voor u te vinden, zo gauw... Kijk, de regen is...'

Maar toen ze zich naar het raam omdraaiden, was het duidelijk dat de regen helemaal niet... Alleen was het niet zozeer regen. Het zag eruit alsof de bodem van een meer over de dakranden van de kerk stroomde. Bernard keek met verbazing toe. De ononderbroken waterlast was zo dicht als een muur.

Mevrouw Edelweiss was een van de velen in de ruimte die in stilte de kwetsbaarheid en schaamte uitstraalden die ze voelden bij het slecht verdragen van deze omstandigheden. Overal waar Bernard keek voelde hij ogen op zich gericht, verontschuldigende ogen, beschuldigende ogen. De bejaarde mensen waren aan onzichtbaarheid gewend geraakt op een manier die stoere mensen van middelbare leeftijd vreemd was; ze hadden zich erbij neergelegd om niet vooraan in de rij te staan bij het uitdelen van comfort, voedsel of troost. Hun nederigheid bracht Bernard in verlegenheid. Hij keek op zijn horloge en trok een gezicht alsof hij zich plotseling een belangrijke afspraak herinnerde en vertrok vervolgens naar zijn piepkleine kantoortje achter het altaar. Hij deed de deur dicht, draaide hem op slot en plofte in zijn stoel. Hoe onchristelijk de gedachte ook was, hij wilde die mensen zijn kerk uit hebben.

Er werd aan de deur geklopt en een vertrouwde stem fluisterde: 'Bernard?

Hij stond op en deed de deur van het slot. 'Laura. Sorry. Het was niet de bedoeling om jou buiten te sluiten.'

Een vleugje van iets wat onmiskenbaar bij Bernard hoorde, kwam haar tegemoet toen hij de deur opendeed: een zweem van leer, kaarsen en gesteven onderbroeken; iets opwindend pastoorachtigs. Ze overhandigde hem een kop thee en veegde beide handen af aan de schort die ze om haar middel droeg. 'Geeft niet. Er is thee met koekjes uitgedeeld en we gaan allemaal naar een paar mooie Haydnkwartetten luisteren. Zelfs de kinderen luisteren mee. Heel goed voor het primitieve beest, je weet wel.'

Inborst, dacht hij, terwijl hij zijn ogen afwendde. De primitieve inborst.

Hij trok een stoel voor haar bij. 'Ga even zitten. Je hebt te veel gedaan.' Haar kordaatheid bezwaarde hem op een niet goed onder woorden te brengen manier.

152

'Ik kom eigenlijk met een reden: er zijn meer mensen binnengekomen en ik dacht dat jij eigenlijk iets tegen ze hoorde te zeggen in de trant van: "Welkom op de Ark van Noach," enzovoort.'

'Ja, natuurlijk. Dank je wel.' Hij kwam zonder enthousiasme overeind. Nog meer vluchtelingen.

Een jeugdig stel met twee kleine kinderen stond bij de ingang van de kerk. De man, met rood haar, sproeten en lichte ogen, stak zijn hand uit naar Bernard.

'Hallo, meneer pastoor. Ik ben bang dat we voor de hogere sferen zijn gekomen. Geografisch gesproken dan.'

Bernard glimlachte. 'Bedien u ervan zoals u het beste uitkomt.'

'We zijn ten einde raad,' zei zijn vrouw. 'Onze keuken staat een halve meter onder water...' Ze keek bezorgd en zelfs een beetje bang. '... dat vannacht stijf bevroren is. In de zomer!' Ze wees op de twee meisjes en voegde eraan toe: 'Dit zijn Giselle en Tamsin. Ik ben Rosalie. En dit is Tom.'

'Welkom.' Wat een alleraardigst gezin. Misschien zouden ze zondags ook komen als de noodtoestand voorbij was. Ze zouden wel moeten als ze hun meisjes op de basisschool van St. Anthony's Church of England wilden doen. Niet voor het eerst vroeg Bernard zich af wie er minder schaamtegevoel had, de gezinnen die dit spelletje speelden, of de kerk die erop stond dat het gespeeld werd.

Laura stootte hem aan.

'Er is nog iemand.'

Hij draaide zich in de richting die ze met haar kin aanwees.

'Hallo,' zei hij. 'Kan ik iets voor u doen?'

'Nee.'

153

De pastoor fronste zijn voorhoofd. Iets aan deze jongeman deed de haren in zijn nek rechtovereind staan, en zijn eerste opwelling was om hem regelrecht terug de regen in te sturen. De spieren in zijn armen spanden zich. Hij deed zijn mond open om weer wat te zeggen, maar werd onderbroken.

'Wees niet bang, ik hoef uw thee niet. Ik ben op zoek naar haar.' De jongeman wees naar Laura, naar haar neus. Bernards ogen glimlachten niet mee. 'Dan boft u dat u haar gevonden hebt.'

De jongeman negeerde hem en richtte zich rechtstreeks tot Laura. 'Ik moet u spreken.'

Mevrouw Davenport rechtte haar rug, tilde haar hoofd licht naar het plafond en tuurde langs haar korte rechte neus naar de indringer. In geval van nood kan ik hem waarschijnlijk aan, dacht ze. Hij mag dan jong zijn, maar hij lijkt me niet erg fit. Het kan niet zo moeilijk zijn. Naaldhak op de wreef, knietje in het kruis, vingers in de ogen (niet bang zijn voor uitsteken), muis van de hand met volle kracht op de adamsappel. Deze gedachten leidden haar af, zodat ze nauwelijks hoorde dat de persoon in kwestie weer iets zei.

'Ik wil het met u over uw dochter hebben.'

Ze herkende zijn accent niet. Dat leek een licht Russische stembuiging te bevatten, of (was dat mogelijk?) Chinees. En ergens iets van – maar misschien had ze dat mis – Latijns-Amerikaans? Portugees?

'Welke dochter?' Laura wist heel goed welke dochter hij bedoelde, maar het idee van om het even welk kind betrokken bij een dergelijk creatuur deed haar sidderen.

'Lucy.'

Lucy, natuurlijk. Carina's vriendje was de zoon van een

oude familievriend. Lieve Carina, ambitieus, maar zonder verbeeldingskracht. Een heel rustig soort kind. Maar Lucy... Het lag voor de hand dat een meisje met de drang om gewonde, in de steek gelaten en anderszins onsmakelijke zoogdieren mee naar huis te nemen het op de een of andere manier hiermee aan zou leggen. Ze keek Bob met keiharde, koele ogen aan. 'Ik ben Laura Davenport,' zei ze.

'Ik weet wie u bent.' De jongeman keek even om zich heen. 'Kunnen we ergens praten?'

Hoorde ze daar iets van spot? In het bijzonder arrogante antwoord kon ze zich niet vergissen. Bernard had tactisch een paar stappen achteruit gedaan, maar hield de jongeman vanuit zijn ooghoek in de gaten. Nu deed hij een stap naar voren. 'Waarom neem je mijn kantoor niet? Ik wil er best bij blijven als je wilt, Laura.' Zijn blik was nadrukkelijk.

'Dank je wel, maar dat lijkt me niet nodig.' Ze trok heel licht haar mondhoeken op en zei met Noordpoolkilte: 'Volgt u mij maar, eh...?'

'Bob.' Hij stak geen hand uit.

'Bob.' Ze marcheerde weg naar Bernards kantoor en nam aan dat de jongen haar volgde. Ze liet de deur open. Geen van tweeën ging zitten.

Ze wachtte.

'Ik heb belangstelling voor uw dochter.'

Natuurlijk had hij dat. Lucy trok zoveel belangstelling; welke moeder kon daar in vredesnaam onkundig van blijven? Het buitensporige talent van haar dochter om bij mannen begeerte op te wekken verontrustte Laura. Ze was zo verschillend van haar eigen fatsoenlijke seksualiteit.

'Wat voor belangstelling precies?'

'Ik ben hevig en hartstochtelijk verliefd op haar.'

Hevig en hartstochtelijk verliefd? Het taalgebruik van de stakker was al net zo eigenaardig als zijn accent, bijna antiek, alsof hij een edwardiaanse onderwijzer had gehad. Ze spande zich in om hem thuis te brengen. Misschien geboren in Hongkong? Op Eton gezeten? En waarom was het ineens zo warm? Langdurige oefening in zelfbeheersing weerhield haar ervan aan haar kleren te gaan trekken, en alle knopen en gespen los te maken. Het gaat wel over, zei ze bij zichzelf. Het gaat wel over.

'En ik geloof dat ik belangrijke vorderingen heb gemaakt bij het winnen van haar liefde.'

'Waarom denkt u dat ik geïnteresseerd zou zijn in uw vorderingen?' Laura's zinsbouw kreeg een vernisje antiek om met haar tegenstander in de pas te blijven. 'Lucy woont niet meer thuis en mijn invloed op haar, indien aanwezig, omvat niet het kiezen van haar aanbidders. Voor zover ik begrijp, is ze uitstekend in staat om helemaal zelf haar sociale leven te regelen, al verwacht ik natuurlijk niet dat haar smaak altijd even verfijnd is.' Ze zweeg om hem tijd te geven de hatelijke opmerking te incasseren. 'Eigenlijk zie ik de noodzaak van dit gesprek totaal niet in...'

Iets heel eigenaardigs onderbrak haar belerende woordenstroom en Laura was er, op dat moment, maar ook later, niet zeker van wat het was. Bob leek langer te worden, en als het niet zo overduidelijk onvoorstelbaar was geweest, had ze gezworen dat hij van vorm begon te veranderen, eerst in een draak, toen in een gigantische cycloop, een minotaurus en in een sater van aanzienlijke lengte en breedte, met gloeiende ogen en vlammende haren. Ze knipperde met haar ogen en vroeg zich af of ze misschien een beroerte kreeg, kneep haar ogen stijf dicht en deed ze weer open.

Bob stond precies zo voor haar als daarnet.

Oké. Ze had het zich duidelijk verbeeld. Natuurlijk had ze dat. Maar toch, waarom was haar die ongewone intensiteit niet eerder opgevallen? Hij had in de kern iets wat even compact aanvoelde als het binnenste van de aarde. Hoe kwam het dat het haar niet was opgevallen dat hij al het omringende licht opzoog, het opslokte tot de contouren van zijn gedaante vurig wit opgloeiden?

Laura schudde nog eens haar hoofd. Wie was die jongen? Zelfs zijn ogen leken van kleur en textuur veranderd. Waren ze daarvoor ook al van vloeibaar amber geweest en dreigden ze toen ook al als lava uit hun kas te vloeien? Ze gaapte hem aan.

Zijn stem klonk laag, ongeduldig. 'Ik zou u om uw dochters hand willen vragen,' zei hij, en toen ze gealarmeerd keek, voegde hij er 'om te trouwen' aan toe. Hij keek haar verwachtingsvol aan en stond, met zijn armen over elkaar, ongeduldig met zijn voet op de grond te tikken.

Als uit een trance kwam Laura weer tot zichzelf, met een klam en een beetje een dom gevoel. Het was hierbinnen niet meer zo ondraaglijk heet. Stel dat deze vreemde man-jongen een of andere geflipte stalker was? Zo gauw hij weg was, moest ze Lucy bellen.

Terwijl ze zich staande hield tegen de muur haalde ze diep adem. Lucy was een goed meisje. Altijd geweest. Charmant en vriendelijk. Dat ze bij deze rare manspersoon betrokken was, verontrustte Laura hevig.

'Het antwoord is nee,' zei ze. Ik ben bang dat Lucy zo'n beslissing zelf moet nemen... eh... Hoe zei u dat uw naam was?'

'Bob.'

'Bob... wat?'

157

De jongeman gaf geen antwoord. Hij maakte geen aanstalten om te vertrekken.

'Ik zou weleens willen weten...' begon ze. Hoe had hij haar gevonden? En wat was al dat eigenaardige... een cycloop? Een minotaurus? Echt? Ze was maar net in staat de vragen te formuleren die in haar opkwamen. 'Heeft Lucy u mijn adres gegeven?' Maar dit was haar adres niet. Ze was in Bernards kerk, meer dan anderhalve kilometer van huis. 'Ik hoop dat u het niet erg vindt als ik vraag of mijn dochter weet dat u mij vandaag bent komen opzoeken?'

'Helemaal niet,' zei Bob en hij verdween.

31

Estelle sloeg haar vader geduldig gade. 'Voor vandaag is het toch wel genoeg geweest,' zei ze. 'Je werkt de laatste tijd veel te hard.'

'Zoals altijd heb ik te veel te doen,' bromde Hed. Hij keek op. 'Wanneer ben jij teruggekomen?'

'Net. En ik wil iets met je bespreken.'

Hed trok een zuur gezicht. Waar was de tijd dat zijn dochter (of wie ook) bij hem langskwam voor een gezellig babbeltje? Tegenwoordig was het alleen maar: 'Pap, zou je alsjeblieft...' en: 'Meneer Hed, ik zit met een kwestie...'

Hij vroeg zich af wat er zou volgen. Waarschijnlijk moest ze iets van hem. O, verdomme, hopelijk was ze niet van plan om weer over die idiote weddenschap met Mona te beginnen. Natuurlijk moest hij die nu doorzetten. En hij nam aan dat het lekkerste vlees van negenduizend melkwegstelsels iets was om naar uit te kijken, al moest hij zijn dochters afkeuring op de koop toe nemen.

'Ja, Estelle?'

'Ik heb lopen denken, pap.'

'Heel goed.' Hij fronste zijn voorhoofd.

'Ik heb me het een en ander lopen afvragen over Bob. Hoe hij aan die baan gekomen is.'

Heds gezicht drukte verbazing uit. Totaal niet wat hij had verwacht. Hij wreef over zijn kaak. 'Nou, dan moet ik even terugdenken. Een pokerspel. Ja, absoluut. Niet een waar jij bij was. Mona won de baan van mij en gaf hem door aan Bob.' Zo je ooit bewijs nodig had voor het onheil dat pokeren aanricht, dacht Hed. 'Waarom wil je dat weten?'

'Gewoon nieuwsgierig.'

Heds blik was de blik van een man die gewend is waarheid van onwaarheid te onderscheiden, zoals de meeste mannen dat met whisky en gin konden. 'En?'

'En niks.' Estelles gezicht stond welwillend.

Hij trommelde ongeduldig met zijn vingers op zijn bureau.

'Nou,' zei ze uiteindelijk. 'En ik dan?'

'Hoezo jij?'

'Waarom heb je mij die baan niet aangeboden?'

Hed ging oprecht verbaasd recht op zijn stoel zitten. 'Het is nooit bij me opgekomen.'

Ze wachtte.

'Natuurlijk, dat spreekt vanzelf, je moet een baan nemen als je daar zin in hebt, maar niet die. Vervelend plekje, hopeloze locatie, overal lichtjaren vandaan en compleet verziekt door die idiote zoon van Mona. Totaal niet geschikt voor jou.' Hij keek haar nog eens goed aan. 'Als je een post wilt, zal ik inlichtingen voor je inwinnen. Maar waarom kun je niet voor mij werken? Mijn portefeuille beheren. Ik heb te veel stukken en brokken vandaag de dag om het goed alleen aan te kunnen en aan betrouwbare beheerders is niet te komen.' Hij leunde met toegeknepen ogen achterover. 'Vertel eens, Estelle. Je hebt zelf gezegd dat je zoveel interessante plekken en wezens op je reizen bent tegengekomen. Dus waarom die obsessie met de aarde?'

Ze dacht even na. 'Ik heb belangstelling voor de aarde gekregen, omdat hij hulp nodig heeft.'

'Slopen is wat hij nodig heeft,' gromde Hed. 'Te veel een zootje om het nu nog op de rails te krijgen. En trouwens, of je het leuk vindt of niet, die idioot Bob is God.'

'Voorgoed?'

Hed haalde zijn schouders op. 'Wie zou hem, of de aarde, anders willen hebben?'

Estelle aarzelde. 'Stel dat er iets zou veranderen?'

Hed snoof. 'Buitengewoon onwaarschijnlijk.'

Estelle zweeg.

'Vertel op,' zei haar vader. 'Waar heb je nog meer over lopen denken?'

Op dat moment dacht Estelle aan haar toekomst. Ze was lang geleden al tot de slotsom gekomen dat het familiebedrijf niets voor haar was, omdat ze heel zeker wist dat ze niet haar vaders harde lijn deelde (hoewel ze zich daar behoorlijk in vergiste). Door de tijd heen was ze langzaam tot een conclusie gekomen.

'Ik heb aan de Eck lopen denken, pap.'

Hij sloot zijn ogen en zijn gezicht werd donker.

Ze wachtte, volmaakt kalm, tot de rookwolk rondom hem oploste. 'Ik vraag je niet om iets te doen. Je hebt hem eerlijk gewonnen.'

'Mooi zo. Dan zijn we nu klaar. Ik wil nooit meer over dat idiote schepsel hoeven nadenken. Mijn kok treft voorbereidingen voor een fijne roze pepersaus. Maar hoe hij kan weten wat voor saus het beste past bij een beest dat hij nooit heeft geproefd...' Hed haalde zijn schouders op.

'Maar weet je nog dat ik het had over iets voor hem in de plaats?'

Heds gezicht was van steen.

'Ik wilde niet dat je dacht dat ik het idee had laten vallen.'

161

'Ik had er nog niet over nagedacht. Geen seconde. Om heel eerlijk te zijn.'

'Maar...'

Hed keek dreigend.

Estelles geamuseerde glimlachje bezat niettemin de kracht om bloed in ijs te veranderen. 'Ik ben heel vastbesloten.'

'Vastbesloten, hè?' De blik die Hed op zijn dochter wierp, bevatte meer dan een lichte dreiging. 'Vastbeslotenheid kan iets heel moois zijn. Maar ook volslagen zinloos. Als je begrijpt wat ik bedoel.'

'Helemaal, pap.'

'Goed dan. Einde gesprek.'

Estelle stond op en gaf hem een kus. 'Ik denk dat je bedoelt: "Wordt vervolgd."'

Hed lachte niet terug. Behalve later. Een heel klein beetje. Bij zichzelf.

32

'Het zal je plezier doen dat mijn ontmoeting met Lucy's moeder goed is gegaan.'

Eck keek op.

'Ik geloof dat ze me wel mocht.'

Het beestje kneep vol twijfel zijn ogen half dicht.

'Al denk ik niet dat het echt veel uitmaakt. Ik ben God, zij niet. Ik hoef haar niets te vragen. Ik probeer het alleen maar op de juiste manier te doen. Beleefd te zijn. Voor Lucy. Eigenlijk geef ik er, om heel eerlijk te zijn, geen donder om of ze het ermee eens is of niet.'

'Eck?' En Lucy, dacht hij. Zij vast wel.

Bob keek nors.

Hoewel hij boordevol nieuws zat over zijn nieuwe vriendin, wist Eck wel beter dan het te vertellen. Zijn neus begon te trillen van inspanning om het geheim te bewaren.

Bob keek weg, alsof het hem koud liet. 'Jij vindt Lucy toch ook fantastisch?'

Eck haalde zijn schouders op. Hij had niet genoeg van haar gezien om dat te weten. Ze was duidelijk niet zo fantastisch als zíjn vriendin.

'En dat we voor altijd samen zouden moeten zijn?' Bobs ogen bleven onbeweeglijk op het raam gericht.

Eck aarzelde. 'Voor altijd' leek een vreemde notie met betrekking tot een mens. Lucy zou langer leven dan hij, een verdoemde Eck, maar toch, ze was een mens. Wat zou er gebeuren als ze oud werd en stierf?

En ik? vroeg hij zich af. Nog maar een paar weken te gaan. Zal iemand me missen, of aan me denken als ik dood ben? En maakt het verschil? Zal ik het nog weten?

Hij probeerde niet aan zulke dingen te denken, maar als hij dat wel deed, was het alsof zich een onmetelijk groot zwart gat in zijn maag had geopend en hij erin viel.

Een schoen trof hem tegen zijn slaap en hij jankte van pijn.

'Eck!' Hij wreef over zijn kop.

'Dat dacht ik ook.' Maar Bob leek niet opgevrolijkt door die bevestiging.

Altijd als Eck aan de wereld dacht nadat hij eruit verdwenen zou zijn, werd hij duizelig en stond hij doodsangsten uit. Voor eeuwig dood, terwijl de rest van de wereld zijn gang ging en totaal niet aan hem dacht – hoe was dat mogelijk? Het leek hem wreed om precies zo lang op aarde neergezet te zijn om de volle verschrikking van je ondergang te bevatten. Hij had geprobeerd het onderwerp met Bob te bespreken. Waarom moet ik dood? had hij gevraagd.

Heel diep in zijn binnenste had hij gehoopt dat Bob met een antwoord zou komen waarin hij zou uitleggen hoe hij voor zijn speciale huisdier een uitzondering had gemaakt; hoe Eck, ondanks alles, tot in eeuwigheid zou voortleven – zoiets als de dodo in het natuurhistorisch museum, dacht hij, maar dan levendiger.

Maar Bob had het niet tegengesproken. Hij had niet toegeeflijk gelachen en hem op zijn schouder geslagen en gezegd: 'Doe niet zo achterlijk. Natuurlijk zorg ik dat je voor eeuwig blijft leven, rare Eck.' Hij had hem zelfs niet in zijn ribben gepookt en hem aan de hemel of het leven na de dood herinnerd. Bob had alleen zijn schouders opgehaald en was weer tv gaan kijken; en tegen de tijd dat hij Eck weer opmerkte was het duidelijk dat hij de vraag was vergeten.

Het antwoord op de vraag of hij moest sterven, was dus ja, maakte Eck eruit op. Ja, hij moest sterven; ja, hij zou vergeten worden en ja, de wereld zou voorgoed zonder hem doordraaien. Er waren geen verzachtende omstandigheden om de verschrikking beter aan te kunnen. Het zette zijn relatie met Bob onder druk. Waarom heb je de moeite gedaan om me te scheppen? wilde hij vragen. Waarom heb je me hersens gegeven en een besef van hoe ellendig het bestaan kan zijn? Waarom heb je schepsels verzonnen die sterven en, nog erger, die weten dat ze gaan sterven? Wat is de zin van zo'n meedogenloze scheppingsdaad?

Maar Bob had de pest aan moeilijke vragen en Ecks positie in het huishouden stelde al niet veel voor. Ten eerste at hij te veel. En ten tweede zat hij altijd vol vragen. Het grappige was (alleen zag hij het grappige er niet van in) dat vol vragen zitten hem op de een of andere manier alleen maar een steeds leger gevoel gaf.

Het hielp ook niet dat Bob al een nieuw huisdier had besteld.

Meneer B was iets aardiger. Hij zorgde ervoor dat Eck regelmatig te eten kreeg en gaf hem zelfs af en toe een klopje. Maar niemand leek echt belang in hem te stellen. *Dead Eck walking*, dat was hij.

Hij probeerde zich gedeisd te houden, en dacht nu en dan aan weglopen, aan een andere plek zoeken om zijn laatste dagen te slijten. Maar het ontbrak hem altijd aan moed. Hij was maar een Eck, en niet eens een heel bijzondere, als het klopte wat Bob hem had verteld. Zonder Bob zou hij niet eens de waardigheid van een huisdier bezitten.

'Niets,' zei Bob te pas en te onpas tegen hem. 'Je bent niets.'

Diep in zijn binnenste geloofde Eck dat hij niets was, want zou God dat soort dingen niet weten?

Niets zijn maakte hem droevig.

33

'Lucy, schat. Je weet dat ik er een hekel aan heb om mijn neus ergens in te steken, maar die man – die jongen – was echt niet te harden zo grof.' Erger dan grof. 'Ik weet niet goed hoe ik het moet omschrijven...'

Aan de andere kant van de telefoon gaf Lucy een ongeduldig geluid. 'Is er verder nog iets? Want ik wil het er niet over hebben.'

'Nou, nee... verder niets; en ik begrijp volkomen dat je het er niet over wilt hebben. Ik wil het er eigenlijk ook niet over hebben. Alleen kwam hij me wel zoeken, heeft hij me achtervolgd, als je het weten wilt. En hij vroeg me om jouw hand, om met je te trouwen... wat een beetje raar is, zul je moeten toegeven.'

Trouwen? Lucy beefde. Trouwen? O, mijn god.

'Lucy?'

'Ja, ik ben hier.'

'In deze moderne tijd, schat? Waarom kwam hij naar mij? Hij kent je nauwelijks en mij al helemaal niet. En hoe wist hij waar hij me kon vinden? Jij zegt dat je hem het adres niet hebt gegeven, en zelfs al had je dat wel, daar kwam hij me niet zoeken. Het bevalt me niet, schat. Het voelt niet goed.'

'Hij vroeg toestemming om met me trouwen. Sommige ouders zouden dat misschien op prijs stellen.'

Laura zuchtte. 'Het gaat niet om wát hij vroeg, schat, maar de manier waaróp.'

167

'Wil je nu zeggen dat met mij willen trouwen hem tot een soort psychopaat maakt, moeder? Een pervers iemand? Wil je dat ik de politie bel, moeder?'

'Natuurlijk niet.' Al vroeg Laura zich wel af of dat zo'n slecht idee was. 'Het gaat me alleen om jou.'

'Moet je horen, moeder, als het jou een beter gevoel geeft, zal ik navraag doen, alles over hem te weten zien te komen. Een van mijn vriendinnen kent zijn familie,' loog ze.

'Welke vriendin?'

'O, toe nou, zeg,' zei Lucy met haar gedachten bij de magere, niet eens zo aantrekkelijke jongen van haar dromen.

'Wil je zeggen dat hij gevaarlijk is?'

Laura fronste haar wenkbrauwen. Vreemd, onaangenaam, onfatsoenlijk, surrealistisch? Ja. Maar gevaarlijk?

Ja.

Ze zag hem nu duidelijk voor zich, zijn kinderlijke manier van doen, dat vreemde ondoordringbare van hem, met daaronder iets dreigends, iets gewelddadigs en tegendraads.

'Dag, moeder.' Lucy legde de telefoon neer. Typisch haar moeder om wantrouwig te zijn ten opzichte van iedereen die geen deel van haar kring uitmaakte, ten opzichte van iedereen die anders was dan de ambitieuze, saaie zonen van haar vriendinnen. *Hij houdt van me.* Waarom snapte ze dat niet?

En toch... Lucy kon niet doen alsof ze zelf geen twijfels had. Ze probeerde het uit haar hoofd te zetten. Was zij het soort meisje dat kreeg wat ze wilde en vervolgens de benen nam? Hij had gezegd dat hij van haar hield. Hij had het gezegd.

Maar wie was hij?

Bob dacht na over de ontmoeting met Lucy's moeder. Hun uitwisseling van ideeën was een goed begin geweest, dacht hij, al had hij haar net zo lief tot een bodempje as gereduceerd.

Hij beefde bij de gedachte aan Lucy; een bel van geluk ontplofte in zijn binnenste. Wij, dacht hij, Lucy en ik: samen.

Hij verbaasde zich over de macht van dat menselijke meisje, dat ze de vreselijke eenzaamheid van zijn leven kon opheffen. Zo voelde geluk, dit wonderlijke, verbazingwekkende alternatief voor angst.

Hij moest alles in het werk stellen om haar liefde veilig onder een stolp te bewaren, als was ze een vuurvliegje.

Al dat denken frustreerde hem. Er moest zoveel geregeld worden. Als meneer B nou een echte hulp was, zou die het kunnen doen, zich een paar ogenblikken vrijmaken van zijn drukke schema van zieke kinderen of verkrachte vrouwen of wat die week toevallig ook zijn huilerige onderwerp vormde.

Bob rolde met zijn ogen. Ziek zijn, omkomen van de honger, het kwam allemaal op hetzelfde neer. Hij zag niet wat er nou zo belangrijk aan was. Iedereen met een beetje gezond verstand wist dat er altijd een onderklasse was geweest – horigen, slaven, paria's – en daarbij, dat ze hun vreselijke lot waarschijnlijk verdienden. Hij had er een hekel aan dat meneer B al zijn tijd (kostbare tijd die de man ook, hallo-o? zeg maar aan hem kon besteden) verspilde met zich druk maken over de massa, als een of andere zielige eenzame oudewijvenweldoener.

Hij klopte op Lucy's raam. Ze kwam langzaam tevoorschijn en tuurde naar buiten, naar de grijze onophoudelijke regen en de vloed onder haar, onzeker omdat ze niemand verwachtte. Toen ze zag dat het Bob was, glimlachte ze, maar ze begroette hem behoedzaam.

'Ik kwam alleen maar even langs... Ik hoopte... Heb je zin om mee te gaan picknicken?'

Ondanks zichzelf giechelde Lucy. 'Met dit weer? Zal ik een wetsuit aantrekken?'

Het idee van Lucy in een wetsuit maakte hem even sprakeloos. 'Eh. Dat is niet nodig. Tegen zaterdag schijnt de zon.'

Toen lachte ze. 'O, is dat zo? Wat ben jij? Een soort weerman?'

'Zoiets,' mompelde hij.

Haar gezicht werd weer ernstig. 'Een picknick dus. Op een boot?'

'Ja,' zei hij resoluut. 'Op een boot.'

Lucy aarzelde, overwoog haar bedenkingen, en schoof die toen opzij. 'Oké, meneer de weerman. Een picknick op een boot. Zal ik voor de picknick zorgen?'

'Ja, perfect! Dan regel ik de boot.' Kon ze zijn gejubel horen in de stilte die volgde? 'Oké. Nou. Zie je zaterdag dan.'

Geen van tweeën verroerde zich.

'Hoor eens, Bob...'

'Lucy...'

Ze stopten alle twee. De regen hield op, de druppels hingen ongemakkelijk halverwege in de lucht.

'Lucy,' begon hij, terwijl hij haar beide handen pakte. 'Lucy, ik weet dat we elkaar nog niet lang kennen, maar...'

'Bob, ik weet niet zeker...'

'Maar ik voel me vreselijk als ik niet bij je ben.' Hij liet haar los en haalde een verstrooide hand door zijn haar. 'Ik zou je met rust laten als ik kon, maar ik kan niet... niet

170

ademhalen zonder jou. Ik denk dat je niet begrijpt hoe on-
gelukkig ik ben geweest.'

Toen ze elkaar aankeken, schrok ze van de intensiteit
van zijn blik. Wat was dat toch met hem? Ze leek niet eens
een keus te hebben, hij had haar nodig en dus had zij hem
nodig. Het was angstig en opwindend tegelijk, als surfen
op de top van een reusachtige golf.

Ze stonden samen, maar los van elkaar; beiden beefden.
En toen deed ze langzaam een stap naar voren en legde
haar hoofd tegen zijn schouder. Hij sloeg zijn armen stevig
om haar heen en de grijze namiddag trok zich terug en
onthulde een zachte roze zomerlucht van buitengewone
schoonheid, vol stralend warm amberkleurig licht. Bob
was Midas en veranderde de wereld in goud; in zijn armen
gloeide Lucy. Terwijl de seconden voorbij tikten, versmolt
de omgeving tot iets wazigs, en viel het onmogelijk te zeggen waar de een eindigde en de ander begon.

'Ik bedenk wel iets,' murmelde Bob met een kus op haar
krullen. 'Ik bedenk wel een manier waarop we samen kunnen zijn. Daar kun je op rekenen.'

En toen maakte hij zich van haar los en glimlachte en
zijn glimlach omsloot haar als een warm stralend glas-in-
loodraam.

Een beetje versuft liep Lucy bij hem vandaan. Het bleke
ovaal van haar gezicht bleef hangen, flikkerde nog even
nadat ze de luiken had gesloten en verdween. Bob stak zijn
hand uit om haar aan te raken, maar greep in het niets.

Hij bleef een hele poos onbeweeglijk bij het raam staan.
Het was natuurlijk laat, maar hij was veel te opgewonden
om naar huis te gaan. Zijn hele lijf bruiste van verlangen,
van iets groters dan verlangen alleen.

Hij dacht aan meneer B en de gebruikelijke maaltijd met

de gebruikelijke gesprekken. 'Je hebt niet', 'je deed niet', 'je had moeten'.

Volgens meneer B belichaamde hij alle doodzonden: luiheid, wellust, weigeren om zijn kamer op te ruimen, chagrijnig (nou, wie zou dat niet zijn?), opstandigheid, dyslexie... hoeveel waren er dat? Normaal kon het hem niet zoveel schelen wat meneer B van hem dacht, maar vandaag, nu, omgeven door het zilverachtige schijnsel van Lucy's licht, kon hij de gedachte aan een terugkeer naar zijn dagelijkse leven niet verdragen.

Hij vond een boot en duwde af in de zachte, nog steeds stralende schemering.

34

Meneer B had Bob al uren niet gezien; en hoe prettig die ervaring ook was, hij was toch een beetje zenuwachtig geworden.

Waar kon de jongen uithangen? Meneer B vond het daarbuiten maar niks, vooral niet in het donker. Gedachten aan uitsmijters van nachtclubs, inhalige plunderaars en gewapende gangsters maakten hem van streek; donkere steegjes en rondvliegende vleermuizen lieten hem zich haastig naar huis spoeden, naar een lekker souper van biefstuk met erwtjes en naar alles wat vertrouwd en helder verlicht was. Hij was niet bang van het donker zelf, niet echt. Hij was bang van de manier waarop Bobs schepselen in het donker als bezetenen tekeergingen. Gangsterbendes en vuurwapens en politiehonden waren het resultaat van de agressieve paranoia van zijn schepselen, weer zo'n fout die Bob niet had voorzien bij het ontwerpen van de homo sapiens.

Wat zou er gebeuren als Bob niet kwam opdagen? Dan moesten er maatregelen genomen worden. Hij wreef over zijn voorhoofd. Maar wat voor maatregelen? Je kon niet gewoon de straat op gaan met een sandwichbord dat verkondigde dat je de Hemelse Vader kwijt was. Hij moest op zoek, maar hoe, en waar moest hij beginnen?

Natuurlijk bij Lucy. De duivel hale die meid. En de nietsontziende vernietigingsdrift van Bobs libido erbij. Heel even had meneer B durven hopen dat dit specifieke romantische avontuur misschien niet in een ramp zou eindigen. Maar waarom zou het patroon van een geschiedenis zo lang als de hunne zich wijzigen?

Met een enorme zucht trok hij een stoffige waxjas van zeildoek en een paar rubberlaarzen aan en zette de victoriaanse kraag op tot over zijn oren. Alleen God wist in wat voor weer hij terecht zou komen. De stijve jas kraakte als een tent om hem heen en de plooien maakten hem nog kleiner en onbetekenender dan hij al was.

Vanuit zijn raam zag hij dat een zeilboot in hun straat voor anker was gegaan. Hij schudde langzaam zijn zwarte paraplu open. Twee baleinen wezen dwaas opzij.

Ondanks het feit dat het uitermate onwaarschijnlijk was dat hij Bob als Gene Kelly rond de bovenkant van de lantaarnpalen zou zien swingen (met een lied in zijn hart en klaar voor de liefde), tuurde meneer B toch over het kanaal dat ooit een straat was geweest.

Er was niets te zien.

Meneer B had aan veel van de wonderbaarlijke menselijke scheppingen een hekel: motoren, mobiele telefoons en fastfoodwinkels – en dan had hij het nog niet over messen, pneumatische boren en wurgtouwen. In het verleden had hij een hekel gehad aan kruisbogen, harnassen en geldstukken. Aan pispotten. En martelwerktuigen. Hij gruwde van het lawaai en de stank van de buitenwereld: van de razende voertuigen met hun rook en dieselstank, die aan zijn huid bleven plakken, en van het gierende gejank van vliegtuigen die het luchtruim doorkliefden. Voor hem vertegenwoordigden deze dingen alles wat er aan de aarde smerig en achterhaald was.

'Nee, Eck.' Hij duwde de snuit van het diertje terug door de kier van de deur en sloot die achter zich.

Een rubberboot lag klaar en hij stapte aan boord. Hij moest met zijn ogen knipperen tegen de ongewone schittering van de stadslichten. Hij huiverde toen zijn boot langs een bejaarde vrouw gleed die zich op een vensterbank in evenwicht hield en uitdrukkingsloos naar het stijgende water staarde. Ze was zo dichtbij dat hij haar rottende menselijke stank door haar synthetische zoete cameliaparfum heen kon ruiken. Ze glimlachte naar hem en hij wendde beschaamd zijn hoofd af.

Bij Lucy was er goddank niets van Bob te bekennen, alleen een lief meisje, slapend onder de wol.

Na de eerste golf van opluchting begon de paniek zich te roeren. Waar nu naartoe? Waar kon hij zijn? Omdat Bob niet nieuwsgierig van aard was, zwierf hij zelden zomaar wat rond. Zou hij de moeite nemen om op de versiertoer te gaan, als vervanging van Lucy nog voor zijn doel was bereikt? Daar kende meneer B hem te goed voor. Zijn hartstocht kon in de tijd van een paar uur of een paar dagen verflauwen – maar nu niet, nog niet. Hij zette koers naar hogergelegen terrein, speurde bars en goktenten af, hoerenbuurten en clubs. Hij vroeg aan zogenaamd wijze mannen op toppen van echte bergen of er iemand langs was geweest om advies te vragen voor liefdesverdriet. Hij ging de striptenten en casino's van zes continenten af. Hij tuurde in de donkere hoeken van opiumkits en koffieshops, deed navraag bij alle nachtbarkeepers en nachtmeisjes, zwierf over de observatieplatforms van het Empire State Building en het World Financial Center in Sjanghai, nam de lift naar de top van de Burj Khalifa. En uiteindelijk gaf hij het op, uitgeput door gebrek aan resultaat, teleurgesteld door de problemen die de zeven biljoen compositietekeningen met Bobs gelijkenis hadden opgeleverd.

Slapen was uitgesloten. Hij wilde niet naar huis.

Terwijl hij kalm door de buitenwijken van de stad peddelde, verdween ongemerkt het kunstlicht en daarmee het gegons, als van een opgesloten vlieg, van de mensheid. Hij hield even in en dreef in stilte door de motregen. De maan was net opgekomen, een grote oranje schijf, majestueus en vreemd. Bootjes bemand met donkere silhouetten dobberden in het water; zachte stemmen bereikten hem over land dat niet langer land was. Meneer B zat roerloos, gefascineerd door het zachte getik van regendruppels, plink ploink, als getokkel van snaren. Een baan zilverkleurig maanlicht scheen over het water in zijn richting. Hij liet zich erin glijden, terwijl hij zijn roeispaan zo hield dat hij in de lengte ervan voortdreef. Hij had het gevoel dat hij zo voor eeuwig kon blijven drijven.

Wat is het mooi, dacht hij. De hele wereld leek zijn adem in te houden.

Het tamelijk sobere appartement van Bob en hem bood weinig gelegenheid om van de natuur te genieten, behalve dan misschien in memoriam: de schoonheid van wat ooit geweest was, nu opgeslagen in aan hen gerichte gebeden uit alle hoeken van de wereld. Red de tijgers, red de oceanen, red de ijskappen. De beelden die hij voor ogen kreeg, kwamen allemaal voort uit onheil.

Maar voor heel even zag hij de aarde zoals hij zou kunnen zijn. En deze nacht was het onmogelijk om niet te zien dat de wereld iets betoverends had. Op dit moment voelde hij een opschorting van de wanhoop, een staakt-het-vuren in het folteren van de wereld. Sterren tintelden zilverkleurig aan de grote zwarte hemel, en stuurden van biljoenen kilometers ver berichten naar de aarde. De naadloze nacht was zonder horizon. Niet één mens zou hem smeken om dit moment te veranderen. Het was er gewoon en het was goed. En één moment lang was hij dat ook.

Aan de andere kant van het overstromingsmeer hing Bob met zijn gezicht omlaag over de rand van zijn roeibootje, zijn neus bijna op het water, en trok met zijn vingers zilveren sporen in het zwart. Het was mooi hierbuiten. De nacht scheen alleen voor hem geschapen, en barstensvol mogelijkheden dat er heel binnenkort misschien iets geweldigs ging gebeuren: seks, voldoening en liefde, alles bij elkaar in één prachtig sprankelend pakket. Als hij dat eenmaal had opengemaakt, zou hij voor eeuwig gelukkig zijn en zou niets hem, zolang hij Lucy en haar liefde bezat, ooit nog verstoren.

Want zoveel wist hij zeker, ze zóúden samen zijn. Nu ging het alleen nog om de details van hun leven samen. Hij was niet gewend om dingen zonder meneer B te regelen, maar zo moeilijk kon het niet zijn; als die rare oude vent het kon, kon hij het ook. Hij zou een plek vinden waar ze samen nog lang en gelukkig tot in eeuwigheid konden leven.

Niet één wereld was zo mooi als de aarde die hij geschapen had, niet één die zo subtiel tussen leven en dood balanceerde. Meneer B mocht hem dan zijn huid vol schelden over het kortstondige mensdom dat hij gemaakt had, in feite deugde er nooit iets. Maar hijzelf was trots op het experiment, trots op de vreemde vluchtigheid die al die levens produceerden. Oké, misschien was het voor henzelf minder leuk, maar in elk geval sleepten ze zich niet de ene klotedag na de andere altijd hetzelfde voort. En altijd alleen.

Zou het echt beter zijn, wilde hij vragen, als het altijd zo prettig was? Zou iemand de moeite nemen om het op te merken? Of zouden ze een nacht als deze gewoon onbewogen ondergaan?

En (veel belangrijker) als het leven zonder gebreken was en niemand veranderde ooit of stierf, wat was dan de rol van God?

Een gedempt geluid van stemmen bereikte hem. Boven schitterden de sterren zo groot en helder dat hij dacht dat hij een net zou kunnen uitwerpen om ze als wijting naar zich toe te halen. Boten gleden in de inktzwarte duisternis langs hem heen, maar drongen niet tot hem door.

Mona keek door de schaal van een dobberend glazen ei naar het olieachtige water. Het maanlicht maakte haar depressief. Ze was niet op haar zoons smerige planeetje gesteld, voelde zich schuldig over hem en meneer B; ze pasten totaal niet bij elkaar.

Het was allemaal de schuld van dat vervloekte gokken.

Heel veel jaren geleden had een weddenschap haar ertoe gebracht een van haar dochters uit te huwelijken aan een reusachtig vormeloos zwart gat met een oneindige zwaartekracht dat (nogal logisch, vond Mona toen) het moeilijk had gevonden om een vaste relatie op te bouwen. Mona had die dochter nooit meer gezien, maar ook zonder het verwijt van het meisje wist ze dat ze er verkeerd aan had gedaan.

Door een andere weddenschap belandde een best lief ex-vriendje in eeuwige slavernij ergens ver weg op Cygnus Alpha. Weer een andere weddenschap resulteerde voor Mona in een bijzonder onaangenaam weekend in het gezelschap van het afschuwelijkste wezen in het Windmolenstelsel, een gigantisch slijmerig beest met duizenden in het rond grijpende varenbladeren.

Mona's glazen eitje schommelde een beetje in het kiel-
water van een passerende boot. Ze keek op naar de knappe jongeman aan het roer en besefte met een schok dat
hij haar zoon was. Ze ging rechtop zitten. Als hij niet ha-
telijk deed of jengelde, zag hij er... heel knap uit. De nog
niet helemaal volgroeide gelaatstrekken zouden er met
de leeftijd op vooruitgaan. Maar zou hij ooit volwassen
worden?

Meneer B zag Mona's verlichte ei en slaagde erin haar
blik te vangen. Ze zwaaide toen ze langs elkaar heen dreven, Mona terug de nacht in... tot ze enkel nog een wazige
gloed was.

Bij het zien van Mona dacht meneer B weer aan Bob en
aan zijn hardnekkige ontkenning van de toekomst. Hoe
kon hij verliefd worden op een van zijn scheppingen en
verwachten dat het allemaal goed zou aflopen? Wie wist
beter dan hij wat er door de tijd heen met hen gebeurde?
Wie had er per slot van rekening de arme sloebers geschapen, zonder enige voorziening voor het behoud van
schoonheid en hoop? En dan had hij het nog niet over
hun haar, gezichtsvermogen, gehoor, de macht over hun
benen, controle van de sluitspier.

Een greintje schuldgevoel knaagde aan meneer B. Stel
dat Bob lucht had gekregen van zijn ontslag? Stel dat hij
erachter was gekomen en zich verraden voelde door wat
per slot van rekening een kolossaal verraad was...

In de verte ving hij een laatste glimp op van Mona's
gloeiende ei en plotseling woog zijn hart zwaar en traag in
zijn binnenste. Was hij ooit gelukkig geweest? Zou hij ooit
weer gelukkig worden?

Hoe kan ik deze wereld aan Bob overlaten? Wie zal hem
begeleiden bij het verzorgen en voeden van zijn ongeluk-

kige planeet? Wie zal hem kennis bijbrengen over het weinige wat er gedaan kan worden om het leven voor zijn bewoners te verbeteren? Wie zal zijn ongelooflijke stommiteiten verdragen, hem door dik en dun (voornamelijk door dik) blijven volgen? Wie zal hem onderrichten in de subtiliteit van verantwoordelijkheden, vriendelijkheid, zelfbeheersing? Meneer B zuchtte, zette zijn bril af en veegde zijn ogen af.

Estelle drijft langs in haar bootje, zo dichtbij dat meneer B kan zien dat ze iets op haar schoot heeft. Het is de Eck, een zacht snorrende Eck, met trillende wimpers en halfgesloten ogen van zaligheid terwijl ze hem streelt. Ze mompelt lieve woordjes in zijn oor en hij kronkelt een beetje en nestelt zich nog dichter tegen haar aan; het geluid dat hij voortbrengt heeft meneer B nog nooit gehoord: een zo gecompliceerde zucht dat hij alles moet herzien waartoe hij Bobs huisdier gevoelsmatig in staat achtte.

Iets aan dit plaatje ontsteekt een vonk in meneer B's hart en hij kan er zijn ogen niet van afhouden. Estelle is niet mooi, maar de pure zuiverheid van haar gelaatstrekken maakt haar voor hem even onweerstaanbaar als een engel. Hij zou graag bij hen in de boot zitten, op de plaats van de Eck. Hij zou graag omarmd willen worden door dit meisje met heldere ogen en heldere stem, dat het enige wezen van al zijn kennissen lijkt te zijn dat om iets meer geeft dan zelfverheerlijking en bevrediging van eigen verlangens.

Het zou bij de geïnformeerde toeschouwer (die niet bestaat) aanzienlijke verwondering wekken te zien dat meneer B's ogen vol tranen schieten. Ze stromen over en vloeien omlaag over de diepe zachte voren van zijn afgetobde gezicht terwijl hij heel stil in het centrum van de niet stille wereld zit en zoute tranen met tuiten huilt voor alle verloren zielen, die van hemzelf erbij.

Zeven kometen schieten door de dageraad.

35

Toen de zaterdag aanbrak, brandde de zon aan de hemel en voelde meneer B zich wat hoopvoller.

Bob kwam eindelijk uit zijn kamer tevoorschijn, gekleed in spijkerbroek, met gympen, zonnebril, een duur T-shirt en een kasjmieren trui. Hij had een jack en rieten tas aan zijn schouder hangen in een poging er Frans uit te zien en hij poseerde even bij het raam, met zijn rechterprofiel artistiek in de schaduw. Na een paar seconden draaide hij zich vragend om.

Meneer B keek niet op. '*Très jolie.*'

Bob sloeg de deur met een klap achter zich dicht.

Het weer hield zich goed, dacht Bob, terwijl hij in de zon een heerlijk bed maakte van Marokkaanse kussens. Zachtjes duwde hij zijn feloek af van de zijkant van het gebouw en hij voer weg terwijl hij hem op comfort testte, zich op het kussenbed wierp, zijn handen onder zijn hoofd legde en zijn ogen dichtdeed tegen de zon. Wauw, dacht hij. Zelfs zonder Lucy zou dit aangenaam zijn.

De schepping zag er bij mooi weer verdomd indrukwekkend uit. Volop zon, blauwe lucht, witte schapenwolkjes; de bomen met artistieke oranje, rode en gouden tinten. Zelfs het water sprankelde en knipoogde met glinsterende weerspiegelde lichtdeeltjes. Vogels tjilpten. Bob fronste zijn wenkbrauwen. Zijn wereld was helemaal top. Briljant eigenlijk. Maar hij kreeg er nooit lof voor toegezwaaid.

Weer zo typisch. Niets wat hij deed was ooit goed genoeg. Het was zo oneerlijk.

Hij keek op zijn horloge. Bijna middag. Tijd om zijn vriendin af te halen. Zijn. Vriendin. Bestonden er twee mooiere woorden in wat voor taal dan ook? Met één haal van de reusachtige roeispaan keerde hij de boot in de richting van Lucy's huis. Kalm gleed hij door de stad, voorbij een onmetelijke vloot minder opvallende vaartuigen, tot hij uiteindelijk zachtjes tegen de hoek van Lucy's appartement op de eerste verdieping botste. Hij kon zijn geliefde door het raam heen zien; alles aan haar ademde frisheid, schoonheid en leven.

Toen Lucy Bobs boot zag, sloeg ze verrukt een hand voor haar mond. Bob boog en ze deed de balkondeuren open, stapte naar buiten en op de punt van de feloek. Hij stak een hand uit om haar te helpen en heel even klemden ze zich aan elkaar vast op de schommelende boot. Bob zette zich schrap, duwde de boot van de hoek van het gebouw af en ze waren los.

'Het is een sprookje,' mompelde Lucy. 'Waar heb je die in vredesnaam vandaan?'

'Egypte,' antwoordde Bob, met al zijn aandacht bij de boot om die naar open water te krijgen. 'Van de Nijl.'

Lucy fronste haar wenkbrauwen. 'Nee, serieus,' zei ze.

'Echt.' Hij keek haar ernstig aan.

Ze glimlachte een beetje weifelend.

'Ga zitten, ga zitten,' commandeerde hij vrolijk. 'De boot slaat om als je zo aan één kant blijft knielen.'

Ze ging zitten.

Het weer was volmaakt. In elke straat hingen mensen lachend uit de ramen, riepen naar elkaar, verrukt over de terugkeer van de zon en de onverwachte warmte. Zelfs in een wereld van boten bleef Bobs schuit niet onopgemerkt. Er klonk gejoel en bewonderend gefluit van de mannen. Kinderen en jonge vrouwen zwaaiden in de hoop op een tochtje. Lucy haalde blozend boterhammen en een fles wijn tevoorschijn, terwijl Bob de boot met een licht schuin gehouden roeispaan een hoek om stuurde. Wat een fantastisch avontuur, dacht ze. Het idee, om met zo'n mooie boot voor mijn raam te verschijnen!

Aan de andere kant was het raar. Niemand die zij kende had het geld voor zo'n boot. Kwam hij uit een rijke familie? Was hij een drugsdealer? Een bankrover? Was hij een van die ruige types waarover je in *Hello!* las, die er het hele jaar door gebruind uitzagen en een enorm banktegoed hadden? Deed het ertoe?

Toen Bobs hand onder haar heup gleed om het kleed voor haar goed te leggen, liet ze zijn vingers hun gang gaan terwijl zij haar zachte wimpers opsloeg naar de hemel.

Ze dronken, aten en kusten. Na alle regen, lagen ze aangeschoten lui in de zon, die hun gezichten verwarmde en een zeldzaam loom gevoel in hun armen en benen verspreidde.

Ik ben God, dacht Bob. De almachtige, oppermachtige God. En wat heb ik een te gek gave wereld geschapen, compleet met dit verrukkelijke meisje. Wat een schitterend oord van plezier. Wat een prachtig water. Wat een volmaakte zon. Wat een ongelooflijk geniaal vriendje ben ik.

Hij liet zich naast Lucy zakken, duwde zijn arm onder haar hoofd en wreef zijn wang tegen de hare. De twee giechelden, maakten grapjes en raakten elkaar aan, huid tegen huid, duizelig van geluk, terwijl ze rillingen van genot ontstaken op elk beschikbaar stukje bloot. Na weken van beschutting zoeken tegen de wind en de regen, voelde de warme zon tegen warme huid op warme wol als een zegen.

Bob en Lucy staarden elkaar in de ogen en ieder dacht in stilte dat dit het moment was waartoe alle andere momenten hadden geleid. Bob keek naar Lucy en wist – gewoon zonder meer – dat hij met haar aan zijn zij nooit meer eenzaam zou zijn, nooit meer die verschrikkelijke afzondering zou voelen die zijn functie met zich meebracht. Lucy zou alles met hem delen, het goede en het kwade; zij zou van hem houden en hij van haar. Oké, ze was sterfelijk, maar misschien – en waarom niet? – misschien zou hij zijn functie van God voor haar opgeven! Zo leuk was het niet meer. Om eerlijk te zijn leek elk jaar nog saaier dan het vorige. Wie had gedacht dat zijn wonderbaarlijke schepping zoveel problemen zou opleveren? Het is genoeg geweest, dacht hij. Genoeg verantwoordelijkheid, genoeg gezeur! Waarom was hij er niet eerder op gekomen om de boel de boel te laten? Toen het idee bij hem postvatte, kreeg hij hoop.

Misschien kwam het door de wijn, of door de liefdesroes, maar het plan dat Bob voor Lucy ontvouwde, voerde hen beiden mee in een golf van optimisme. Terwijl ze doelloos ronddreven in de zon vormde zich een beeld in hun hoofd; voor beiden hetzelfde beeld: van eeuwige vrijheid en geluk.

'Lucy, lieve Lucy.' Bobs stem begaf het, alsof het een enorme inspanning kostte om wat dan ook te zeggen. 'Je bent de wonderbaarlijkste vrouw van de hele wereld.'

'Nee, hoor,' fluisterde ze. 'Je bent alleen maar gek geworden, meer niet.'

Hij knikte. 'Dat klopt.'

Zijn ogen maakten haar duizelig, maar nu keek ze ernstig. 'Over een week of een maand, heb je misschien al genoeg van me.' Ze legde haar hand op zijn arm, keerde haar mond naar hem toe.

'Nooit,' mompelde hij en met elke vezel van zijn luister-rijke zelf geloofde hij dat hun liefde wel degelijk eeuwig was, dat Lucy en hij voor eeuwig en altijd samen zouden zijn, voor altijd – dat wil zeggen: tot ze oud, zwak, invalide, doof en knorrig werd, er stukjes van haar af begonnen te vallen en ze verdorde en raar begon te ruiken en artritis en aderverkalking kreeg. En daarna stierf. Wat relatief snel zou zijn, als je haar levensduur met de zijne vergeleek.

Ze draaide zich om, kwam half overeind en keek naar hem, nam hem eens goed op, vastbesloten om erachter te komen wat er achter zijn vreemdheid schuilging. Zijn ogen waren net drijfzand dat haar omlaag trok, tot waar ze niets had om zich aan vast te houden. Maar een heel klein stukje van haar weigerde zich helemaal over te geven; een heel klein stukje instinct fluisterde: gevaar.

'Ik voel me...' Ze aarzelde. 'Als ik bij jou ben, kan ik me niet voorstellen om ergens anders te zijn. En toch...' Ze keek even opzij en toen verward weer terug.

Hij glimlachte.

Lucy schudde haar hoofd. 'Ik weet niet hoe ik het moet zeggen.' Ze meende het. Nu begreep ze het allemaal: de uit liefde verspilde wereldrijken, opgeofferde gezinnen en vermogens. Als dit liefde is, dacht ze, heb ik de kracht ervan behoorlijk onderschat.

Bob zat naar haar te kijken en wist dat hij zich ook in de wereld had vergist. Zelfs voor hem, de schepper ervan, had die wereld versluierd gelegen, maar nu lag alles in volle glorie voor hem.

Heb ik dit ook geschapen? En als ik het beter of anders had gedaan, zou Lucy dan bestaan?

Hij trok haar hand zachtjes tegen zijn wang, hield hem daar en kuste haar pols. Als ze tot een eenheid konden versmelten zou alles voor altijd vredig zijn. Urenlang, naar het scheen, kusten ze elkaar zoet en loom.

Geleidelijk begon hij aan te dringen. 'Trouw met me, Lucy. Ga met me naar bed,' fluisterde hij, terwijl hij met zijn mond haar oren, haar haar en haar hals liefkoosde. Ze drukte zich tegen hem aan en wilde niets liever dan zijn lichaam tegen het hare.

Hij keek haar aan. 'Laten we weglopen.'

Ze moest bijna lachen, maar hield zich in toen ze zag dat hij het meende. Hoe moest ze, verscheurd als ze was tussen verrukking en een knagend angstgevoel, zich niet door zulke vooruitzichten laten verleiden? Hoe?

'Je bent mijn moeder gaan opzoeken,' zei ze.

Even keek hij verslagen. 'Ik wil dat iedereen van onze gevoelens af weet. Dat ik het meen. De hele wereld. Niet alleen jij.'

De middag vergleed. Lucy zei niets toen hij de boot naar haar huis stuurde. Bij de deur treuzelde Bob en pakte haar schouders vast. 'Je hebt me geen antwoord gegeven,' zei hij met zachte stem.

Ze schudde haar hoofd.

'Beloof me dat je erover na zult denken,' fluisterde hij, en ze knikte. 'Dan laat ik je nu gaan.' Hij liet haar niet los, maar kuste haar opnieuw.

'Ja,' zei ze, met haar lippen tegen zijn mond. En toen nog eens, ten slotte met absolute zekerheid: 'Ja.'

'Ja?' Hij probeert nog wat te zeggen, maar is sprakeloos van vreugde. En wat er tussen hen voorvalt lijkt totaal niet op welke liefdesdaad ook waarover ze heeft gelezen, gehoord of wat ze heeft gezien. Ze denkt dat dit is wat je oneindig voelen is, vliegend en verloren, zonder verleden of toekomst. Het genot dat ze beleeft is oneindig geruststellend en tegelijkertijd oneindig gevaarlijk en als het voorbij is, wil ze dat het weer begint, of dat er nooit een einde aan komt.

'Ik hou van je, Lucy,' zegt hij terwijl hij haar ogen kust. 'Laten we er samen vandoor gaan.'

Wat ze met Bob doormaakt, veroorzaakt kortsluiting in haar hersenen. Ze voelt zich zo kwetsbaar als de gloeidraad van een lamp, even flikkerend en vluchtig. 'Waarnaartoe?' Was hij smoorverliefd, of gewoon gek? Leek liefde altijd zo erg op vallen?

Hij aarzelt, kijkt wild om zich heen. 'Naar een plek die ik ken. Ver van alles en iedereen.' Hij denkt aan een planeet waar hij ooit is geweest, tien biljoen lichtjaren verwijderd. 'Het is van een vriend.' Hij ziet haar twijfelende blik. 'Hij heeft het in jaren niet gebruikt. Het zou praktisch van ons zijn.'

'Ik zal erover nadenken.' En daarmee zegt ze iets waars, want ze zal nergens anders aan kunnen denken: een kleine plek, en alleen zij tweeën. Misschien een gezellig huisje van natuursteen, een warme kachel, uitzicht op zee... met dit ongelooflijke gevoel en met de mooie jongen die stapel is op haar.

En de vlijmscherpe angst die meedogenloos boven het plaatje zweeft.

Nu wil ze dat hij vertrekt. Zodat ze kan nadenken over alles wat er is gebeurd.

Hij kust haar met zo'n tederheid gedag dat haar benen nauwelijks haar gewicht kunnen dragen. Als hij eindelijk weg is, zakt ze tegen de muur omlaag en blijft met haar armen om haar knieën zitten, een beetje verbijsterd omdat ze nu precies weet hoe erg seks alles versimpelt en ingewikkeld maakt.

36

Bobs succes met verleiding in stervelingenstijl had hem een triomfantelijk gevoel bezorgd: langzaam peddelde hij, licht en krachtig, zo scherp als een laser, in zijn mooie boot door de avond.

'Hallo, mijn schat.'

Hij gaf een gil en sprong met een grote plons over de zijkant van de boot.

'Heel erg sorry, lieverd, liet ik je schrikken?'

Terwijl hij terug aan boord klom, stamelde hij: 'Ja. En ga nu alsjeblieft weg.'

Mona trok haar meest charmante pruillip. 'Maar ik ben er net. En moet je kijken, je hebt nog net genoeg wijn voor een heel klein...'

Druipend en woedend griste hij haar de fles uit handen.

'O, dan maar geen drank.' Mona's glimlach had een gespannen trekje.

'Nou, kijk eens aan! Ze lijkt me echt een mooi meisje. Dat haar, die glimlach, haar hele...' Ze maakte een hulpeloos gebaar. 'Maar als je nou eens alleen...'

Bob wendde zich af. 'Alleen wat? O, ik snap het, je hebt gemerkt dat ik een ietsepietsie minder zelfmoordneigingen heb dan normaal en dat kom je even rechtzetten?'

Mona zuchtte. 'De kwestie, mijn schat, is dat ze sterfelijk is. Duidelijk niet haar schuld, maar wel een probleem.

Denk eens na. Over dertig jaar, als zij eenenvijftig is en jij... jij nog steeds dezelfde bent.'

'Nou en?'

'Oké, dan geen dertig jaar. Veertig. Zestig. Dan is zij een afgeleefde bejaarde stervelinge en ben jij precies hetzelfde als nu. Negentien? Twintig? Ik ben vreselijk in verjaardagen.' Mona tuurde naar hem met een meelevend glimlachje. 'Het werkt nooit, mijn schat.'

'Ik zal zorgen dat het werkt.'

'O, maar lieverd van me, dat doe je niet.' Ze liet meelevend haar hoofd zakken. 'Met hoeveel stervelingen heb je al iets gehad? Een? Tien?'

Hij wierp haar een woedende blik toe. 'En hoeveel heb jij er gehad?'

Mona glimlachte en wendde haar blik af. 'O, dat mag de hemel weten. Ik ben de tel kwijtgeraakt. Ik hou van stervelingen, dat is waar.' Toen ze zich weer naar hem toe draaide, stond haar gezicht ernstig. 'Maar ik zou er nooit verliefd op worden. Stel je eens voor wat je dan allemaal uit moet leggen. Denk eens aan de uitdrukking op Lucy's gezicht als je haar vertelt wie je bent.'

Bobs bravoure verdween plotseling en zijn ogen schoten vol tranen. Zijn schouders zakten omlaag. 'Jij wilt niet dat ik gelukkig ben.'

Het gezicht van zijn moeder was een en al tederheid. Ze sloeg een arm om hem heen en trok hem naar zich toe. 'Natuurlijk wel, mijn schat. Natuurlijk wil ik dat je gelukkig bent. Maar niet zo. Hier word je niet gelukkig van. En zij ook niet. In werkelijkheid zal het haar waarschijnlijk doodsbang maken.'

Bob wilde voor eeuwig bij Lucy zijn, hij wilde niet dat hun relatie stuk zou lopen op het soort fouten dat hij in het verleden had gemaakt. Hij zou niet als een enorme stampende stier in haar slaapkamer verschijnen, of als een adelaar met schubben van tien meter. Hij wilde niet dat meneer B zich later van haar moest ontdoen als hij het spelletje beu was. Wat zou het dat hij onsterfelijk was en zij niet... dan konden ze nog steeds een relatie hebben. Hij zou zorgen dat het werkte.

Heel even waande hij zich haar gelijke, met niets dan ware liefde tussen hen en een lange, vreedzame toekomst. Als God kon hij dat toch zeker wel voor elkaar krijgen?

Mona zag het conflict in grote letters op zijn gezicht.

'Lieverd?'

Bob draaide zich om en wierp haar een woeste blik toe.

'Ga weg.'

'Ik ken een paar heel leuke godinnen...'

'Nee.'

'Maar ze zijn echt heel aardig. En onsterfelijk.'

'Te gek. Dus als ik ze niet leuk vind, zit ik er voor eeuwig aan vast.'

Mona slaakte een diepe zucht en Bob ging nu over tot de aanval. 'Denk jij dat je ook maar het minste benul hebt van het soort meisje waartoe ik me aangetrokken voel? Laat me niet lachen.' Hij lachte bitter.

Het idee van een meisje dat zijn moeder had uitgekozen was eerlijk gezegd afstotend. Hij zag haar helemaal voor zich. Ze zou of afschuwelijk preuts zijn, of een feestnummer net als zijn moeder (wat veel en veel erger zou zijn). Ze zou een veel te gretige glimlach hebben, grote witte tanden en een dik gebreid vest. Of twaalf hoofden en grote leerachtige poten. Hij werd misselijk van zowel het een als het ander. Welk meisje zijn moeder ook voor hem zou opduiken, ze zou absoluut niet een meisje zijn dat hij zou willen ontmoeten – en nog minder de rest van zijn leven mee zou willen doorbrengen.

'Schat,' begon ze, en iets in haar toon legde hem het zwijgen op, 'ik wil dat je gelukkig wordt, meer dan wat ook. En als ik aan een paar touwtjes zou kunnen trekken, of bij een hogere macht zou kunnen smeken om jou en Lucy nog heel lang en gelukkig te laten leven tot in eeuwigheid, zou ik het doen. Maar zo werkt het niet, mijn schat.'

Bob keek haar aan. 'Maar ik hou van haar.'

'Ik weet het. Het spijt me.' Ze omhelsde hem en streek over zijn haar, veegde de tranen weg.

Bob maakte zich los. Hij haalde ruw een hand over zijn ogen. Zijn gezicht verhardde. 'Ik zal zorgen dat het werkt,' zei hij. 'Meneer B zal me wel helpen.'

Mona aarzelde. 'Is het weleens bij je opgekomen dat jouw meneer B er misschien niet altijd zal zijn om jou te helpen?'

Hij keek haar aan alsof ze gek was. 'Nee, allicht is dat niet bij me opgekomen. Natuurlijk zal hij er altijd zijn. Daar is hij voor.'

Ze wilde hem zeggen dat het tijd was om zijn leven en planeet in eigen handen te nemen, omdat er weldra niemand meer zou zijn om het voor hem te doen. Maar ze zat niet te wachten op een confrontatie; en trouwens, wat gaf het. Uiteindelijk zou het allemaal goed aflopen, ondanks wat ook. Lucy, of geen Lucy... wie zou dat over honderd jaar zelfs nog maar weten?

'Misschien heb je uiteindelijk toch gelijk, schat. Lucy en jij, voor altijd samen.' Mona gooide haar handen in de lucht alsof ze elke voorzichtigheid letterlijk in de wind wierp. 'Leef je droom! Ga ervoor!' Gevolgd door haar beste roekeloze lach.

192

Maar Bob was niet langer geïnteresseerd; geboeid staarde hij naar de felgekleurde volgekladde muur van een oud pakhuis terwijl de feloek langzaam langsdreef. Daar stond:

GOD BESTAAT NIET

37

Een safaripark aan de rand van de stad hing al de hele week aan de telefoon, op zoek naar een plek voor een stel jonge leeuwen, tweeëntwintig gazelles en een kudde zebra's. Luke rolde met zijn ogen. 'Wat heb je gezegd?' 'Dat hij ze in een taxi moest stoppen en door moest sturen.' Mica richtte zijn hand als een pistool op zijn rechterslaap.

'Oké, dank je wel. Nog meer crises?'

'Meer dan nu, nee, maar je kan hem maar beter bellen. Ik heb hem op allerlei manieren duidelijk gemaakt dat het niet kan, maar dat leek niet tot hem door te dringen.'

Luke knikte en pakte het briefje met het nummer erop. Het speet hem voor het safaripark, maar nog zo'n week van dat monsterlijke weer en hij zat in precies dezelfde situatie.

'Wat doe je hier trouwens zo vroeg?' Hij keek op zijn horloge. Het was even na zes uur 's ochtends, nog maar net licht en het motregende.

'Je zei dat je me zou ontslaan als ik me niet aan jouw uren zou houden.'

Luke knikte verstrooid. Hij maakte, God weet hoe lang al, dagen van zestien uur in een poging om het tekort aan personeel en de overdaad aan problemen het hoofd te bieden. 'Dank voor je komst. Ik waardeer het.'

'Dat mag ik verdomme hopen. Ik heb de pest aan ochtenden. Negen uur was al erg genoeg.'

'Je gaat naar de hemel, Mica.'

Mica legde een hand op Lukes arm en knipperde met zijn ogen. 'Alleen als ik met jou mee mag.'

Maar Luke luisterde niet. Hij was zaterdag in een opgetogen stemming naar zijn werk gegaan. Overal zon. Recht uit een achterlijke colareclame. Niet gloeiend heet, niet ijskoud, geen hagel, ijzel of sneeuw. Gewoon een volmaakte, mooie, zonnige dag met een briesje. Zelfs de reptielen in hun schemerige behuizing moesten iets hebben gevoeld van de verandering in de barometerstand: slangen en hagedissen die hij in dagen, weken, niet had gezien, waren tevoorschijn gekomen om op takken te gaan zitten knipogen.

Dit is te mooi om te blijven duren, had hij gedacht. En dat was ook zo.

Nu zag hij Lucy aan de overkant van de binnenplaats een lage kar die was beladen met vier balen stro door de grijzige regen trekken. Ze had iets (was het de kromming van haar schouders?) wat minder vrolijk leek dan anders. Misschien ging het slecht met het rare vriendje. Dat hoopte Luke, zonder een greintje schuldgevoel. Niet dat hij belang in haar stelde, maar hij zou niet graag wie van zijn personeel ook met die kerel zien rondhangen.

Wat was dat toch met vrouwen, dat ze op zulke duidelijke losers vielen? Wat zag Lucy in godsnaam in Bob, behalve het knappe uiterlijk van een rasversierder? Zijn uitstraling bezorgde Luke koude rillingen en het idee van hen samen beviel hem niet. Oké, Lucy was nooit zijn favoriete werkneemster geweest, maar je kon niet om het feit heen dat ze zich tijdens de crisis uiterst loyaal had opgesteld en niet één keer verstek had laten gaan. Misschien had hij haar onderschat.

Hij draafde door het halfduister en nam het handvat van haar over. Ze forceerde een glimlach. 'Het gaat best hoor,' zei ze, terwijl ze probeerde om de last terug te nemen. 'Zo zwaar is het ook weer niet.' Maar hij bleef vasthouden en zwijgend liepen ze door de regen. 'Een paar weken geleden had ik er een moord voor gedaan om iemand op dit uur aan het werk te krijgen,' zei hij uiteindelijk. 'Misschien is dat weer toch nog niet zo slecht.'

'O,' zei ze met een zucht. 'Ik kan er anders niet om lachen. Ik was zaterdag zo blij toen ik dacht dat het misschien echt over was.' *Toen ik met Bob heb gevreeën. Fantastisch heb gevreeën. Of was het liefde? Fantastische liefde? Hoe dan ook, hij had niet gebeld. Waarom had hij niet gebeld? Zelfs zonder telefoon had hij godverdomme moeten bellen. Hij zei dat hij me wist te vinden.*

Samen hesen en duwden ze de balen in de opslagruif. 'Bedankt.' Lucy keek ongemakkelijk. 'Maar ik kan het heel goed zelf.'

'Hm.' Luke bleef even staan en ging in zijn hoofd de checklist na. De voedselleveringen hielden deze week niet over; ze moesten aan noodrantsoenen gaan denken. De zwijnen schenen lusteloos en de verwarming in het kamelenverblijf was defect. Het was hem gelukt om een paardendeken te lenen om het beest warm te houden, maar hij had geen rekening gehouden met het probleem dat de kameel stil moest staan om die te bevestigen. Het anders zo kalme beest schopte en gilde al als ze maar in de buurt kwamen en het rilde van kou en angst, tot Luke zijn nek met de S-bocht wel had kunnen omdraaien.

Hij keek op en zag Lucy ietwat verbaasd naar hem kijken. 'Kijk niet zo bezorgd,' zei hij. 'Ik heb alleen maar

een stille paniekaanval over hoe we de week moeten door-
komen.'

Ze haalde haar schouders op. 'Wij helpen wel.'

'Ja.' Hij wilde weglopen, maar bedacht zich en keerde
weer om. 'Dank je wel,' zei hij, alsof hij het meende. 'Ik
weet dat ik op je kan rekenen.'

38

'Schat...'

Bob kreunde.

Meneer B keek op van zijn werk. 'Hallo. Mona. Je ziet er als altijd weer fantastisch uit.' Ze was gekleed in wat op een paar strengen zeewier leek.

'Vind je het mooi? Zo van de catwalk.' Ze maakte een pirouette.

Bob maakte een gebaar van twee vingers in zijn keel alsof hij een haarbal kwijt moest en draaide haar zijn rug toe.

'Schitterend, Mona.'

'Neem me niet kwalijk.' Bobs gezicht drukte verontwaardigd ongeloof uit. 'Als jullie twee fossielen klaar zijn met beleefdheden uitwisselen, zou je dan misschien wat aandacht overhebben voor mij en mijn situatie?'

Mona draaide zich naar hem om, haar gezicht een plaatje van moederlijke genegenheid. 'Neem me vooral niet kwalijk, lieverd,' zei ze. 'Help me even herinneren welke situatie?'

Bob rolde met zijn ogen. 'Hallo? Lucy? Mijn enige echte grote liefde? Beteken ik zo weinig voor je dat je je zelfs ons laatste gesprek niet meer kunt herinneren?'

'Dat is het niet, niet in het minst, mijn engel. Ik dacht alleen dat we die bepaalde kwestie hadden opgelost...'

'De kwestie van mijn hart? Van de enige mogelijkheid tot geluk die ik ooit zal hebben?'

Mona kuchte een beetje. 'Lieve jongen. Je weet dat ik me zorgen maak over jouw geluk. En om die reden ben ik bang dat ik je zal moeten verbieden om Lucy ooit nog te zien.'

Bob gaapte haar verbijsterd aan.

'Ja, het je te verbieden. Geen stervelingen meer.' Ze stak een hand uit en klopte op zijn arm, met een heimelijke blik naar meneer B, die wegkeek. 'Moeder weet het best.'

'Doe niet zo belachelijk,' zei hij met verstikte stem. 'Je kunt me niet tegenhouden.'

'Nou, blijkbaar wel.' Mona glimlachte bescheiden.

Bobs ogen schoten wild heen en weer. 'Zou je echt mijn relatie saboteren?'

'Saboteren?' Mona nam haar toevlucht tot meneer B. 'Heb jij mij me ooit te buiten zien gaan aan sabotage?'

De oudere man haalde zijn schouders op. Hij had haar wel degelijk zich te buiten zien gaan aan chaos en helse spektakels. Om niet te spreken van zorgeloos, dronken en aanstootgevend gedrag. Maar sabotage? Niet dat hij zich zo kon herinneren. 'Hoewel een beetje sabotage,' peinsde hij hardop, 'weleens precies het juiste zou kunnen zijn op dit mo...'

Het geluid dat uit Bobs mond kwam, sloeg elk raam in de kamer aan diggelen.

Bob rukte aan zijn haar en verscheurde de zoom van zijn gewaad. Hij was God. De Almachtige, de Oppermachtige Oneindige Vader, Koning der Koningen en Heer der Heerscharen. Met de Moeder aller Moeders.

Mona zwaaide en verdween met een kushandje dat voor hen beiden bedoeld leek, terwijl Bob naar zijn kamer stormde.

Meneer B ging hem niet achterna. Ik geef het op, dacht

hij. Hoe je het ook wendt of keert, het blijft één grote ellende.

Zijn hoofd bonsde en hij zag geen uitweg. Best, dacht hij. Laat Bobs relatie met Lucy maar uit elkaar ploffen op de manier die ze (of Mona) wilden. Hij was het zat om ze over de hele planeet na te zitten. Nog maar een paar dagen voor Bob zijn eigen plan zou moeten trekken. Hij kon er evengoed nu vast aan wennen.

Meneer B zuchtte. Als hij eerlijk was, moest hij toegeven dat zijn eigen rol in deze bizarre tragikomedie gekrompen leek, wat hem meer dan ooit tot toeschouwer bestempelde. Misschien gold dit als voorbereiding op zijn vertrek. Als hij eenmaal bericht had van zijn overplaatsing, kon wat hem betrof iedereen naar de hel lopen.

Maar zelfs terwijl hij dat dacht, wist hij dat het niet waar was.

Als het me niet kon schelen, zou ik geen hoofdpijn hebben, dacht hij. Zouden mijn ogen niet pijn doen en mijn darmen niet opspelen en zou ik me niets van dit idiote gedoe aantrekken. De sleutel ligt bij onverschilligheid, peinsde hij, maar daar heb ik zeker geen aanleg voor. Ik geef om de aarde en om heel Bobs droevige schepping. Ik geef om Estelle, en om Eck, ook al kan ik me niet veroorloven om aan hem te denken, omdat ik niets kan doen om zijn lot te keren. Ik geef om Mona, ondanks het feit dat ik een duidelijke mening heb over haar tekortkomingen.

En toen kwam er een grappig idee bij hem op, zo grappig dat hij erom moest lachen. En toen hij eenmaal lachte, kon hij zich bijna niet meer inhouden. Hoe zielig kun je zijn, dacht hij. Ik geef zelfs om Bob.

Toen hij weer opkeek, stond Ecks vriendin naar hem te kijken.

'Hallo,' zei ze.

Met een vinger duwde hij zijn bril terug omhoog en hij glimlachte. 'Ik geloof niet dat we ooit echt aan elkaar zijn voorgesteld.'

Ze stak haar hand uit. 'Ik ben Estelle. Mijn vader heeft Eck bij het pokeren gewonnen en is van plan om hem op te eten.'

Zo, dacht meneer B. Ze komt wel meteen tot de kern van de zaak. 'Ja,' zei hij. 'Een heel droevige zaak.'

Ze knikte.

'Heb je met je vader gesproken?' Als iemand Hed van gedachten kon doen veranderen, was zij het.

Estelle knikte en hij dacht dat hij achter haar ogen iets donkers zag flikkeren. Ze straalde kracht uit die als een schild om haar heen golfde. Met belangstelling zag hij dat ze, ondanks haar timide voorkomen, een dochter van Hed was.

'Uit die hoek is weinig te verwachten,' zei ze behoedzaam. 'Maar misschien is er een andere manier. Alleen...' Haar kalme blik ving de zijne. 'Daar heb ik hulp bij nodig.'

Wie niet, dacht meneer B. 'Ik sta tot je dienst,' zei hij. 'Maar... ik denk dat ik erbij moet zeggen dat ik niet verwacht hier nog veel langer te zijn.'

'O?'

'Het is nog niet echt algemeen bekend... en dat moet natuurlijk ook zo blijven.' Hij haalde diep adem. 'Ik heb ontslag genomen.' Daar, dacht hij. Ik heb het gezegd.

Estelles ogen werden groot. Met belangstelling zag hij dat ze niet helemaal onverstoorbaar was.

'Wanneer vertrekt u?'

Meneer B haalde zijn schouders op. 'Heel binnenkort, eigenlijk. Een kwestie van dagen.'

Het bloed schoot naar haar bleke wangen. 'Gaat u de aarde aan Bob overlaten?' Van ontzetting kon ze bijna niet uit haar woorden komen. 'Wat zal ervan worden? Hij geeft alleen maar om zichzelf.'

'En om Lucy. De assistent-dierenoppasser.'

'Nee,' zei Estelle. 'Dat telt niet. Ze is menselijk.'

Had ze daar gelijk in? Meneer B zette zijn bril af. 'Ik zou je zorgen geen warmer hart kunnen toedragen, maar probeer het ook vanuit mijn perspectief te zien. Ik heb meer millennia met Bob doorgebracht dan ik wil weten; ik heb vele duizenden jaren geprobeerd de stroom van ellende op deze planeet in te dammen. En elke minuut van elke dag laat alleen maar meer fiasco's zien.' Hij schudde zijn hoofd. 'Ik verdraag het niet langer. Ik kan hem niet blijven helpen met deze veeleisende onderneming.'

Estelle nam hem op, keek eens goed naar hem, en zag alles wat ze wilde zien. Toen wendde ze zich af en begon na te denken.

En omdat ze uitstekend kon nadenken, begon ze een groter geheel te zien, een waarbij haar reizen en opgedane ervaring van pas kwamen. Een geheel waarin een hele massa problemen bij elkaar mogelijk tot een keurig voldongen feit konden leiden.

Ze keek weer naar meneer B, die ze in feite een heel sympathiek iemand vond. 'En Eck?' vroeg ze. 'Hij heeft ook niet veel tijd meer.'

Hij knikte. 'Ik zal doen wat ik kan.'

39

'Ik wil dat je me van haar afhelpt.' Bob is terug.

Welke haar, vraagt meneer B zich af. Toch niet Lucy?

'Mijn moeder. Ze maakt me gek. Zie dat je van haar afkomt.'

Meneer B voelt een onweerstaanbare drang om te lachen. 'Je van je moeder afhelpen? Hoe stel je je voor dat ik dat doe?'

Bob geeft geen antwoord. Hij propt een hele croissant in zijn mond en hoopt dat, omdat hij nu niks kan zeggen, de aandacht afgeleid zal worden van het feit dat hij dat ook niet van plan is.

Meneer B haalt zijn schouders op. 'Al zou ik willen, dan kon ik het nog niet. Ze is onverwoestbaar. Een kosmische kracht.'

Het gezicht van de jongen betrekt. 'Nou, dwing haar dan om weg te gaan en op te houden met mijn leven te verwoesten.'

'Helaas, grote vriend. Je moeder is jouw probleem. Ik ben wat die kwestie betreft even machteloos als jij.'

Bob wordt rood van woede. 'Maar naar jou luistert ze!' schreeuwt hij. 'Ze is op je gesteld.'

'Jij bent haar zoon. Op jou is ze nog meer gesteld,' zegt hij, terwijl hij kleine teugjes van zijn koffie neemt, niet zeker of de stelling die hij net heeft verkondigd waar is. 'Waarom probeer je haar niet te overtuigen?'

'Hallo-o? Ken jij mijn moeder niet? Ze is ongevoelig voor argumenten. Ze heeft over Lucy een besluit genomen en wie weet wat voor complotten ze aan het smeden is.'

'Ze heeft natuurlijk volkomen gelijk wat Lucy betreft.'

Bobs ogen rollen naar achter. Even lijkt het erop of zijn hoofd zal ontploffen.

Meneer B denkt na. 'Ik zou met haar kunnen praten,' zegt hij ten slotte. 'Maar daar zou ik graag iets voor terug willen.'

'Iets voor terug willen?' De jongen lijkt oprecht verbijsterd. 'Waarom zou ik iets voor jou terugdoen?'

'Omdat...' Meneer B zet zijn kopje zachtjes terug op het schoteltje. 'Omdat we anders geen overeenkomst hebben.'

Bobs wenkbrauwen schieten omhoog. 'Wat? Waar heb je het over? Natuurlijk wel. Die overeenkomst is er altijd.'

'Wie zegt dat?'

'Iedereen. Het is zo duidelijk als wat. Je moet wel. Ik ben de baas, jij niet. Jij doet wat ik zeg. Einde verhaal.'

'Ah. Nou, kijk, daar heb je het, technisch gesproken, bij het verkeerde eind. In feite is mijn welwillendheid de sleutel voor het realiseren van jouw verlangens.'

Bob blijft er bijna in. 'Wil je daarmee zeggen dat als je niet wilt doen wat ik zeg, je dat niet hoeft?'

Meneer B knikt.

'Sinds wanneer?'

Een schouderophaal. 'Sinds altijd.'

Bob komt ontzet wankelend overeind en ploft dan weer neer. 'Waarom heb je me dat nooit verteld?'

'Waarom zou ik? Mijn werk is om me te schikken naar jouw wensen, dus dat is wat ik heb gedaan. Maar er is niets wat me echt daartoe dwingt.' Meneer B zwijgt even. 'Je zou het een achterdeurtje kunnen noemen.'

'Een achterdeurtje?' Bob krijst bijna. 'Ben je krankzinnig geworden? Als er hier iemand gebruikmaakt van een achterdeurtje, ben ik dat. En dit is er geen!' Hij zakt terug in zijn stoel.

'Nou en of.' De oudere man neemt kleine teugjes van zijn koffie.

Hun blikken kruisen elkaar en er gaat een stroom van heel onaangename dingen over en weer.

Bob is gestopt met kauwen en kijkt alsof hij in tranen zal uitbarsten. 'Je geeft helemaal niks om me. Niemand geeft om me, behalve Lucy. Zelfs mijn eigen moeder niet. Zelfs jij niet.'

Lucy geeft niet om je, denkt meneer B. Niet om jouzelf, in elk geval. Ze heeft geen idee wie – of wat – jij bent. Maar ik wel. Hij kijkt de andere kant op en als hij weer terugdraait is zijn uitdrukking welwillend. 'Natuurlijk geef ik wel om je. Net zoals jij om mij.'

Bob propt nog een stuk croissant in zijn mond.

'Dus, ik neem aan dat je zelf je nieuwste problemen gaat oplossen.' Meneer B dept zijn lippen met een groot witlinnen servet.

Bob stopt met kauwen. 'Waarom niet?' zegt hij, alles wat hij nog aan waardigheid bezit bij elkaar graaiend. 'Per slot van rekening ben ik God. En heb ik jou niet nodig.'

'Goed zo. Zo mag ik het horen.' Meneer B spoelt zijn kopje om in de keuken en keert, neuriënd, terug naar zijn bureau.

40

Een klopje op zijn slaapkamerraam wekt hem uit een diepe, voldoening gevende slaap, waarin hij droomt van maagden met hertenogen, ontluikende borsten en zijde-zachte huid, die allerlei obscene handelingen met hem uitvoeren. Aan de voet van het bed ligt de Eck onrustig te woelen.

Gewekt worden brengt Bob erger uit zijn humeur dan hij onder woorden kan brengen.

'Ga weg,' mompelt hij, terwijl hij wild met zijn andere arm maait in de hoop om de indringer die het waagt hem te storen, een mep te verkopen. Maar de arm raakt alleen maar het luchtledige, en het kloppen houdt aan, wordt zelfs luider, tot hij gedwongen is zijn ogen open te doen, rechtop te gaan zitten en te eisen dat wie ook dat helse lawaai maakt daar onmiddellijk mee stopt of de wraak van...

Er volgt een splinterende klap.

'Hallo.' Estelle is door het gebroken raam naar binnen gestapt en staat nu aan de voet van zijn bed. Ze lijkt groter dan hij zich kan herinneren.

Bob staart met open mond.

'Sorry, dat ik zo binnenval, maar ik kom je Eck ophalen.' Haar stem doet, ondanks het feit dat hij vrij zacht is, pijn aan zijn oren.

Met een kreetje van vreugde haast Eck zich naar haar

toe. Bob steekt een arm uit en grijpt hem bij een oor. Hij jankt.

'Niet zo haastig.' Bob laat Ecks oor niet los. 'Je kunt niet zomaar binnenvallen en mijn huisdier meenemen. Hij heeft uitstel gekregen, weet je nog? Zeg maar tegen je vader dat hij op zijn eten zal moet wachten.'

Eck krimpt ineen van schrik.

Estelle wordt heel kalm. 'Je huisdier zal over een paar dagen voorgoed verdwenen zijn als jij zijn kritieke toestand blijft negeren.'

'Ik negeer hem niet.' Bob is woest. 'Vanavond heb ik hem nog wat te eten voor me laten halen, hè, Eck?'

Eck knikt en kijkt van de een naar de ander. Hij beeft van onzekerheid.

'Zou je hem alsjeblieft los willen laten.' Estelles blik is van staal.

Bob bromt van kwaadheid, maar laat de Eck los, die stokstijf blijft staan. Estelle buigt zich voorover en steekt haar armen naar hem uit, maar hij weet niet meer wie hij kan vertrouwen.

Estelle haalt een cake uit haar tas tevoorschijn en in plaats van er een stuk af te breken, biedt ze hem het hele ding aan. Hij weifelt, in tweestrijd tussen angst en het verleidelijke hapje.

'Stoute Eck!' schreeuwt Bob. 'Blijf!'

Dat bezegelt het. De Eck schiet haastig op Estelle af, trekt de cake voorzichtig uit haar hand en staat toe dat ze hem oppakt, terwijl hij eet. Hij nestelt zich in de holte van haar arm.

Bob is laaiend. 'Zet mijn huisdier neer.'

'Nee.' Ze kijkt hem niet aan.

'Daar krijg je spijt van.' Hij is God.

207

Ze maakt aanstalten om weg te gaan.

Bob mompelt woest binnensmonds en duwt het haar uit zijn ogen. Wat geeft haar het recht om zo superieur te doen? Hij is bang van Estelle, maar wil dat niet toegeven, zelfs niet aan zichzelf.

Als ze met zijn Eck naar buiten loopt, knapt er iets.

Hij sluit zijn ogen en haalt met een enorme brul, het gebouw boven hen naar beneden. Het verbrokkelt in een onmetelijk diep gat met smerig water en brokken puin. De instorting veroorzaakt een huizenhoge vloedgolf die met een klap tegen het gebouw aan de overkant smakt, omslaat en teruggolft in de smalle straat.

Net als bij een verschrikkelijke ramp op zee klinkt er gegil en gehuil van de slachtoffers. Mensen bloeden en verdrinken met achterlating van donkere vlekken op het wateroppervlak, samen met de inhoud van hun huizen, darmen en schedels.

Zo, denkt Bob voldaan. Volgens mij heb ik hiermee het laatste woord.

Hij draait zich om en loopt weg, terwijl hij zorgvuldig over het lichaam van een jonge vrouw heen stapt, verpletterd onder de resten van het trappenhuis. Het was sowieso tijd dat hij en meneer B een ander huis vonden, misschien groter, in een betere buurt, met meer ramen en een mooier uitzicht. Terwijl hij de mogelijkheden overweegt, duikt er een gedaante voor hem op. Het is Estelle. Zij is springlevend, maar in haar armen houdt ze het bewusteloze, bebloede lichaam van zijn huisdier.

'Hoe kon je,' zegt ze met een stem kil van woede. 'Hoe kon je zo wreed zijn? Hij heeft nooit iets anders gedaan dan jou op de meest nederige manier dienen. En is dit de manier waarop je hem terugbetaalt? Híj is niet onsterfelijk!' Ze verheft haar stem nauwelijks, maar de intensiteit waarmee ze het zegt, doet hem achteruitdeinzen. 'Je bent zo ontzettend met jezelf bezig dat je niet eens van je eigen Eck kunt houden. Wat voor God denk je dan dat je bent?' Haar ogen vlammen van een grenzeloze, bliksemende, onheilspellende woede.

Bob steekt zijn armen uit naar Eck, maar Estelle doet een stap terug. 'Waag het niet dichterbij te komen.' Haar stem is kil als bevroren staal. 'Je verdient de trouw van een Eck niet. Níéts verdien je.' Ze staat kaarsrecht en zou hem met haar blik kunnen vernietigen. 'Jij bent een nul.'

Bob verandert zichzelf in een dikke wolk van ijskoude zwarte duisternis en sijpelt terug naar huis, naar zijn en meneer B's nieuwe huis, dat er min of meer hetzelfde uitziet als hun vorige huis, met uitzondering van zijn slaapkamer, die aanzienlijk kleiner is dan daarvoor en die van meneer B, die aanzienlijk groter is.

'Hoorde ik iemand "help" zeggen?' Meneer B kijkt op van zijn werk.

'Ja, help. Help alsjeblieft,' kakelt Bob, nog maar een ellendige, beroerd uitziende versie van zijn vroegere zelf. 'Alles is misgegaan. Haal Estelle en mijn moeder van mijn nek en ik doe alles wat je wilt ervoor terug.'

Meneer B staart hem peinzend aan. 'Nou,' zegt hij. 'Ik zal zien wat ik kan doen. In ruil had ik graag dat je de weersomstandigheden aanpakt.' Hij zwijgt, schraapt zijn keel en overhandigt Bob het dossier met de W, voor walvissen. 'En kijk eens of je hier iets aan kunt doen.'

Bobs ogen worden groot.

'Het is een dik dossier,' geeft meneer B toe. 'Maar dit is je kans om iets groots en bewonderenswaardigs tot stand te brengen. Zoals je in het begin deed. Neem het mee. Lees het. Bedenk waarom je God bent.'

Bob pakt het dossier aan. Zijn mond staat een beetje open, zijn uitdrukking is somber.

Meneer B kijkt hem na. Hij heeft geen idee wat hij ervan moet denken.

41

'Hallo, mag ik hier zitten?'

Lucy schoof haar dienblad opzij om ruimte te maken.

'Je ziet eruit alsof je diep in gedachten bent. Ik onderbreek je niet?'

'Nee, nee. Ik weet wat je gaat zeggen. Ik lig mijlen ver achter op mijn schema.'

Luke stak een vork vol dampende noedels in zijn mond. 'Au-au-au, héét.' Hij trok een pijnlijk gezicht. 'Voorlopig werken we niet met schema's.'

'O.'

Hij concentreerde zich op zijn eten en keek haar niet aan. 'Hoe gaat het?'

Was dat een strikvraag? Lucy haalde haar schouders op. 'Prima. Ik bedoel, we zijn duidelijk overbelast. Vandaag zijn we maar met vier.' Ze nam een hap van haar boterham en kauwde langzaam, terwijl ze hem in de gaten hield.

Hij knikte. Er viel een ongemakkelijke stilte.

'Skype is het wel gelukt om te komen.' Ze forceerde een glimlach.

'Ja, zíj wel.' Hij kon nu zien dat ze er vermoeid uitzag; de tere huid onder haar ogen zag paars van moeheid. Hij vocht tegen een bijna onweerstaanbaar verlangen om met zijn vinger de kringen te volgen.

Weer die samenzweerdersblik. Lucy hield net iets te lang

zijn ogen vast. Verlegen wendde ze zich af. 'Ze valt wel mee als je haar zegt wat ze moet doen.'

'Ik snap niet waar ze de tijd vandaan haalt. Ze slooft zich dag en nacht uit op mijn horoscoop,' zei hij. 'En op de energiebanen die onder de dierentuin lopen. En op het weer, natuurlijk. Ze gaat helemaal voor het paranormale, weet je wel.'

Lucy zette grote naïeve ogen op. 'Iedereen met een beetje spiritualiteit kan dat toch wel, zeg maar, aanvoelen?'

Luke glimlachte. 'Hoe gaat het met Bob?'

Ze bloosde heftig. Niets. Ze had niets gehoord. Waarom had hij niet gebeld, was hij haar niet komen opzoeken? Had het voor hem zo weinig betekend? Had zíj zo weinig voor hem betekend? Was hij alleen maar op seks uit? En dat gepraat over liefde, stelde dat ook niks voor? De boterham in haar mond veranderde in klei. Ze kreeg zin om een potje te janken. 'I-ik ken hem nog niet zo lang.' Jezus, dacht ze. Ik klink als een idioot.

'Ah. Dus het was liefde op het eerste gezicht?'

'O, alsjeblieft.' Ze kon er geen grapjes over maken en zocht verwoed naar een ander onderwerp, maar vond niets. *Waarom heeft hij niet gebeld?* Haar ogen schoten vol tranen.

Hij staarde haar aan, maar zachtaardig. 'Sorry. Waar bemoei ik me mee.'

Lucy veegde boos haar tranen weg. 'Laat maar.'

'Let maar niet op mij. Ik ben gewoon jaloers.' Lukes gezicht stond bijna teder.

Lucy keek op. Zat hij haar nog steeds te plagen?

Hij draaide nog een vork vol noedels, blies er deze keer op en hield hem toen omhoog, als voor een toost. 'Op een lang en gelukkig leven samen, van Bob en jou.'

En op het moment dat hij dat zei, wist Lucy zeker, alsof ze in een bijzonder betrouwbare glazen bol kon kijken, dat wat Luke haar had toegewenst, nooit zou gebeuren. Ze voelde het bloed uit haar gezicht wegtrekken.

Hij stopte met kauwen. 'Ik heb weer iets verkeerds gezegd.'

'Nee, nee, nee.' Ze wendde haar gezicht af. 'Nog lang en gelukkig. Doen we.'

Luke slikte zijn laatste beetje koffie door en stond, een beetje verlegen, op om te vertrekken, toen hij er als bij ingeving aan toevoegde: 'Je weet zeker niets over een vermiste capibara, hè?'

O, jezus.

'Geeft niet. Hij heeft waarschijnlijk alleen maar besloten om een eindje te gaan zwemmen.' Lukes telefoon piepte en hij schoof zijn stoel achteruit, pakte met één hand zijn dienblad op en zwaaide kort gedag.

Ze keek hem na en bedacht dat haar moeder hem heel erg goed zou keuren. Goedbetaalde baan. Lang. Knap. Wellicht geestig. Niets geheimzinnigs... behalve waarom hij na maanden van doodzwijgen, nu ineens aardig deed.

Mannen waren vreselijk, bedacht ze: het ene moment hartstochtelijk, het volgende steenkoud. Hoe kon je van een normaal iemand verwachten dat hij al die kronkels bijhield...

Bob had ook aardig geleken. Meer dan aardig.

O, ze konden met zijn allen barsten.

Tegen de tijd dat ze thuiskwam, voelde ze zich uitgeput. Ze schonk zichzelf een glas wijn in, plofte neer op de bank en probeerde niet aan Bob te denken. Onmogelijk. Een minuut later was ze weer overeind, liep woedend te ijsberen en kon niet tot rust komen.

213

Ze had het helemaal gehad met afwachten tot hij een keer langskwam met zijn wondertjes, was het zat zich af te vragen hoe en wanneer hij de volgende keer zou verschijnen. Het werd tijd dat ze zelf bepaalde wanneer ze hem zag om te vragen wat het moest betekenen dat hij met haar sliep om vervolgens te verdwijnen. De klootzak.

Ik hou dit niet langer uit, dacht ze; en met een wild onkarakteristiek gebaar smeet ze haar glas tegen de muur. Van ergens aan de andere kant van de stad klonk er een geweldige BOOM als echo op de schervenexplosie. Het klonk geheimzinnig, maar het gaf een vreemde voldoening.

Ik moet hem spreken, dacht ze. Als hij geen contact met mij opneemt, ga ik naar zijn huis. Wat heb ik te verliezen?

Ze had zijn adres en niets hield haar tegen om bij hem langs te gaan. Eigenlijk was er nooit een reden geweest om dat niet te doen, behalve, besefte ze nu, dat ze bang was voor wat ze aan zou treffen.

De stad doorkruisen was tegenwoordig lastig, maar ze liep zover ze kon en vond toen een tamelijk eerlijk uitziende watertaxi om haar de rest van de weg te brengen. De taxi had zelfs een pruttelmotortje, waarvoor ze wel extra wilde betalen.

'Er is daar in die buurt iets voorgevallen,' zei de chauffeur met een effen gezicht, waarna hij zweeg.

Iets voorgevallen? Wat was er voorgevallen? Tegen de tijd dat ze aankwamen, was de zon achter de horizon verdwenen; en hoewel de hemel nog licht was, was de stad beneden bijna donker. Op ongeveer twee kilometer afstand werd het duidelijk dat er iets mis was. Blauwe en rode zwaailichten schoten over het donkere water en de muren van aangrenzende gebouwen; politie- en reddingsboten, vol met gewonden in zilverkleurige dekens, kwamen voorbij. Hun bootje slingerde heen en weer in hun kielzog. Aan het eind van Bobs straat vertoonde het water zwarte vlekken, en toen Lucy haar hand erin stak, werd hij rood. Ze deinsde vol afschuw terug.

'Wat is er gebeurd?' vroeg ze. Een radeloze vrouw vertelde dat waarschijnlijk een gasexplosie in Bobs straat een heel gebouw had laten instorten. Overal dreven wrakstukken: net onder het wateroppervlak hingen grote meubelstukken; antimakassars en beddenlakens achtervolgden de boot om het hardst om de kleine propeller onklaar te maken. Lucy's chauffeur greep een bamboegordijnrail en gebruikte die om de wrakstukken weg te duwen.

Lucy voelde zich beroerd. Was het Bobs gebouw? Had hij daarom niet gebeld?

Ze staarde naar het vreselijke gat dat door de explosie was veroorzaakt en keek toen de straat langs. Negen, tien, elf... Het was wel degelijk nummer twaalf. Haar hart begon pijnlijk te bonzen en ze wilde janken van angst, maar toen ze naar het gebouw ernaast keek, haalde ze opgelucht adem. Nummer twaalf. Nog overeind. Maar wat raar. En het gebouw dat ontploft was? Elfenhalf?

'Hallo?' Ze dirigeerde haar taxichauffeur een stukje verder en riep door een open raam. Het was niet bepaald vanzelfsprekend om midden in een noodtoestand te midden van een overstroming onverwacht bij iemand langs te gaan. Ze riep harder: 'Hallo!'

Dat er bezoek was, leek inderdaad zo onvoorstelbaar dat Bob eerst dacht dat hij het zich verbeeld had. Afgesloten in zijn eigen wereld was hij hard aan het werk met het walvissenprobleem. Hij had hoofdpijn en was er nog niet uit. Hij deed zijn handen over zijn oren om het lawaai buiten te sluiten. Wat nu weer? Waarom lieten ze hem niet met rust?

Drie ramen van de huiskamer keken uit op straat; aan de rechterkant was een vierde dat bij Bobs slaapkamer hoorde, en links was een vijfde raam naar de keuken. Meneer B's werkkamer en slaapkamer lagen aan de achterkant. De huiskamer die Lucy aan een onderzoek onderwierp, had wel van iedereen kunnen zijn. Was dit het goede huis? De neutrale kleuren en onopvallende meubels gaven het de licht onpersoonlijke uitstraling van een modelwoning. Lucy tuurde langs het matig moderne meubilair (witte L-vormige bank, glazen tafel, met chroom afgewerkte stoelen) en kon daarachter nog net een andere kamer onderscheiden. Maar nee, dit kon niet kloppen. Bob zou niet zo wonen. Hij zou boeken hebben, Afrikaanse maskers, dierenfoto's. Interessante souvenirs van zijn reizen. Ze speurde de voorkant van het gebouw af. Het leek het enige appartement op de eerste verdieping. Was dit het dan toch? Toen ze weer probeerde te kloppen, zwenkte de boot weg van de muur en voerde haar mee naar de rechterkant.

In deze kamer kijken was lastiger, want hij was donkerder, maar ze onderscheidde een groot bed en een enigszins verwarrende collectie foto's aan de muur. Een enorme poster van Michelangelo's *Schepping* hing tegenover een naakte vrouw die wijdbeens op een glanzende Italiaanse scooter zat. Adam en God hadden alleen oog voor elkaar, maar het meisje met de volmaakt gevormde, goudkleurige billen keek over een schouder verleidelijk naar Lucy, die verbijsterd terugkeek.

En toen zag ze Bob. Hij zag er bezweet en onverzorgd uit. Ze hurkte neer in de boot, greep zich vast aan de vensterbank en zag hoe hij heen en weer liep. Af en toe aarzelde hij en hield hij stil om aan zijn haar te trekken of zijn handen over zijn oren te doen. Door het raam hoorde ze hem een raar geluid maken, iets tussen een grauw en een kreun in.

Ze knipperde met haar ogen bij wat ze zag en vocht tegen opkomende vlagen van misselijkheid.

Toen ze voor de derde keer zijn naam riep, keek hij op. Ze probeerde naar hem te glimlachen, maar hij leek gedesoriënteerd, overstuur. Hij zag eruit als een bezetene.

'Bob?' Ze moest roepen om zich door het raam verstaanbaar te kunnen maken.

Hij leek haar niet te herkennen.

'Bob? Alles goed met je? Waarom heb je niet...' Ze kon niet verder.

Hij staarde haar wezenloos en met wilde ogen aan. Nee. Niet aan, door haar heen.

De enormiteit van haar vergissing verstikte haar; ze wenste dat ze waar ook ter wereld was, behalve hier.

'Alstublieft,' zei ze tegen de taxichauffeur. 'Alstublieft! Draai om, haal me hier weg.' Toen ze aanstalten maakten om achteruit te wijken, leek Bob haar eindelijk te zien. Hij rende naar het raam, gooide het open en strekte zijn armen naar haar uit.

Ze krabbelde bevend achteruit.

'Lucy!' Zijn stem klonk hees, onnatuurlijk. 'Wat doe jij hier?' O, jezus. Hij sloeg beide handen voor zijn gezicht. Dit was het toppunt. Estelle die zich met hem bemoeide. Zijn moeder. En nu Lucy, hier. Het was niet zo dat hij niet meer van haar hield, natuurlijk niet... De timing was alleen slecht. Erger dan slecht. Als hij geen oplossing voor de walvissen vond, zou meneer B zijn moeder en Estelle niet uit zijn buurt houden. En zolang zijn moeder en Estelle hem op zijn nek zaten, was alle kans op enig geluk in zijn leven met Lucy verkeken.

Bob probeerde zich weer te focussen op de Lucy van wie hij hield, de Lucy met wie hij van plan was voor eeuwig samen te zijn. Maar het ging niet. Zijn gevoelens waren veranderd. Niet op de manier die meneer B had voorspeld, nee... maar hij was echt zo in de war. En hier op zijn eigen terrein leek ze eerder een last dan iets anders.

'Hoor eens!' Hij schreeuwde, al had hij dat niet door. 'Hoor eens, je kunt nu niet binnenkomen. Het is ingewikkeld. Ik moet iets aan de walvissen doen, aan de vissen, aan de oceanen in het algemeen. Ik moet ze redden. Misschien heb ik een idee, maar het is lastig; het is lang geleden dat ik zoiets groots heb geschapen, als je snapt wat ik bedoel, veel te lang. Miljoenen jaren.' Hij lachte griezelig, wild.

O, mijn god, dacht ze. Eerst kon je nog denken dat zijn toestand op de een of andere manier met het ongeluk te maken had, of met zijn werk als consultant. Maar voor welk soort consult moest iemand de 'oceanen in het algemeen' redden?

Bob wuifde dat ze moest gaan. 'Ik kan het niet uitleggen, je zou het niet begrijpen.' Hij rolde met zijn ogen en zwaaide met zijn hoofd heen en weer. 'Het heeft allemaal met de planeet te maken, blabla. Het hoort er allemaal bij. En trouwens, weet je dat niet?' Hij zweeg en begon uitgelaten te lachen. 'Ik rust pas op de zevende dag.'

Hij is psychotisch, dacht ze. Hij heeft waandenkbeelden. Haar eerste opwelling was huilen, maar een sterker instinct zei haar dat het niet veilig was om hier te blijven.

Ze draaide zich weer naar de taxichauffeur. 'Weg,' zei ze. 'Nú!'

Bob bleef kakelen, hij scheen haar totaal vergeten te zijn. Hij zwaaide met zijn armen. Hij mompelde iets in een vreemde taal, leek het, of in een combinatie van talen, en zijn ogen focusten niet meer.

Ze had haar maagdelijkheid verloren aan een bezetene. Kon ze die maar terugkrijgen.

42

Laura Davenport was in gedachten verzonken. Het had een eeuwigheid geduurd voor ze zichzelf ervan had overtuigd dat het enige verantwoordelijke wat haar te doen stond, was Lucy ter verantwoording roepen over de vreemde jongeman met wie ze omging. Maar nu ze vastbesloten was haar daarmee te confronteren, kreeg ze Lucy niet aan de telefoon.

Lucy ging zelden zo vroeg van huis; misschien had ze wel gemoeten, vanwege het weer? Laura liet boodschappen achter, wachtte een uur en probeerde haar op haar werk te bereiken. Maar degene die ze bij de dierentuin aan de telefoon kreeg, leek van niets te weten.

'Kon waarschijnlijk niet hier komen door het weer? Het is, zeg maar, een complete nachtmerrie?' Als om dat te bewijzen echode een grote donderklap over de lijn.

'Maar op haar vaste nummer geeft ze geen gehoor, of op haar mobiel.'

'Kon ik maar van dienst zijn?' Ze kon de onverschilligheid in de meisjesstem horen. Ze klonk jong. 'We proberen een oplossing voor de dieren te vinden. Maar, even tussen ons, ik ben er zo goed als zeker van dat de regen, zeg maar, bijna over is?'

Ondanks haar ongerustheid was Laura even overdonderd. 'Hoe kun je dat nou weten?'

'Tarotkaarten? Ik heb ze vanochtend gelegd en alles wijst op, zeg maar, verandering?'

Laura legde langzaam de telefoon neer. Wat een vreemd gesprek. Ze schudde het van zich af, sloeg haar jas om en greep de autosleutels uit een Chinese kom bij de voordeur. De motor sputterde eerst, maar sloeg toen aan; ze vertrok met grote vaart en reed een kleine kilometer voor ze bij een oversteekplaats kwam waar ze niet door kon. Het was puur geluk dat een politieversperring haar tegenhield, want ze zou zonder meer zijn doorgedenderd. Ze stopte op het allerlaatste moment en pakte haar telefoon.

'Bernard, o, goddank dat je opneemt. Ik krijg Lucy nergens te pakken en ik heb zo'n akelig voorgevoel. Ik weet dat ik je iets vreselijks vraag nu je al zo overbelast bent, maar ik moet haar echt spreken.'

Hij vertrok onmiddellijk.

Een tochtje dat per auto misschien zes minuten had gekost, duurde met de boot bijna een uur. Tegen de tijd dat hij aankwam, was Laura verstijfd van angst. Zonder iets te zeggen voer hij met haar naar Lucy's huis. Daarbij hield hij zo goed en zo kwaad als het ging de autoweg aan en ontweek grotere vaartuigen en geïmproviseerde piratenschepen. Terwijl Bernard de boot vakkundig naast Lucy's balkon tot stilstand bracht, omklemde Laura met naar binnen gerichte ogen en spierwitte knokkels de houten roeibank. Ze gleed onverwacht sierlijk over de reling, klopte hard op het raam en week opgelucht achteruit toen Lucy verscheen.

Laura sloot haar bezorgde dochter vurig in de armen. 'Ik was zo ongerust.' Haar stem trilde. 'Ik heb gebeld...'

'Lege batterij.' Lucy maakte zich ongeduldig los.

In de hoek van de kamer wachtte Bernard op wat komen ging, terwijl Laura in de keuken met de thee bezig was. Toen ze Lucy een met bloemen bedrukte mok overhandigde, stortte het meisje in en begonnen de tranen te stromen. 'O, o,' jammerde ze op klaaglijke toon. 'Moeder.' Ze begon te huilen.

Laura verstarde.

'Hij zei dat hij van me hield.' Lucy veegde haar ogen af aan haar mouw en haalde diep adem in een poging de stroom van emotie te stoppen, maar zonder succes. 'Hij zei dat hij met me wilde trouwen en voor altijd samen wilde zijn.'

Maar, dacht haar moeder, máár?

'Hij zei dat ik voor hem de enige vrouw op aarde was.' Ze stopte en bedekte haar gezicht met haar handen, kwaad en bevend van ellende. 'Ik voel me zo'n idioot.'

Laura zette haar kopje neer. Ze wilde wanhopig graag naar haar dochter toe lopen, maar durfde niet, uit angst haar woede op te wekken. In plaats daarvan probeerde ze van waar ze stond medeleven uit te stralen. Het was een marteling.

Lucy verroerde zich niet.

'Schat? Wil je het vertellen?'

'Het maakt niet uit,' zei Lucy boos. 'Het is over.'

Om haar opluchting te verbergen deed Laura een stap naar voren en omhelsde haar dochter. 'Mijn arme schat. Hij is je tranen niet waard. Als hij een meisje als jij niet weet te waarderen...' Maar zelfs in haar eigen oren klonken de woorden ongepast. Welke man was ooit waard dat je tranen om hem vergoot?

'Het gaat wel.' Lucy ontworstelde zich aan haar moeders armen. 'Dat hoef je allemaal niet te zeggen.'

Bernard was ongewild getuige van deze intieme scène, terwijl hij bij het raam rondhing. Laura zag hem op zijn horloge kijken. Ze liep naar hem toe en raakte zijn elleboog aan.

'Het spijt me echt, Bernard. Dit had ik niet verwacht.'

Ze sprak op zachte toon en lachte zelfs een beetje. 'Godzij-dank.' Ze had zich een bad vol bloed voorgesteld, uiteen-gereten ledematen, de afschuwelijke aanblik van bunge-lende voeten. Nu kon ze het toegeven.

'We moesten wel. En ze mankeert niks, dat is het voor-naamste.' Laura leek kleiner dan anders – kleiner en ouder. Hij voelde een bijna overweldigende drang om haar in zijn armen te sluiten.

'Ga jij maar, Bernard. Een beetje liefdesverdriet, meer niet. Hoort bij het leven. Het zal niet de laatste keer zijn.' Uit de blik die ze elkaar toewierpen, sprak genegenheid en de wijsheid van jaren, de teleurstellingen en verlangens, en de gevoelens die gewoontegetrouw onuitgesproken ble-ven. Zonder dat ze het van plan was, pakte Laura Bernards hand in haar beide handen en verstrengelde zijn vingers stevig met de hare. Het was zoveel als een bekentenis, en even durfden ze zich geen van beiden te verroeren, be-halve om met een zachte duim over een warme handpalm te strijken. In de toekomst zouden ze alle twee met twijfel aan dit moment terugdenken en zich afvragen of ze zich het gebaar hadden verbeeld.

Bernard kuste zijn betraande peetdochter op de wang, knoopte zijn jasje dicht tegen een plotselinge, ijzige wind en vertrok, waarbij hij bijna tegen een haveloze, radeloos uitziende jongere op botste die met zijn jas tot over zijn oren op een vensterbank van een gebouw ernaast zat. De jongen mompelde iets en grauwde naar hem als een hond. Een gestoorde dakloze, dacht Bernard. Ik zou hem waar-schijnlijk een lift moeten geven.

Maar dat deed hij niet.

223

43

Estelle is een oplettende verpleegster. Ze is er als hij zijn ogen opslaat en ook als hij zover hersteld is dat hij dorst krijgt. Het water dat ze hem in een glas brengt, smaakt lekker. Als ze over zijn voorhoofd strijkt, is haar hand koel.

Ze blijft bij hem als hij in en uit koortsdromen glijdt; haar lichte, koele stem valt om hem heen als sneeuw. Ze vertelt hem verhalen over haar plannen en doet dat zo dat hij wil overleven.

Estelle houdt hem in haar armen. Zijn neus ligt tegen haar linkerborst, over haar oksel, en krult in een flauwe bocht over haar schouder. Voor hem ruikt ze naar linnengoed en koekjes. Uren aan een stuk sust ze hem in slaap en ook weer wakker. Hij vraagt zich af of hij toch gestorven is. Zo stelt hij zich de hemel voor.

Uiteindelijk zullen zijn wonden genezen. Door zijn gevoelens voor haar zijn ze met elkaar vergroeid als twee delen van hetzelfde bot.

Bob heeft intussen over de oceanen lopen denken tot zijn hoofd wild, tollend en heet aanvoelt. Het is hem gelukt om de regen te stoppen; de stad krijgt alweer zijn normale aanzien. Maar een oplossing voor de walvissen? Het is te veel. Hij heeft het geprobeerd, echt waar, tot hij er bijna gek van werd. De rest van de wereld is een vage vlek geworden; hij is zich nergens anders meer van bewust dan van het tumult in zijn hoofd.

Meneer B lijkt niet te beseffen hoe moeilijk het voor hem is om op eigen houtje iets tot stand te brengen, voor hem, die ooit een hele wereld uit het niets heeft geschapen. Hij heeft al heel lang geen moeite gedaan om ook maar iets voor elkaar te krijgen. Blijkbaar is hij vergeten hoe het moet.

Ellendig in elkaar gedoken sukkelt hij in slaap, dromend van Lucy, mooie, lieve Lucy, die hem met open armen en onuitsprekelijk zachte lippen wenkt. O, Lucy, Lucy!

Een vreselijk visioen schudt hem wakker. Ze kwam hem opzoeken en hij heeft haar weggestuurd. Waarom? Wat bezielde hem? Nu moet hij onmiddellijk naar haar toe. Het liefdesvuur stroomt door zijn bloed, versterkt zijn besluit, geeft hem de sporen.

Nerveus en radeloos arriveert hij bij Lucy's huis. Op een nabijgelegen vensterbank rust hij even uit om te kalmeren. Hij haalt diep adem en strijkt met vuile vingers door zijn samengeklitte haar. Zijn ogen zien rood door gebrek aan slaap, zijn kleren zijn haveloos. Hij wil haar niet afschrikken, maar kan het niet helpen dat hij er zo uitziet. De laatste paar dagen waren vreselijk.

'Lucy!' roept hij, terwijl hij hard op haar raam bonst. 'Lucy, ik ben het!'

Maar de luiken zijn dicht en op slot en het is niet Lucy die antwoord geeft. 'Ga weg, of we bellen de politie en laten je opsluiten.' De stem van Lucy's moeder achter de voordeur beeft van woede. 'We zullen je... laten geselen!'

Laten geselen? Bob fronst zijn wenkbrauwen. Wie moet je inhuren om in deze tijd iemand te laten geselen?

'Ga weg.' Lucy's stem klinkt gedempt, maar haar verdriet dringt dwars door het hout en glas heen en doorboort zijn hart. 'Ga alsjeblieft weg. En kom nooit meer terug.'

Hij hoort een geluid dat een snik zou kunnen zijn en

dan valt de andere stem met onnodig enthousiasme bij: 'Je bent lager dan het allerlaagste uitschot!'

En het gedempte weerwoord: 'Zo kan hij wel, moeder. Dit kan ik zelf wel regelen.' Ze denkt aan de jongen van wie ze dacht te houden. Hij is ziek. Hij heeft hulp nodig. Maar van haar? Nee, niet van haar.

'En ons hutje bij de zee dan?' schreeuwt hij door de deur. Met een steek herinnert hij zich dat er geen hutje bij de zee is. Hoewel je hem moeilijk de schuld kunt geven dat hij het niet heeft geregeld; zijn leven was de laatste tijd abnormaal veeleisend. 'Lucy? Lucy, mijn schat, mijn lieveling, wil je heel alsjeblieft de deur opendoen?'

'Verdwijn, monster!' Het is die andere stem weer.

Plotseling stopt die en de geluiden binnen krijgen een ruzieachtige toon. Dan valt er een stilte. Hij verbeeldt zich dat Lucy's moeder op sissende toon advies geeft: *Niks zeggen, dat moedigt hem alleen maar aan.*

Bob is het plotseling zat om net te doen alsof hij een mens is en verschijnt in het appartement. Lucy begint te gillen. Niets gaat zoals hij wil. Lucy en haar moeder rennen achteruitdeinzend voor hem weg. Hij hoort dat ze de badkamer op slot draaien, alsof een afgesloten deur enig verschil maakt.

Hun angst irriteert hem. *Ik ben het maar,* wil hij roepen. *Ik, Bob.*

Hij hoort haar angstige geluiden, hijgend en naar adem happend, en hij weet dat wat zijn moeder en meneer B hem al die tijd hebben verteld, waar is.

'Lucy,' fluistert hij door de kier van de badkamerdeur. 'Ik dacht dat we samen gelukkig konden zijn.' Tranen verstikken zijn stem. Aan de andere kant van de deur knijpt Lucy haar ogen in paniek dicht en bidt.

Thuis zakt hij tegen een muur, zijn hart zwaar van wanhoop. Wat er nu van hem zal worden, laat hem totaal onverschillig.

Hij kijkt op.

'Het spijt me van je vriendin.' Estelle kijkt op hem neer. Haar gezicht staat zoals gewoonlijk kalm.

'Het spijt je?' Hij klinkt chagrijnig en over zijn toeren. 'Geen probleem! Wat spijt je? De samenzwering om mijn leven te verwoesten? Zit er niet over in!' Zijn woede en teleurstelling hebben een doel gevonden. Grote gekartelde elektriciteitsgolven stromen van hem af.

Estelle lijkt niet bang te zijn. Eigenlijk lijkt ze helemaal niet onder de indruk. Als in verlegenheid gebracht begint het elektrische krachtveld te vervagen. Het knettert een beetje, sist, en stopt dan helemaal.

Estelle wacht. Ze staat naar hem te kijken. 'Je bent niet naar Eck komen informeren.'

Bob kijkt dreigend, woest. 'Eck? Natuurlijk ben ik niet naar hem komen informeren. Waarom zou ik? Heeft hij naar mij geïnformeerd?'

Estelle neemt Bob kritisch op. Niet dat ze enige verantwoordelijkheid voor de aarde voelt, maar ze kan zich onmogelijk voorstellen hoe een wereld door zo'n God bestuurd kan worden, vooral als meneer B eenmaal weg is. Bob zonder meneer B is ondenkbaar. Meneer B doet tenminste nog wat hij kan. Hij dóét iets, ondanks het volkomen juiste besef dat het niet voldoende is.

'Eck wordt over twee dagen opgegeten. Heb je erover nagedacht hoe je hem kunt helpen?'

Bob kijkt wanhopig om zich heen. Eck? Verwachten ze dat hij Eck redt? Maar wie redt hem? Hij trekt aan zijn haar; zijn hoofd dreigt uit elkaar te springen. Het is allemaal te veel. Lucy, zijn moeder, Estelle. De walvissen, Meneer B. Eck.

'Ik kan Eck niet redden. Ik moet een oplossing zoeken voor de oceanen. Voor de walvissen. Om van mijn moeder af te komen.' Hij zakt in elkaar, wuift zwakjes met zijn hand. 'Het is te ingewikkeld om het uit te leggen.'

Estelle kijkt naar hem, naar het sombere gezicht, de starende ogen. Haar hersenen draaien stationair. Zijn moeder? De walvissen?

Ik kan het niet aan, denkt Bob. Ik ben dan wel God, maar ik kan het niet aan. Mag ik naar bed en stoppen met nadenken; mag ik mijn ogen en oren dichtdoen, me oprollen in bed en slapen? Ik moet getroost worden, denkt hij bokkig. Waar is mijn Eck?

Bob mist hem.

Estelle fronst haar wenkbrauwen. Een spier in haar hals spant zich. Weer probeert ze om de spelers als schaakstukken over het bord in haar hoofd te schuiven. Als ze allemaal op hun juiste vakje staan, zal ze het weten.

Bob geeft een schop tegen de muur van zijn slaapkamer. Hij voelt zich bekritiseerd, de voet dwars gezet, onderdrukt. Waarom zou hij om die ellendige pinguïnachtige stronk geven? Wat heeft Eck ooit voor hem gedaan? Anders dan boodschappenjongen spelen en doen wat hem gezegd werd, waarvoor hij trouwens betaald wordt. Oké, niet betaald. Allejezus, daarom heeft hij nog geen recht op liefde. Het is maar een Eck, en niet eens een van de betere. Hoe durft ze zo naar hem te kijken? Hoe dúrft ze hem een schuldgevoel te geven!

Estelle vertrekt peinzend.

Hij is alleen, loopt overstuur te ijsberen. En dan ineens steekt zijn gekrenkte trots de kop op en balt zijn energie zich in één keer samen. Hij wil zich weer machtig voelen, zich weer een god voelen. Zijn gezicht gloeit, zijn hoofd gonst van opwinding bij alle creatieve mogelijkheden; voor wat eerst nog een onoplosbaar probleem leek, ziet hij plotseling talloze oplossingen, de ene nog gedurfder en gevaarlijker en tegen alle tradities in, dan de vorige. Walvissen. Oceanen. Zijn krachten mogen dan een beetje roestig zijn geworden door gebrek aan oefening, maar hij wordt overvallen door een koppige vastbeslotenheid. In een geweldige flits van verontwaardiging en woede zet hij iets in beweging. Een ontzagwekkend geluid als het zuigen van een draaikolk lijkt uit het centrum van de aarde en van de uiterste grenzen van het melkwegstelsel te komen.

Er is iets luisterrijks ontsproten.

Alsjeblieft, denkt hij, als hij uitgeput op zijn bed neerploft. Pak aan.

Wat nu?

44

Vandaag is de eerste dag van de rest van mijn leven, denkt meneer B.

Niets van wat op aarde gebeurt is nog zijn probleem. Hij omklemt de envelop; daarin zit verdere informatie over zijn nieuwe baan. Zonder te aarzelen scheurt hij hem open. De eerste keer vliegen zijn ogen over het papier, op zoek naar sleutelwoorden.

Jaren van gewaardeerde dienstverlening... creativiteit, enthousiasme en bekwaamheid... onze diepste bewondering... niet voor niets gezwoegd... met waardering voor de allerhoogste kwaliteit...

Er doorstroomt hem een warm gevoel, een geluksroes die in niets lijkt op wat hij ooit heeft gekend. Misschien zijn alle verdriet en ellende de moeite waard geweest, alleen al voor het zoete van dit moment. Wat een genot om uiteindelijk erkenning te krijgen. Hij krijgt zin om te zingen, te huppelen van blijdschap.

Hij gaat snel naar de tweede pagina. Daar staat een beschrijving van zijn volgende baan: *als beloning voor een eersteklas prestatie*. O, het kan niet op! Hij kent de planeet; een van de beste: evenwichtig en ordelijk, met een oude structuur, een ideaal klimaat en een wijze, tevreden bevolking. Hij wordt top-God, de enige God, met een volledige staf als ondersteuning die, volgens hem, totaal onnodig zal blijken. Het ziet er buitengewoon, onvoorstelbaar ideaal uit.

Als hij terugkeert naar zijn bureau, krijgt meneer B een tijdelijke inzinking bij het zien van zijn dossiers, die torenhoog over alle oppervlakken verspreid liggen. Dit is de normale stand van zaken, maar hij ziet ze met de ogen van een man die voor het laatst zijn werk overziet. Zoveel verzoeken, zoveel gebeden die tot in eeuwigheid onverhoord zullen blijven. Misschien zal Bob, als hij eenmaal weg is, de uitdaging oppakken.

Misschien.

Misschien is hij er (ondanks de loftuitingen die hij nu zwart op wit heeft) uiteindelijk toch niet zo goed in geslaagd aan de voorwaarden van zijn baan te voldoen. Is hij in gebreke gebleven? Tekortgeschoten bij het uitvoeren van de taken die binnen zijn bereik liggen?

De allerhoogste kwaliteit... eersteklas prestatie...

Zijn hart, dat al uren als een dolle tekeergaat, slaat prompt langzamer. De zwaarte waaraan hij met de jaren gewend is geraakt, keert terug in zijn ledematen en even denkt hij dat hij op de vloer in elkaar zal zakken. Een pijn in zijn binnenste wordt erger, straalt via zijn beide armen omlaag, omhoog naar zijn hals, kaak en hoofd, naar beneden naar zijn romp en beide benen. Hij voelt zich als lood. Als hij niet beter wist, zou hij denken dat hij een beroerte heeft.

Gewaardeerde dienstverlening...

Hoe kan hij dit allemaal achterlaten? Hoe moet Bob in zijn eentje de verantwoordelijkheid voor de aarde op zich nemen? In elk geval is het hem gelukt om door de jaren heen af en toe aan een verzoek te voldoen, om het lot van een op de duizend te doen keren, van een op de miljoen, op de tien miljoen. Hij heeft het in elk geval geprobeerd. Hij heeft om ze gegeven, oprecht gegeven om de arme verschoppelingen die Bob onverschillig in roekeloze vaart heeft geschapen, om hen die waren voorbestemd om hun leven te slijten in opeenvolgende, verdoemde generaties, ad infinitum. Hij heeft om hen gegeven als individu en als massa. Enkelen heeft hij gered, wat leed verzacht, een bloedbad afgewend waar hij kon. Een of twee moederharten hebben hem bedankt, tegenover het overgrote aantal dat zeeën van tranen heeft vergoten en Bobs onverschilligheid heeft vervloekt.

Hij zit met gebogen hoofd half op zijn bureau geleund.

Hij, en niet Bob, geeft om deze wereld.

Bob is geen geschikte bewindvoerder, en ook nooit geweest. Hij is een radertje. Een sufferd. Een stuk chagrijn.

Hij is geen God.

Als er al zoiets als een God bestaat, denkt meneer B, als er zo'n wezen bestaat, kan het Bob niet zijn.

Hij aarzelt, en ineens, met het geweld van een ontploffende bom, dringt er een besef tot hem door. Hij kreunt en grijpt zich vast aan zijn bureau om niet te vallen.

Waarom heeft hij dat niet eerder gezien? Het was er al die tijd al, vlak voor zijn neus.

Heel scherp ziet hij nu dat Bob niet de God is aan wie de massa zijn smeekbeden richt. Bob is niet de albarmhartige, alziende, alwetende god van goedertierenheid, wijsheid en mededogen. Als er zo'n wezen bestaat, is het niet de onverschillige, minderjarige Vader van deze wereld, de roekeloze schepper. Het is de ander, degene die dag in dag uit heeft geworsteld om de situatie te verbeteren, enkele gebeden te verhoren, wat onrecht te herstellen, die met de planeet heeft meegeleden en geprobeerd heeft, hoe minimaal ook, dingen recht te zetten, om hier en daar een detail te veranderen voor het welzijn van de mensheid, voor de schepselen, voor allen die lijden en naar een beter leven verlangen.

Nee, Bob is niet God.

Hij is God.

45

De veertiende juli breekt veelbelovend aan: een kristalheldere lucht, heldere kleuren, alle contouren scherp afgete-
kend. De regen is opgehouden en de trottoirs en de wegen
komen al weer onder het water tevoorschijn. De bewoners
van Bernards kerk zijn naar huis teruggekeerd. Lucy kan
haar voordeur weer gebruiken. Geen storende kometen of
bolbliksems in de lucht. Het regent geen pijpenstelen.

De aarde ziet er betoverend uit.

Het wordt dag en voor het eerst sinds weken mag Luke
als de wekker gaat van zichzelf nog een paar minuten blijven liggen. Hij is jarig, en bijna alle berichten zijn gunstig.
Door het raam kan hij al zien dat het een mooie dag be-
looft te worden. De lucht is helder, het land droog, de grie-
zelige spiegelingen zijn van zijn muren verdwenen. Door
het grote glazen raam stroomt licht naar binnen; hij gaat
met zijn gezicht in een plekje zon liggen.

Hij zou graag samen met iemand wakker worden, met
een vrouw die het waard is om voor uit je warme bed te
komen. Op een ochtend als deze zou hij doorlopen naar
de keuken om koffie te zetten, en die haar aanbieden als
een gift. Hij zou vrolijk de koude vloer onder zijn voeten
verdragen in ruil voor het genot van nog een paar minuten
terug in bed om koffie te drinken en te kletsen.

Zijn laatste relatie is bijna drie jaar geleden beëindigd en
de gedachte eraan maakt hem niet meer bitter. Hij vindt

nu dat hij uit een neiging tot zelfverloochening voor zijn ivoren toren heeft gekozen. Voor complete afsluiting van de wereld. Hij moet om zichzelf lachen. Meneer de prinses. Misschien heeft hij genoeg van de ballingschap.

Beneden hem in de stad zit meneer B diep in gedachten op een houten bank.

Al die dienstjaren, gebaseerd op een misverstand. Hij heeft het aan Bob overgelaten (de onvolwassen Bob, de ziekelijke dwaas) terwijl het eigenlijk zijn verantwoordelijkheid was. Welke vreemde aanleg voor eerbetoon heeft hem hiertoe gebracht?

Hij blijft heel lang roerloos zitten tot het gevoel een beetje is weggeëbd. Het is niet meer van belang. Zijn bijdrage is op waarde geschat en elk moment kan hij nu naar graziger weiden vertrekken. Onder het slaken van een diepe zucht tilt hij langzaam zijn hoofd op en recht zijn rug. Maar hij is niet alleen.

De man naast hem, zo'n twintig jaar jonger en een beetje verkreukeld, zit kalm met een stenen mok vol koffie in zijn handen naar hem te turen van achter een bril met schildpadmontuur. De man heeft iets vriendelijks, laconieks over zich en wekt de indruk dat hij bekend is met het leed van de wereld.

Meneer B heeft hem niet zien komen.

'Eindelijk droog,' zegt Bernard lachend. 'Halleluja.'

Meneer B wendt zich af, beschaamd om zijn roodomrande ogen.

Bernard trekt een bezorgd gezicht. 'Het weer, begrijpt u. Een hele opluchting. Maar u hebt blijkbaar... een slechte dag achter de rug? Neemt u me niet kwalijk.'

Meneer B haalt zijn schouders op. 'U kunt er niets aan doen. Het is het werk.'

'Dat van mij ook,' zegt Bernard opgewekt terwijl zijn vingers onbewust naar zijn boordje gaan. 'Een verdomd lastige zaak, godsdienst. Ik weet niet welke rotvent dat bedacht heeft.'

Meneer B kijkt hem aan. Zucht. 'Iemand te jong en te dom om het goed te doordenken. Iemand zo onverschillig ten opzichte van leven en dood dat hij vond dat het niet belangrijk was.'

Bernard lacht een beetje bezorgd. 'Nou, dat zou het zeker verklaren.'

'Het deugt niet. Sterfelijkheid is een vreselijk idee.' Meneer B kijkt omhoog naar Bernard en laat zijn stem samenzweerderig dalen. 'Het is niet overal zo, weet u.'

Bernard weet niet zeker wat voor antwoord er verwacht wordt. Hij begint te vermoeden dat de man op de bank – ondanks zijn aardige gezicht en manier van doen – weleens gek zou kunnen zijn.

Ze zitten zwijgend bij elkaar en kijken hoe een bejaarde man voorzichtig over het trottoir scharrelt met zijn traag voortstappende hond.

Hoe oud denkt u dat je moet zijn,' peinst meneer B, 'om doodgaan niet erg te vinden?'

Bernard heeft nog niet bedacht hoe hij weg kan komen. Zijn beroep vraagt een meelevend antwoord van hem en per slot van rekening voelt hij iets van oprechte sympathie voor deze man met psychische problemen. 'Een mens hoopt,' zegt hij, 'na een lang leven, omgeven door liefhebbende familie en de herinnering aan goede werken...'

'Dat het dan misschien niet zo'n slecht vooruitzicht is?' Meneer B fronst zijn wenkbrauwen.

'Nou, weet u, volgens mij is dat niet waar. Soms komt het voor dat iemand het echt niet erg vindt. Maar de meesten gaan er wel degelijk onder gebukt.' Hij neemt zijn bril af en begint hem schoon te maken met zijn zakdoek. 'Iets aan die eeuwige leegte stuurt de boel zonder meer in het honderd.'

Bernard verslikt zich een beetje in zijn koffie en meneer B kijkt verstrooid naar zijn gezicht.

'U gaat me toch niet vertellen dat uitgerekend u in God gelooft?'

Bernard haalt verontschuldigend zijn schouders op. 'Het hoort min of meer bij het werk.'

'Ja, natuurlijk... en ik wil niet aanmatigend zijn. Maar, serieus. Wat voor God zou u mogelijkerwijs kunnen aanbidden?' Meneer B schudt zijn hoofd. 'Als er ooit een plek verstoken was van wijsheid en een leidraad, is het deze wel.' Hij tuurt naar Bernard. 'Zonder meer.'

De twee mannen zwijgen om het tevoorschijn komende leven rondom hen te bestuderen, terwijl mensen voor het eerst sinds weken hun benen op het droge strekken: moeders met peuters aan de hand, verstrengelde paren, slome tieners met skateboards. Een man in een duur pak trekt stukjes van zijn boterham om naar de eenden te gooien; een jonge vrouw roept iets in haar mobiele telefoon.

'Kijk ze nou eens rondstappen en doen alsof de rampzalige leegte niet voor hen om de hoek op de loer ligt. Soms kijk ik naar ze en denk dan dat het eigenlijk niet uitmaakt hoeveel zorgen ik me om hen maak. Het is allemaal zo snel voorbij. Een beetje lijden, desnoods een leven lang. Het stelt niet echt iets voor.' Hij neemt een adempauze. 'In het grotere geheel van het al zijn ze niet meer dan fruitvliegjes. Wat zou het, als niemand hun gebeden verhoort? Poef! Even geduld en je probleem is verdwenen. Dood. Begraven. Vergeten.'

Bernard kijkt om zich heen om te zien of er iemand op ze let.

'Ik heb niet de bedoeling u te choqueren.' Meneer B kijkt verontschuldigend. 'U lijkt me iemand die het ergste van het leven wel gezien heeft.'

'Ja, maar...'

'Ik weet het. Het is niet makkelijk. Natuurlijk deugt het hele idee niet. Een vervaldatum voor leven?' meneer B knippert met zijn ogen. 'Maar goed. Gedane zaken nemen geen keer. Hij zet voorzichtig zijn bril weer op, krult de poten eerst om het ene en dan om het andere oor.

Als Bernard opstaat, kijkt de andere man plotseling alsof hij zal gaan huilen. 'Loop niet weg, alstublieft. Het spijt me. Ik praat te veel.'

Bernard gaat weer zitten. 'Denkt u dat het afgelopen is met dat rare weer? Daar zouden we dan in elk geval dankbaar voor kunnen zijn.'

Meneer B denkt erover na. 'Met alles wat er tegenwoordig gebeurt, ja, geloof ik wel dat we God hiervoor kunnen danken. Maar wie heeft om te beginnen al die chaos veroorzaakt? Hijzelf, in zijn eeuwige zucht naar genot. Dus hij verknalt de boel, en heel misschien, soms, als het niet te veel moeite is, zorgt hij dat we niet allemaal verdrinken in de nasleep ervan.' Hij laat zijn stem dalen en buigt zich naar Bernard toe. 'Het hele concept is verkeerd, ziet u dat niet?'

Bernard kijk verbluft. 'Sorry. Welk concept precies?'

'De schepping. Mensen, dieren, de hele santenkraam. Veel te haastig, niet afgewerkt, geen overleg.' Zijn hoofd zakt omlaag. 'De ene fout na de andere. Die dwaas van een God miste niet alleen ervaring in het scheppen, maar ook in nederigheid. Dus flanst hij het allemaal in een paar dagen in elkaar en valt in slaap met de gedachte dat hij een genie is.' Meneer B schudt zijn hoofd. 'Het resultaat' – hij maakt met zijn hand een wijde welsprekende boog – 'is dit.'

Bernard zit op het puntje van de bank meneer B met knipperende ogen aan te kijken.

'Oké, vandaag ziet het er niet zo slecht uit. Maar wacht. Elk moment kan er iets anders vreselijks gebeuren. Zo gaat het altijd.' De oudere man haalt zijn schouders op. 'Het is geen wreedheid, begrijpt u wel. Het is onbezonnenheid. Onachtzaamheid.' Hij wendt zich af en zijn gezicht krijgt een vermoeide trek. 'Wie weet,' zegt hij zacht. 'Misschien wel een gebrek aan duidelijkheid over de aard van zijn verantwoordelijkheid.'

In het hoofd van meneer B borrelt een groot stinkend brouwsel: van geloof, beloftes en liefde, tegenover onverschilligheid, verraad en wanhoop. De wereld is niet alleen vol lijden, hij is vol verdorvenheid, vol dingen die min of meer uit willekeur verschrikkelijk misgaan. Gewoon voor de lol.

'Soms,' zegt hij, 'begrijp ik niet hoe we het volhouden.'

Gewoontegetrouw legt Bernard uit medeleven een geruststellende hand op zijn schouder. 'We houden vol omdat we geen keus hebben.'

Meneer B kijkt Bernard met zijn treurige, diepliggende ogen aan en zegt zuchtend: 'Misschien moeten we het leven op aarde als één grote grap beschouwen, als een schepping van zo'n onmetelijke domheid dat de enige manier om te leven, lachen is tot je denkt dat je hart zal breken.' Hij kijkt omhoog naar de takken vol zomergroen, kijkt erdoorheen naar de lucht daarachter.

Er klinkt een hapering in Bernards stem. 'Wat u zegt, maakt mijn positie onhoudbaar.'

'Dat is hij ook, zegt meneer B met oneindige tederheid.
'Evenals de mijne. En die van iedereen.'

Meneer B ziet zijn gezelschap niet vertrekken. Als hij even later weer opkijkt, is hij alleen, nog steeds met de brief in zijn hand, de verhoring van zijn gebeden.

Na een tijdje krabbelt hij overeind en loopt langzaam naar huis met zijn toekomst stevig tegen zijn borst geklemd.

Ik zou blij moeten zijn, denkt hij.

46

Meneer B stapt, voor wat toch zeker de laatste keer moet zijn, het huis binnen, op de voet gevolgd door Mona.

'Hallo, schatten!' Ze buigt zich voorover om Bob een kus te geven, die met een lusteloos handje naar haar slaat. Hij heeft de nacht in elkaar gedoken onder in zijn klerenkast doorgebracht, met zijn gedachten bij Lucy en in de hoop dat de wereld voor het aanbreken van de dag zou vergaan.

Voor Eck vergaat hij zeker; vandaag moet hij licht gebraden in boter, overgoten met een heerlijke pepersaus aan Emoto Hed worden geserveerd.

Mona schenkt een groot glas champagne in voor zichzelf. Ze geeft er ook een aan meneer B, die het neerzet.

'Je ziet bleek, mijn schat,' zegt Bobs moeder, terwijl ze een hand uitsteekt om aan Gods voorhoofd te voelen.

'Dat komt doordat mijn leven verwoest is.' Bob kucht en rilt; elke spier is verkrampt en doet pijn van zijn nacht op de stoffige vloer in de klerenkast.

'O, lieverd, wat vervelend nou.' Ze fronst even haar voorhoofd en zegt dan opgewekt: 'Maar zit er niet over in.' Ze vult haar glas bij.

Bob rolt van de grote L-vormige bank en strompelt naar meneer B. 'Kan ik je even onder vier ogen spreken?'

De oudere man volgt hem de kamer uit.

'Het is me gelukt.'

Meneer B kijkt hem verrast aan. 'Echt?'

'Ja. Maar ik wil er wel even bij zeggen dat, toen ik vroeg of jij me van mijn moeder wilde afhelpen, ik je niet heb gevraagd of je me ook van het enige meisje ter wereld wilde afhelpen van wie ik ooit heb gehouden.'

'Lucy?' Meneer B is een beetje in de war door zoveel onverwachte gebeurtenissen. Het lijkt het veiligst om niets te zeggen.

'En, trouwens, mijn moeder hangt hier nog steeds rond.' Bob is te moedeloos om verder te gaan. Met zijn laatste restje energie sleept hij zich terug naar de bank, trekt zichzelf aan een uiteinde omhoog, erop, en sluit zijn ogen. Het laatste beeld dat zich op zijn netvlies vastzet is dat van een vis.

Estelle is op haar gewone, kalm vastberaden manier gearriveerd, vergezeld van een zenuwachtige, sterk vermagerde Eck. De sfeer van doem die om hem heen hangt, is voelbaar. Mona is even weg, misschien om nog wat champagne te halen. Meneer B gaat naast Estelle zitten en legt een hand op Ecks droeve, snuffende neus.

'Ik had Bob beloofd dat ik hem van Mona zou afhelpen,' zegt hij.

Ze draait zich naar hem toe om hem aan te kijken. 'Weet ik.'

Nog een mysterie, denkt meneer B.

Buiten in de wereld is een geroezemoes ontstaan, dat snel in volume toeneemt. Meneer B is als eerste bij het raam, gevolgd door Estelle; ze staan als aan de grond genageld. Mona komt erbij staan, nog steeds met haar champagne. Ze begint te lachen en slaat als een verrukt kind een hand voor haar mond.

Ze draaien zich allemaal om, om naar Bob te kijken, die zo diep in slaap is dat hij wel dood kan zijn.

Het is een wonder. Ze zijn met honderden. Duizenden.

Ze hangen net boven de bomen en koesteren zich in de warme zon. Ze stijgen op, elk in een eigen tempo. De eerste momenten liggen ze stil, schijnbaar overrompeld door hun lichtheid. Eén siddert, als een hond, en laat zijn staart zakken: een experiment. Hij zweeft omhoog naar de wolken, eerst voorzichtig, zijn kolossale lijf zo licht als een veertje. Een ander voegt zich bij hem, en nog een.

Nu zijn er te veel om te tellen. Groot en klein, in alle tinten zwart, grijs en groen, reebruin en gespikkeld blauw, grote baardwalvissen, majestueuze orka's, potvissen, bultruggen, grijze walvissen, bruinvissen, grienden, snuitwalvissen en dwergvinvissen. Tegen de tijd dat de laatste exemplaren aan hun klamme, inktzwarte soep zijn ontstegen, zijn de leiders gerezen tot masthoogte, de hoogte van een berg, een vliegtuig. Sommige vormen een zwerm, als vogels, vogels van onvoorstelbare omvang en gewicht, hun grijnzende snuiten halfopen. Ze klikken en kwetteren en galmen hol hun dank; diep uit elke gigantische keel rommelt een gelukzalig genot.

Niet alleen de walvissen hebben leren vliegen.

De andere wezens uit de oceanen stijgen ook omhoog: grote sidderalen, hele scholen glanzende, zilverkleurige witvissen, reusachtige tonijn, tere, doorzichtige kwallen, pijlstaartroggen die met hun prehistorische vleugels wapperen, pijlinktvissen van het formaat luxe auto. De lucht zit er nu vol mee en de gezichten van de toeschouwers zijn vertrokken van extase en angst. Meneer B heeft het gevoel alsof hij terug is bij de betovering van die eerste keer, toen Bob alles schiep wat de wateren in groten getale tevoorschijn brachten.

Alleen worden ze deze keer in groten getale tevoorschijn gebracht in de lucht.

Waar de reuzenwalvissen ook maar tegen uitsterving hebben gevochten, stijgen ze op. Ze dartelen in de lucht.

Estelle steekt haar hand uit. Een sardientje ontwijkt haar vingers met een zwiep van zijn staart. Beneden op straat kijkt iedereen omhoog. De mensen zijn uit hun huizen gestroomd, uit scholen en winkels; ze leunen uit ramen en deuropeningen. Ze staan met open mond op de balkons. Het schouwspel is zo uitzonderlijk dat niemand zijn blik afwendt. Mannen en vrouwen van alle leeftijden, kinderen, baby's, honden en katten... iedereen staart met opgeheven gezicht naar de lucht.

Bob verroert zich. Doet één oog open. Op zijn gezicht een uitdrukking van: *Zie je wel? Ik heb gedaan wat ik zei dat ik zou doen.* Een seconde later is hij weer onder zeil.

Met tranen in zijn ogen ziet meneer B wat Bob heeft gewrocht. Het is wonderbaarlijk, ja, buitengewoon. Maar een óplossing? Hoe lost dit het probleem op? Wat gaat er hierna gebeuren? Hij wil Bob door elkaar schudden, wil weten wat hij wel niet dacht, van hem eisen dat hij alles weer in de normale staat terugbrengt, om in godsnaam echt iets aan de oceanen te doen.

Hij kijkt naar Bob en ziet een hopeloos onervaren schooljongen, egoïstisch en lui, geobsedeerd door seks. Maar kan hij hem ook de uitzonderlijke energie, de geniale invallen, de wonderen ontzeggen? Bob plant niet en overziet geen consequenties, maar eens in de zoveel tijd, als hij er zich toe zet, brengt hij iets groots tot stand. En vervolgens, een minuut later, openbaart zich de enorme, gecompliceerde berg chaos.

Bob slaat zijn ogen op. Hij laat de blik van meneer B tot zich doordringen en ziet op zijn beurt alleen wat hem boven het hoofd hangt, en waar hij het meest bang voor is.

Over heel de wereld, op elke plek zonder licht of hoop staan de mensen verbaasd omhoog te kijken. Gedurende één moment in de lange, moeizame geschiedenis van de planeet stoppen oorlogen, verdwijnen bloedvetes in de vergetelheid, wordt er niemand vermoord, vervluchtigen wanhoop en verdriet. De hele wereld aarzelt, verbaasd en onzeker. Misschien, denken sommigen, is de Rode Zee echt uiteengeweken. Misschien zijn er echt stenen tafelen uit de hemel naar beneden gekomen.

Als walvissen kunnen vliegen, dan zijn er toch zeker wel meer wonderen mogelijk? Morgen weer een; de dag erna nog een?

En misschien, denkt meneer B, kan hij, voor het allemaal verschrikkelijk fout gaat (want hij is ervan overtuigd dat de wereld getuige is geweest van een moment, niet meer), iets aan de zeeën doen, zodat als de dieren terugkeren naar zee, hun leven beter zal zijn.

Als hun leven beter is, is het zijne dat ook. Daarin verschilt hij van Bob.

Wat ben ik? vraagt hij zich af. Ik ben degene die de ander op zijn huid zit en aanspoort, die overhaalt en smeekt en pleit. Ik ben degene met de dossiers en de tabellen, en de kennis van leven en dood. Ik ben degene die Bob zijn bed uit sjort om te doen wat er gedaan moet worden. Ik ben de hersenen en het geweten van Bob; wat is Bob zonder mij? Wat ben ik zonder Bob? vraagt hij zich af.

Hij kijkt naar Estelle, die terugkijkt met kalme, beheerste, vriendelijke ogen.

Ze zullen het spoedig weten.

47

Emoto Hed is gearriveerd met zijn kok. Zijn gezicht staat grimmig. Hij vermoedt afleidingsmanoeuvres, is geïrriteerd door het eigenaardige gedrag van de vissen. Mona probeert te glimlachen. Ze draait zich om naar meneer B; paniek raast door haar hoofd. Doe het snel, lijkt ze te zeggen. Tot de zaak is afgehandeld, is ze niet veilig.

De vissen zwemmen langs de ramen.

Bob is wakker. Hij hangt als een zoutzak naast meneer B, die het overplaatsingsdocument met de envelop erbovenop, op tafel heeft gelegd. Naast meneer B staat Estelle. Ze houdt de gewonde Eck in haar armen, zijn neus op haar schouder. Stille tranen druppelen zachtjes op de vloer.

Estelle werpt een blik op het document. Ze kijkt nog eens, knippert met haar ogen – die twee keer zo groot worden bij wat ze ziet. En even vergeet ze het lot van de Eck.

Heds kok slijpt zijn slagersmes aan een goed gebruikt aanzetstaal. *Swish, swish, swish*. Het geluid is weerzinwekkend. Er staat hier iets verschrikkelijks te gebeuren, terwijl buiten de vissen door de lucht blijven zwemmen. Ondanks het ellendige drama dat zich voor hen ontvouwt, is het hele gezelschap even afgeleid als een enorme blauwe reuzenmanta een serie langzaam zwenkende salto's voor de ramen van het appartement ten beste geeft. Twintig seconden lang (of zijn het twintig jaar?) draaien ze zich allemaal om om naar de avondlucht te kijken.

Maar nu knikt Emoto Hed om aan te geven dat hij zover is. Zijn kok ontfutselt de Eck aan Estelles armen. Ze lijkt het nauwelijks te merken. Voor het eerst ziet het verzamelde gezelschap zijn verwondingen, de vreselijke bloeduitstortingen, de nog niet genezen fikse sneeën, de grote buil aan de zijkant van zijn hoofd. Om zijn ene poot pronkt een dik verband. Emoto Hed kijkt ontsteld.

'Moet ik dat eten?'

De kok fluistert in zijn oor. Aan het gerecht zal niets te zien zijn van de gebreken van het dier; alle smetten in het vlees zullen bedekt worden met de romige saus. De kok knijpt en duwt in de arme Eck, terwijl hij knikt en in zijn hoofd nagaat hoeveel tijd hij nodig heeft voor het marineren en bereiden. Uiteindelijk tilt hij het mes op, test het voorzichtig met zijn duim en plaatst het recht voor Ecks keel om de diepte en de hoek van de snee te berekenen.

'Stop!' Estelle.

Heds gezicht loopt rood aan en vertrekt van woede. Mona krimpt ineen bij de gedachte aan zijn vreselijke kracht, aan alles wat er op het spel staat. Maar Estelle, totaal niet onder de indruk, doet een stap naar voren. Met één hand stevig op de arm van de kok houdt ze het mes tegen.

'Ik bied Mona,' zegt ze met haar heldere, zachte stem. 'In ruil voor de Eck.'

Hed kijkt nieuwsgierig. 'Om op te eten?'

Mona hapt naar adem en zakt in elkaar.

'Zo je wilt,' zegt Estelle rustig. 'Maar dat zou zonde zijn. Levend zal ze dag en nacht met je kaarten en je op duizend verschillende manieren vermaken. Ze is buitengewoon mooi en ze zal een uitstekende partner zijn, al heeft ze schandelijk tegen je gelogen dat Ecks zo lekker zijn. Waar of niet, Mona?'

Mona's ogen fladderen open. Van waar ze ligt op de vloer, lijkt het verzamelde gezelschap met zijn allen op haar neer te kijken. Bestaat er een goed antwoord op deze vraag? Eentje dat Hed niet op het idee zal brengen haar in één langgerekte ijle schreeuw van eeuwige pijn te veranderen?

Hed kijkt van de een naar de ander, van het rare kleine beschadigde pinguïnachtige beest naar de wulpse kostelijke godin.

'Dus hij is níét het lekkerste beest van negenduizend melkwegstelsels?' Heds toorn dreigt het plafond naar beneden te laten komen.

'Niet helemaal,' fluistert Mona uiteindelijk. Hoewel ze stiekem bij zichzelf denkt dat de Eck die zíj heeft gegeten het lekkerste was van minstens twee- of drieduizend.

Wat er nu volgt is de meest dreigende stilte in negenduizend millennia. Zelfs de kamer lijkt te beven.

Op het laatst doet Hed zijn mond open: 'Nou,' zegt hij en hij haalt zijn schouders op. 'Als ik de Eck niet kan eten, blijft er niets anders over dan hem weggooien.' Hij kijkt naar Mona met een uitdrukking die niet veel vriendelijker is dan een bedreiging; en nog voor ze kan reageren, bukt hij om haar arm te pakken. Met een geluid als van een grote ademtocht zijn ze verdwenen.

Bob kijkt even naar meneer B. De vissen zijn gered en zijn moeder is weg. Het begint ergens op te lijken.

Er blijft nog één kwestie over.

Met een zwierig gebaar pakt meneer B de bevestiging van zijn nieuwe baan van tafel. Hij houdt hem op armlengte vast, zodat ze het allemaal kunnen zien. Terwijl hij zijn ogen sluit, stelt hij zich het genot voor van de aarde bevrijd te zijn, van het leven op zijn ordelijke nieuwe planeet, hoe gelukkig hij zal zijn.

'Ahum.' Naar aloud goed gebruik tikt hij met een mes tegen Mona's champagneglas. 'Ik heb een mededeling.'

Hij spreekt tegen wat er over is van het gezelschap dat, eerlijkheidshalve, een beetje een teleurstellend publiek vormt: Bob, Estelle, Eck. En Emoto Heds kok, die er ongemakkelijk uitziet. Een gast op het verkeerde feest. 'Ik ben bang dat ik jullie ga verlaten.'

'Ga dan.' Bob rolt met zijn ogen.

'Voorgoed.'

'Je gaat weg van de aarde?' Bobs mond valt open. 'Ik dacht het niet. Ik verbied het.'

'Ik ben bang dat het een afgehandelde zaak is.'

Bobs stem dondert met de kracht van verontwaardigde woede: 'Ik ben God. Zonder mijn toestemming doe jij niets!'

'Het spijt me vreselijk, ik ben bang dat dat technisch gesproken niet juist is. Mijn ontslag is aanvaard en ik heb overplaatsingsinstructies ontvangen voor een nieuwe planeet. Een heel mooie planeet, bovendien.' Meneer B straalt van gelukzaligheid. Dit is zijn moment, het moment dat hij steeds maar weer, jaar na jaar, millennium na millennium, voor ogen heeft gehad.

Bobs gezicht is paars aangelopen van woede. Hij krimpt tot het formaat van een knoop en zwelt op tot een reusachtige ballon.

Estelle staat heel stil. En kijkt.

Meneer B vervolgt: 'Ik hoop dat je het niet onbescheiden van me vindt als ik uit deze brief citeer: *Uit erkenning voor uw uitstekende dienstbetoon ondanks onoverkomelijke verschillen*, enz., enz., *uitzonderlijk geduld in combinatie met creativiteit van de hoogste orde, doet het ons genoegen u...*' Hij slaat een stuk over. '*... met onze diepste bewondering... onmiddellijk van kracht.*'

Overmand door de emotie van het moment veegt hij met de rug van zijn hand tranen weg. 'Ik zal jullie allemaal missen, maar vertrouw erop dat jullie, zonder mij, het werk voort zullen zetten dat ik getracht heb te doen, en je in mijn naam zult herinneren dat er op aarde veel tot stand te brengen is, ondanks het feit dat het vaak de meest hopeloze taak van...'

'La-la-la-la-la!' Bob heeft zijn ogen dichtgedaan, een vinger in elk oor gestopt en is luid gaan zingen. Heds kok wandelt richting keuken om de kastjes overhoop te halen op zoek naar iets te eten. Alleen Estelle en Eck luisteren nog naar meneer B. Estelles gladde voorhoofd vertoont een paar rimpels, maar ze lacht lief meelevend naar hem. Ecks oogleden zijn zwaar geworden. Ze vallen dicht.

Als er niemand meer over is om er getuige van te zijn, trekt Estelle voorzichtig de papieren uit zijn handen. Met uiterste fijngevoeligheid draait ze ze om. Haar vinger glijdt omlaag over de voorkant van de envelop tot bij het adres. En de geadresseerde. Haar vinger blijft daar lang genoeg rusten om meneer B zorgvuldig de naam te laten lezen, iets wat hij daarvoor nog niet heeft gedaan.

Hij hapt naar adem. Dit kan niet. Hij wankelt een beetje, kreunt, klemt zich vast aan de vensterbank. Dan knijpt hij zijn ogen stijf dicht; hij siddert hevig over zijn hele lijf.

Bob is ineens klaarwakker. Wat is dit? Hij haalt zijn vingers uit zijn oren. Een nieuwe ontwikkeling?

Estelle overhandigt de overplaatsingspapieren aan Bob, die ze snel doorneemt. Zijn nukkige mond beeft, zijn ogen worden groot. Hij fronst verward zijn wenkbrauwen. Als de waarheid eindelijk tot hem doordringt, grijnst hij en slaakt een vreugdekreet.

'Voor mij!' gilt hij. 'De overplaatsing is voor mij! Ik ben

het genie!' Hij priemt met zijn vinger op het papier. 'Voor mij! Voor mij! Kijk! Het staat hier zwart op wit!' Zijn stem verheft zich. 'Ik ben de koning der goden, de beste, de dapperste! De top; ik ben degene met de fantastische baan! Hallo-o? Wil je mijn promotie zien? Míjn promotie? Wie is hier nu de slimmerik? Ik! *Uitzonderlijk geduld en creativiteit van de hoogste orde*? Ik! *Uitstekend dienstbetoon ondanks onoverkomelijke verschillen*? Ik! Ik ben degene die weggaat.' Hij begint de kamer rond te dansen; met ingetrokken kin pompt hij zijn armen op en neer, tilt beurtelings zijn knieën omhoog en zingt: 'Nieu-we pla-neet! Nieu-we pla-neet! Nieu-we pla-neet!'

Als meneer B zijn ogen weer opendoet, is hij kalm. Met een sissend geluid laat hij een grote zucht ontsnappen. Estelle legt haar hand op zijn arm. Haar gezicht suggereert dat dit niet zo'n slechte uitkomst is als het misschien lijkt.

'En Lucy dan?' kan meneer B niet laten op te merken.

Bobs gezicht betrekt, maar slechts voor even. 'Ik ga haar halen! Ik neem haar mee!' roept hij.

Ze verstijven allemaal. Maar dan oefent meneer B zijn eerste onvervalste daad van wereldlijke almacht uit. Heel even concentreert hij zich heel sterk.

Er klinkt een holle dreun en ineens is Bob verdwenen. Het ene moment staat hij tussen hen. Het volgende moment... *poef*! Niets. Stilte. Een lange stilte.

'Zo,' zegt meneer B uiteindelijk heel zacht en licht verbijsterd.

Estelle glimlacht bewonderend. 'Goed gedaan,' zegt ze.

Buiten het raam zwemmen de vissen nog steeds door de lucht. Ik weet precies wat me te doen staat, denkt meneer B. De troep van Bob opruimen, van al zijn idiote invallen die iedereen zo geniaal vindt, maar die helemaal nergens toe leiden. Hij vraagt zich af hoeveel tijd hij nog heeft voor de vissen beginnen te sterven en uit de lucht vallen, om in hun val mensen te verpletteren en te doden, om dan met honderden en duizenden tegelijk te gaan liggen rotten en stinken en een gezondheidsrisico van zulke proporties voor de gemeenschap zullen vormen dat de zwarte dood daarbij vergeleken niet meer dan een zere teennagel is.

Morgenochtend zal hij bedenken wat er allemaal gedaan moet worden. Hij zal achter zijn bureau gaan zitten, de stapels gebeden die op hem wachten opzijschuiven en de vissen terug laten keren naar zee. Maar nu heeft hij zijn aandacht dringend voor iets anders nodig. Hij keert zich naar Estelle.

'Blijf je?' vraagt hij een beetje aarzelend.

'Natuurlijk,' zegt ze.

Natuurlijk. Zijn hart maakt een sprong.

Voorlopig voelt hij zich daarmee god genoeg.

48

Luke neemt de bus naar het werk. Net als iedereen blijven zijn ogen aan de lucht hangen, aan het schitterende schouwspel, het vreemde, het omgekeerde van alles wat hij altijd verwacht heeft. Het wonder is nog maar een paar uur oud en hij kan zich niet voorstellen dat dit ooit minder magisch zal lijken, minder hoopvol dan nu.

Ik vraag me af wat er hierna komt, denkt hij, onder de indruk en een beetje bang van het schouwspel. Hij was graag in zijn toren gebleven om de wereld zijn volgende wonder te zien openbaren. Het valt hem moeilijk om zich in de voortgang van het dagelijkse leven te verdiepen, maar er zijn dieren die verzorgd moeten worden. Een beeld van Lucy doemt voor hem op, wat tegenwoordig wel meer gebeurt als hij nadenkt over... maakt niet uit waarover. Boven hem zijn de prachtige flitsen van vliegende vissen.

Verdomme. Hij heeft zijn halte gemist en de bus rijdt verder de heuvel af naar beneden. Als de bus weer stopt, ziet hij op de lange helling boven hem de zeegroene betonnen muren van de pinguïnbaden. Hij springt de bus uit en zet er flink de pas in naar boven, terwijl hij de pezen bij zijn hielen en zijn knieën voelt trekken. De dag is helder en fris, en ondanks de onverwachte klim is hij optimistisch gestemd, vooral wanneer hij Lucy ziet (o, dat gevoel van de volmaakte samenloop der dingen, al was het maar voor even!) die voor hem uit loopt. Als hij zich haast, kan hij haar inhalen. *Wie had dat gedacht?* zal hij tegen haar zeggen, en daarna: *Maar waarom niet? We leven in een tijd van wonderen!*

De heuvel is steil en hij begint te rennen. Ze stopt als hij haar naam zegt. Hij leunt even op haar schouder om weer op adem te komen.

'Wat een weekend!' zegt hij tegen haar.

Lucy schudt haar hoofd; haar gezicht vertrokken van verdriet. 'Ik wil er van mijn leven niet meer aan terugdenken.'

'Maar de vissen dan!' protesteert Luke, op het verkeerde been gezet door de hevigheid van haar ellende. 'Die zijn fantastisch!'

Lucy denkt aan het vriendje dat ze dacht te hebben en aan alles waar ze met haar verstand niet bij kan. Wie is Bob? Wat bedoelde hij met 'iets aan de oceanen doen'? En het vreemde, afschuwelijke gedrag van de vissen? Is dat toeval?

Luke steekt een arm uit en grist een heel klein kronkelend baarsje uit de lucht. Hij houdt het voor de duur van een hartslag kietelend in zijn hand, grijpt Lucy's pols, legt de vis in haar handpalm en vouwt haar vingers er zachtjes omheen. Ondanks zichzelf moet ze giechelen en ze gooit het omhoog in de lucht. Het zwemt weg.

Ze zucht. 'Ja, de vissen zijn fantastisch. Fantastisch, maar ook verschrikkelijk.' Het moment is voorbij. Haar gezicht wordt vlekkerig en ze knippert snel met haar ogen. Ze kijkt de andere kant op, zodat hij het niet ziet, en ze lopen zwijgend verder tot ze bij het hek komen, hun werknemerspas laten zien en door het draaihek gesluisd worden.

Uit fijngevoeligheid doet hij net of hij haar verdriet niet merkt, maar hij verlangt er hevig naar haar in de ogen te kijken en vol overtuiging te beweren dat alles goed zal komen en dat ook de manier waarop de dingen gaan weer goed zal komen.

Een flits van jaloezie, triomf en eigengerechtigde woede welt in hem op. Tegelijkertijd voelt hij een grote stroom van dankbaarheid ten aanzien van Bob, dat hij zo duidelijk de verkeerde man was.

Ze loopt bij hem vandaan, maar hij is sneller. Hij pakt haar arm. 'Ik heb je capibara gevonden,' fluistert hij dicht bij haar oor. 'Hij had zijn tenten opgezet op een eilandje, een kleine kilometer verderop. Zo gelukkig als een kind. Een beetje hongerig misschien. Blij om weer thuis te zijn.'

Lucy's gezicht verandert en licht op, zo snel als dat van een kind. 'O, wat goed van je,' roept ze uit. Even is haar ellende verdwenen. Die zal weer terugkomen, maar nu slaat ze haar armen om hem heen, terwijl ze zich erover verwondert hoe het bestaat dat ze zoiets doet. De zon, die hier en daar al tevoorschijn is gekomen, lijkt hen nu met zijn stralen te kussen.

Hij maakt zich los en grijpt haar hand, terwijl zijn hoofd verwoede pogingen doet om de kortstondige afdruk van haar lichaam tegen het zijne vast te houden. Hij beleeft een moment van plotselinge, prachtige helderheid en hij begint te rennen, terwijl hij haar achter zich meetrekt. Tegen de tijd dat ze bij de omheining komen, lacht ze. Hij laat haar hand niet los.

En zo, terwijl de onmogelijke vissen boven hun hoofd zweven, staan ze naar Lucy's capibara te kijken en (een beetje ongelovig) naar elkaar, verbaasd over al die rare wonderen.

Ze worden overstroomd met hoop.

De pers over Meg Rosoff:

'Wat bij de nominaties voor de Zilveren Zoen vooral opvalt, is het ontbreken van schitterende boeken uit het buitenland: *Hoe ik nu leef* van Meg Rosoff. Dit boek heeft een grote oorspronkelijkheid, een overrompelend taalgebruik en het lef om grote en gevaarlijke thema's aan te pakken.' Karel Berkhout in NRC *Handelsblad*

'*Hoe ik nu leef* is een van die schaarse boeken die nog een tijdlang in je hoofd en hart blijven nazinderen. Of je nu tiener of volwassene bent, lees dit boek dat je vertelt hoe je hart nog kan breken als je denkt dat er niets meer te breken valt.' *De Standaard*

'Met *Het toevallige leven van Justin Case* heeft Meg Rosoff opnieuw een vermakelijke, licht-absurdistische roman geschreven... Een boek dat zowel voor kinderen als voor volwassenen is geschreven.' *Het Financieele Dagblad*

'*Wat ik was* is een prachtig, ontroerend, verrassend, diepzinnig, gevoelvol verhaal, geschreven in een ijzersterke stijl. Mij resten slechts superlatieven.' *Leesgoed*

'*Wat ik was* is een meesterwerk. Een origineel verhaal, met fascinerende personages, een rijkdom aan boeiende gedachten, een prikkelende literaire onderlaag en een raadselachtige ontknoping. En dat alles in schitterende, fonkelende taal waarmee Meg Rosoff je overdondert en tegelijk het verhaal in zuigt.' *Kidsweek*

De boeken van Meg Rosoff zijn o.a. bekroond met:

Guardian Children's Fiction Prize (UK) • American Library Association's Michael Printz Award (USA) • Branford Boase Award (USA) • Carnegie Medal (UK) • Deutsche Jugendliteraturpreis (Duitsland) • Costa Children's Book Award (UK)